T0267459

Ludmila M. Ramis

EL ELEVADOR DE CENTRAL PARK

Papel certificado por el Forest Stewardship Council®

Primera edición: junio de 2023

© 2018, Ludmila M. Ramis
© 2023, Penguin Random House Grupo Editorial, S. A. U.
Travessera de Gràcia, 47-49. 08021 Barcelona

Printed in Spain – Impreso en España

ISBN: 978-84-19241-86-3
Depósito legal: B-7.990-2023

Compuesto en Comptex & Ass., S. L.
Impreso en Romanyà Valls, S.A.
Capellades (Barcelona)

GT 4 1 8 6 3

Para cada corazón confundido
que se busca y no se encuentra

Hígados en Nueva York

1 de octubre, 2015
Preswen

Tengo un teléfono nuevo.

Tenía un teléfono nuevo, mejor dicho.

Un brusco movimiento sacude el elevador. El móvil que compré ayer se zafa de mis dedos y oigo el momento exacto en que la pantalla se agrieta al hacer contacto con el piso. En otra ocasión, sentiría cada centavo de dólar que gasté en él dar un puñetazo fantasma en la boca de mi estómago, pero a esa sensación se le antepone una de pánico cuando otra sacudida me hace tropezar.

—¡Terremoto! —advierto cubriéndome la cabeza con los brazos.

El elevador se detiene de golpe. Tal vez no fue un terremoto. Ni siquiera sé si Nueva York es una zona de movimientos sísmicos, pero Google me lo dirá si sobrevivo a esto.

Colisiono contra alguien que se esconde en el fondo de la caja metálica y mi trasero saluda el suelo. El hombre, quien me podría haber atrapado y ahorrado la caída junto con el dolor de coxis, ni siquiera me tiende una mano cuando cruzamos miradas.

Arqueo una ceja para provocar una reacción de su parte, pero no obtengo respuesta.

Me pongo en posición vertical otra vez con los huesos todavía aturdidos. Él, muy despreocupado, cruza un tobillo sobre el otro, se recarga en la barandilla y chequea su teléfono intentando disimular su diversión. Masajeando mis nalgas, me inclino para recoger mi propio móvil. Entonces, como si ya no fuera suficiente haberse comportado como un maleducado al no ayudarme, se le escapa la risa.

Hago el ejercicio de inhalación que me enseñó mi mamá la primera vez que vi parir a una vaca en la granja donde crecí, pero la técnica de respiración abdominal no apacigua mi enojo.

—¿Por qué te ríes de las desgracias ajenas, pedazo de imbécil impertinente? —suelto.

Mi día va de mal en peor y dejo que se note.

Su risa cesa. Aprieta los delgadísimos labios en una línea inexpresiva. Si fuéramos amigos, le recomendaría a dónde ir por algo de bótox. Su mandíbula, bien definida y salpicada de una barba incipiente, se tensa y sus ojos verdes se muestran flemáticos. Ladea la cabeza y un mechón pelirrojo se escapa de su peinado engominado para cubrir el ceño que se formó entre sus cejas.

Es un cretino atractivo. Lo admito.

—¿Disculpa?

¿Tiene el descaro de indignarse? La cólera hierve en mi sangre como agua lista para preparar el té. Estoy a punto de agasajarlo con una taza llena de reproches.

—Casi tuve que vender medio hígado para pagar esto. —Levanto el teléfono hasta pegarlo a su nariz y la arruga—. Al menos ten la consideración de tratar de encubrir ese sentido del humor tan oscuro, ¡infeliz!

—Tienes suerte: el hígado se regenera.

No contesto. Cuando te encuentras con una persona grosera, solo tienes dos opciones: ignorarla, como intento hacer en este momento, o partirle los más de doscientos huesos del cuerpo con un martillo de educación que, dado que estoy encerrada entre el séptimo y octavo piso de un edificio, no poseo.

La segunda opción me gusta más, pero en la vida a veces hay que conformarse.

Por milagro, suerte o azar, mi teléfono sigue funcionando. Sin embargo, no hay señal. Mi madre diría que Dios te da, pero también te quita.

Toco los botones del tablero y pido auxilio.

—¡Estoy atrapada! ¡¿Alguien puede ayudarme?! —Golpeo las puertas.

—¿Qué hay de mí? Yo también estoy atrapado.

—Tú eres parte del paisaje.

—Soy un ser humano. —Se cruza de brazos—. Respiro, igual que tú. Quiero salir de aquí, más que tú.

—Te robas el poco oxígeno que tenemos —corrijo.

Me alejo, aunque no hay mucho espacio que ocupar aquí. Me deslizo hacia el suelo por una de las paredes y me quito los tacones Versace porque, aunque son el actual amor de mi vida, llevo horas sobre ellos e incluso del amor hay que descansar a veces.

Me masajeo el talón. Lidiar con secretarias es estresante. Solo quería saber si mi manuscrito había llegado a las manos correctas. Reconozco que soy demasiado ansiosa y tal vez no debería haber venido, pero estoy cansada de esperar. Me apareceré en esta editorial hasta que cada empleado tenga pesadillas con mi rostro.

Además, quedarme deprimida en casa porque echo de menos a mi papá y hoy es su cumpleaños no sonaba divertido apenas me levanté. Sin embargo, ni siquiera es mediodía y ya deseo regresar, poner Netflix y tratar de adivinar vía olfato qué hará Wells de cenar. Espero que sea pasta con salsa y pequeñas albóndigas que se deshagan en mi paladar cuando mis incisivos se claven en la jugosa carne de…

—Soy Xiant.

Mi fantasía gastronómica se cae a pedazos. Lo observo y me digo que si vamos a estar atrapados por un rato es necesario que intentemos coexistir de la forma más civilizada posible. Si me ahogo con mi propia lengua, me gustaría que hiciera el intento de salvarme. Es una cuestión de supervivencia.

—Preswen.

Le tiendo una mano desde donde estoy, demasiado fatigada como para ponerme de pie otra vez. Es como cuando encuentro esa posición cómoda en la cama y recuerdo que no me lavé los dientes.

En este caso, ignoraré la higiene bucal.

—¿Qué clase de nombre es Preswen?

—¿Qué clase de nombre es Xiant?

—Un nombre original.

—Preswen también es original.

—Originalmente feo.

Me vale un frijol la coexistencia ahora.

—Tus habilidades sociales apestan. ¿Cómo pretendes caerles bien a los demás con una actitud tan despectiva? No puedes ir por ahí diciendo cosas ofensivas.

—No me importa caerle bien a la gente, Pretzel.

—Preswen —corrijo.

—Como quieras, me conformo con ser tolerable para mi madre, mi prometida y mi mascota. No me interesa cómo me ve el resto.

Se deja caer frente a mí y estira sus kilométricas piernas. Analizo sus zapatos lustrados, los caquis, el jersey a cuadros sin arrugas y las solapas de la camisa blanca que lleva debajo. Tiene un aspecto urbano y distinguido, me pregunto en qué oficinas de este edificio trabajará. La torre Obsidiana, conocida así por su particular color, es una de las más nuevas de la ciudad. No tardó en volverse icónica por su altura y extraña arquitectura en forma de triángulos. En las oficinas de la cima, está la junta directiva de D-Walls Ediciones, la editorial que estoy intentando que me publique.

Tal vez podría sacar provecho de esta calamitosa situación. Después de todo, él se rio a mi costa. No me sentiré mal por esto.

—Así que... —Tamborileo los dedos contra mi muslo—. ¿Trabajas aquí?

—¿Por qué quieres saberlo? —desconfía.

No es ningún tonto.

—Solo intento generar algo de conversación. Eso hace la gente normal cuando se ve obligada a estar recluida en un elevador con un extraño.

Levanta la palma en mi dirección como si fuera una señal de stop.

—No lo intentes, por favor. Teniendo en cuenta que los teléfonos no tienen señal, hay dos cosas para hacer aquí dentro: hablar contigo o contar los segundos en la espera de que nos saquen —explica echando un vistazo a su reloj—. Prefiero la segunda opción, sin ofender.

—Me estás ofendiendo.

Me obsequia una sonrisa tensa.

—Supongo que es bueno que eso no me importe.

—Eres grosero.

—¿Y? —Enarca una ceja.

Me pongo de pie para acercarme a las puertas otra vez. Me echo la cartera al hombro y sostengo los zapatos con una mano mientras con la otra golpeo el metal. Será mejor que me saquen de aquí antes de que lo apuñale en el riñón con el tacón del Versace.

Suspira a mis espaldas:

—Deja de intentarlo, Pretzel.

—¡Es Preswen, me llamo Preswen! —digo exasperada, imaginando la acusación de asesinato en primer grado—. ¿Por qué insistes en llamarme como un producto de panadería?

Se encoge de hombros al acomodar el mechón que se le escapó del look engominado.

—Tal vez tengo hambre.

—Solo procura no recurrir al canibalismo tras la primera hora de encierro.

«No lo golpees, no le hables, piensa en cosas que te hagan feliz: Wells cocinando semidesnudo para ti, con el gorro —la *Toque Blanche*— de chef puesto. Imagina la carne en el horno, cocinándose a fuego lento. Oh, sí... Santo Boleslao. El trozo de carne de Wells bañado en salsa blanca, listo para que te lo lleves a la boca y...».

—Creo que no tendremos que recurrir al canibalismo después de todo —anuncia Xiant cuando las luces del techo parpadean y mi fantasía se rompe.

Alguien puso la caja de hojalata en funcionamiento. Comenzamos a descender y el pelirrojo me da un empujón con la cadera para que le haga lugar frente a las puertas. Lo miro desdeñosa antes de tomarlo sin permiso del hombro para mantener el equilibrio y ponerme los zapatos.

—Oficialmente, fueron los diez minutos más largos de mi existencia —susurra al rodar los ojos.

Tal vez la sangre no le llega a la cabeza porque mide casi dos metros. Pobre.

Las puertas se abren y salimos disparados, incapaces de estar un segundo más con el otro. Sin embargo, no es la idea más inteligente, ya que no llegamos a ver al hombre de mantenimiento que nos rescató, mucho menos a sus herramientas esparcidas en el mármol.

Xiant y yo tropezamos y rodamos por el piso. No es hasta que somos una maraña de brazos, piernas y cabezas que me percato de que mi teléfono abandonó otra vez mis dedos. Me incorporo sobre un brazo, clavando mi codo entre los omóplatos del grosero. Esto lo lleva a apretar los dientes para reprimir un gruñido mientras alcanzo mi móvil.

—¡Lo siento, lo siento!

—No te preocupes, puedes pagar mi factura médica —dice sin aliento.

—No te hablaba a ti, le hablaba al teléfono.

Alcanzo el celular y observo la pantalla, la cual, extrañamente, no tiene rastro de fractura alguna. Al instante llega un mensaje.

> Tengo una reunión con un cliente hasta las 23:15 h, no me esperes despierto. 🖤

Eh… Wells no pone corazones.

—No sabía que tenías novio, supongo que los milagros existen —comenta leyendo un mensaje que acaba de llegar al que reconozco como mi celular. La pantalla agrietada es una reciente característica—. Milagros algo defectuosos, porque te ha dejado plantada.

—Sabes de la existencia del karma, ¿verdad?

Fija los ojos en el móvil que sostengo e imito la acción, leyendo las líneas del mensaje que acabo de recibir y que se vislumbra entre sus dedos.

> Tengo una reunión con un cliente hasta las 23:15 h, no me esperes despierta. ;)

—¿Qué…? —comienza.

—¿… diablos? —termino.

Truco para conciliar el sueño

3 de octubre, 2015
Xiant

Me pone incómodo que las personas se me queden mirando. Siento que buscan los desperfectos en mi rostro: el tamaño de mi nariz, la barba incipiente que crece dispareja en mis mejillas y las paletas ligeramente torcidas. Sin embargo, cuando ella lo hace es distinto. Traza el contorno de mi ceja y las yemas de sus dedos me hacen cosquillas en la sien antes de delinear mi mandíbula. Sus ojos siguen el trayecto como si fuera la primera vez. Llevamos once años tumbándonos uno frente al otro y continúa tocándome como… como si le quedaran detalles por descubrir.

O tal vez ya descubrió todo y simplemente le gusta cada parte de mí.

Esa posibilidad es mi preferida.

—¿En qué piensas? —pregunta Brooke, porque siempre es la persona que inicia la conversación luego del sexo.

—Solo tonterías. —Le resto importancia al negar con la cabeza—. Y en que me duele un poco la espalda.

Pasaron dos días desde que la loca y yo nos caímos al salir del elevador, pero todavía siento el fantasma de su codo entre mis omóplatos.

—Tengo cubierto lo segundo, espera.

Aparta las sábanas para salir de la cama y la observo atravesar desnuda la habitación. Su lacio cabello rubio se balancea sobre su espalda, rozándole la cadera. Por el trabajo siempre lo lleva recogido en una coleta. La noche es el único momento en que lo deja suelto. A veces, como hace un rato, me permite hacer los honores de liberarlo. Sabe que me excita un poco.

Antes de entrar al baño, me echa una mirada sobre el hombro:

—¿Qué tanto miras?

Ruedo hasta descansar sobre mi abdomen, con los brazos debajo de la almohada.

—¿Qué tanto desfilas? —contraataco.

No puede culparme. Me está provocando.

Niega con la cabeza, divertida.

—¡Tu madre tiene razón: debes empezar a hacer algo de ejercicio! —grita desde el tocador, mientras la escucho abrir y cerrar cajones—. Sé que no te gusta la idea de hacer yoga, pero tu espalda te lo agradecería. Además, si fueras más flexible, podríamos probar cosas…

Lanzo una carcajada. Eso no sucederá. No necesito yoga ni pilates ni jiu-jitsu brasileño. El único motivo por el que estoy dolorido es una mujer que probablemente no vuelva a ver en mi vida. Sin embargo, no se lo contaré a Brooke.

¿Infiel? ¿Ella? ¿En serio? Es lo más ridículo que oí. Ni merece la pena gastar saliva en decírselo.

—Sabes que no me gusta probar cosas nuevas. —Mi cuerpo comienza a relajarse a causa del cansancio—. Si quieres intentar posiciones sexuales con riesgo de fractura, te estás por casar con el hombre equivocado, B.

Escucho la madera crujir bajo su peso. Luego, el colchón se hunde cuando gatea hasta sentarse sobre mi trasero. La calidez de su cuerpo se filtra a través de la sábana, que se arremolina en mis caderas y contrarresta el frío que siento cuando me echa crema en la espalda. Se estira y deja el pote en la mesa de luz antes de comenzar con la sesión de masajes.

El olor a coco me inunda la nariz y exhalo con placer. Esto es perfecto.

—Y ya que hablas de casarse… —comienza.

De acuerdo, no tan perfecto.

Lo bueno es que cuando uno se aburre, tiende a dormirse más deprisa. Sueños, ahí voy.

—¿Escuchaste las canciones que te envié? —pregunta, pero la presión de sus manos sobre mis omóplatos es tan relajante que cierro los ojos—. Cuando hagamos nuestra entrada nupcial en la fiesta pensé que podríamos usar «Overload», ¿la recuerdas? Es de la peli de *Dirty Dancing*. Aunque no lo admitiste, sé que amaste las coreografías.

—Mmm...

—Otra opción es «Kiss The Bride», de Elton John. Era la favorita de mi mamá.

Sus manos recorren mis hombros y se deslizan hasta mi espalda baja. De vez en cuando, me rasca con suavidad porque sabe que me encanta.

—¿O prefieres algo más moderno? —Hay inseguridad en su voz—. Mi amiga Sue sugirió Taylor Swift. Siempre es una gran opción. Lo que me recuerda que debemos decirle al DJ que está prohibido pasar música de Kanye West.

Brooke sigue parloteando mientras me deslizo en el mundo onírico.

—... solo quiero que la canción te guste tanto como a mí, que transmita lo que queremos sentir esa noche, que sea perfecta. —Es lo último que la oigo decir antes de empezar a roncar.

El disparate de un gnomo

8 de octubre, 2015
Xiant

—¡Espera! —chilla una voz desde el corredor, pidiendo que detenga las puertas del elevador.

«Ciérrate, ciérrate, ciérrate».

—Eso estuvo cerca. —Suspira aliviada una vez dentro.

No otra vez, por favor. Pensé que Jesús y yo éramos amigos, y no se le tienden trampas mortales en forma de mujeres irritantes a tus amigos. Sobre todo cuando hay otros seis elevadores funcionales en el edificio.

Me apoyo contra la pared del fondo, cierro los ojos y me sueno el cuello. Tal vez así el recorrido se haga más corto. Sin embargo, cuando carraspea por tercera vez consecutiva, me obliga a abrirlos de mala gana. Ahogo un grito y un *Vai tomar no cú* al encontrar su nariz casi pegada a la mía.

—¿Sabes lo que es el espacio personal? —inquiero.

Me deslizo hacia la izquierda, pero ella se mueve conmigo y me mantiene aprisionado entre su cuerpo y la barandilla. Arrugo la nariz por la cantidad de perfume que desprende su piel oscura. Creo que se echó el frasco entero. Cruza los brazos con determinación y, como es más baja que yo, tengo una vista privilegiada de su escote. Sus pechos son más pequeños que los de Brooke, pero me fijo en la porción de sostén que se vislumbra, no en ellos. Adoro el encaje.

Hace tiempo quería regalarle lencería a Brooke, aunque no sabía de qué tipo hasta ahora. Mi imaginación se dispara pensando en ella, en el mismo instante en que la mano de Preswen me abofetea.

—¡¿Qué te pasa, gnomo trastornado?! —grito tras el chasquido, mientras intento aliviar el dolor con mi mano.

Mi piel arde y gimoteo como cuando mis tres hermanas unían fuerzas para vencerme en el ring de boxeo (la cama de mis padres) de niños.

—Mido un metro con cincuenta y seis centímetros, no soy ningún gnomo, ¿y crees que no me di cuenta de lo que estabas haciendo?

—Te estaba mirando el sostén, ¿y qué con eso?

—¡¿Que tú qué?!

Quiero correr, pero no hay mucho espacio para hacerlo. La cartera se desliza desde su hombro hasta su mano y me golpea con ella en el pecho.

—¡Me refería a que el jueves pasado saliste corriendo en un completo estado de negación porque no querías aceptar la realidad! —Intento protegerme de su arrebato, aunque vuelve a la carga con su bolso—. ¡No quieres aceptar que tu novia es una zorra roba Wells!

La tomo por los codos para obligarla a retroceder, hasta que su espalda se pega contra las puertas. Deseo que se abran y caiga derecho al infierno. A pesar de eso, contra mis deseos y obedeciendo las reglas sociales, presiono el botón de emergencia. Nos detenemos de golpe y ella se zafa de mi agarre empujándome con toda la fuerza con la que podría empujarme un fósil.

—Primero que nada, no hablamos de mi novia, sino de mi prometida, quien jamás me engañaría porque no es esa clase de mujer. Tiene defectos, como todos, pero ser adúltera no es uno de ellos —aseguro mientras ella enarca ambas cejas—. En segundo lugar, las coincidencias existen. Que nuestras respectivas parejas nos enviaran un mensaje similar no implica que estén juntos, mucho menos que nos estén engañando. El mundo no es tan pequeño.

No parece entenderlo. Tras ver los mensajes, la dejé tirada en el corredor. Sabía que se pondría histérica y comenzaría con las teorías conspirativas. Se le notaba en los ojos el hambre de drama. Por mi parte, me fui con la conciencia tranquila.

Brooke es el amor de mi vida.

—¿Tercer lugar? Consíguete alguien más al que perturbar con tus disparates.

—¡Nos enviaron el mismo texto a la misma hora! —Levanta los brazos en el aire y señala su cabeza—. ¿Tienes siquiera suficiente corteza cerebral para que al menos te parezca sospechoso?

—Mi prometida no me está engañando —insisto entre dientes, exasperado porque todas las palabras que digo le entran por una oreja y le salen por la otra—. Si tanto te preocupa que el jodido Wells se esté tirando a otra, ¿por qué no hablas con él? Ahórrame la tortura de estar encerrado contigo y pregúntaselo de frente sin hacer una escena en el edificio donde trabajo.

Doy por acabada la conversación e intento presionar el botón otra vez. Los elevadores lanzan una alerta a la sala de mantenimiento cuando están parados por más de cinco minutos.

Sin embargo, ella me da un manotazo y comienza a acercarse.

—¿Acaso crees que una mentirosa, traicionera y sucia zarigüeya de bosque tropical admitirá que se acuesta con alguien más solo porque tú se lo preguntas? —Su risa maniática hace eco en la caja de metal y considero noquearme a mí mismo dándome la frente contra el tablero de los botones para no tener que oír maldiciones tan aleatorias y específicas—. ¡No, lo negará! Todos los infieles niegan serlo. La única forma de que confiesen es con pruebas.

Apoyo las manos en mis caderas.

—Aquí no hay pruebas porque no hay infidelidad, gnomo.

—¡Me cago en ti, deja de llamarme gnomo! —Usa el bolso como arma otra vez.

Me mira con ojos de loca entre las hebras de su flequillo alborotado. Los bucles de su cabello castaño se deslizan sobre sus hombros mientras se aferra a la correa con los nudillos pálidos. Tiene la respiración acelerada y, sin previo aviso, su mirada se cristaliza, saltando de una emoción a la otra.

«Ay, Santa Claus, ¿por qué me haces esto? Hijo de la gran Navidad...».

—Sé que crees que estoy exagerando, pero no es así. Puedo probarlo, aquí y ahora.

—Ilumíname, Sherlock.

—Dame tu teléfono.

Extiende una mano hacia mi rostro como si yo fuera a escupirlo por la boca. Para evitar el lagrimeo lo saco de mi bolsillo con un gruñido disconforme. Me lo arrebata y saca también el suyo. Debo morderme el interior de la mejilla para no reír en su cara al recordarla gritando «terremoto» el jueves pasado.

Tengo que admitir que suele traerme problemas divertirme con las torpezas ajenas.

Sin embargo, cuando abre el chat de Wells y de Brooke para compararlos, la risa que me estoy aguantando se convierte en un nudo en mi garganta. A medida que sus pulgares se deslizan por las pantallas, queda en evidencia que cada jueves, sin falta, los dos cancelan sus planes con nosotros.

A veces usan excusas diferentes, otras veces la misma, pero siempre están ocupados el cuarto día de la semana.

—Nos dejan plantados a ambos desde mayo. —Estrella contra mi pecho mi teléfono envuelto en su puño y se aleja indignada mientras cuenta con los dedos—. Estamos a comienzos de octubre, eso quiere decir que han estado haciendo el *frutifantadelicioso* hace cinco meses. —Me da la espalda y oprime el botón de emergencia. El elevador vuelve a funcionar—. ¿Sigues creyendo que soy un gnomo disparatado, Watson?

—Gnomo, sí; disparatado... no tanto.

Por un momento la creo, pero esa creencia se ve amenazada por la confianza ciega que siempre le he tenido a Brooke. Nos conocemos desde que tengo quince años y estamos comprometidos desde hace más de uno. Lo menos que puedo hacer es darle el beneficio de la duda y, siendo sincero, la parte de mí que cree que esto no es más que una serie de anómalas coincidencias supera a la parte que le da la razón a esta desconocida con complejo de espía.

—Tú querías pruebas, si es que estos mensajes pueden ser llamados así —reflexiono—, y aquí las tienes. ¿Qué te impide ahora ir a preguntarle a tu novio si estuvo explorando la ropa interior de alguien más?

Me lanza una mirada mortífera ante mi forma de cuestionar las cosas. Quizás lo de las bragas ajenas fue innecesario.

—No es suficiente. No puedo probar que se conocen y mucho menos que han estado juntos con unos mensajes como estos. Wells podría decir que son puras coincidencias, mostrarse escéptico como tú. —Suspira y se acomoda el cabello tras las orejas, lo que acentúa sus ojeras. Esto le ha robado el sueño—. Sé que aún no me crees y te aferras a la idea de que tu zorra no es tan zorra.

—Tú pareces bastante convencida de que tu zorro es... Bueno, muy zorro.

—Es porque lo estoy. —Las puertas se abren y sale caminando como si no hubiera estado en un ring de lucha libre golpeándome con su Louis Vuitton—. Y voy a probarlo, con o sin tu ayuda.

Sus zapatos repiquetean en el mármol y el guardia de la entrada —un señor con enanismo al que cariñosamente le decimos «Pequeño Juan»— le abre la puerta con una reverencia, ocultando tras su espalda la mandarina que estaba a punto de comerse. Pretzel sale a las calles neoyorkinas con paso firme, decidida a conocer la verdad.

No reacciono de inmediato, pero no siento mi teléfono entre los dedos.

Me lo robó.

Una abeja te quiere picar (con su superaguijón)

9 de octubre, 2015
Preswen

Juego con el dije de mi collar y pienso: «Si fuera hombre hetero y cis, ¿cuál sería la contraseña de mi teléfono?».

Tal vez no debería asumir que es heterosexual y cisgénero, pero opto por meterlo en esa categoría y pruebo con el clásico 12345. Luego, con sinónimos de «tetas» y nombres de páginas para adultos que involucran más de una X. Por último, trato con todos los equipos de fútbol americano y baloncesto que conozco. Estoy segura de que voy a bloquear el teléfono. Hasta se me ocurre probar con comida: pizza, hamburguesa, *hotdog*. Nada funciona. ¿Bebidas? La cerveza, el vodka y el vino me decepcionan por primera vez. Incluso recuerdo que dijo tener una mascota y busco en internet los nombres más comunes.

Es inútil.

—¿Por qué no usas contraseñas normales y fáciles de hackear?

Caigo sobre mi espalda y me hundo en el colchón, mi frustración o ambos. Clavo los ojos en la araña de cristal que tantas veces me he quedado mirando, la mayoría mientras Wells y yo estábamos poniendo en práctica el misionero.

Él es muy básico en la cama para mi gusto, pero... «¡Eso, Preswen! ¿Qué es lo más básico de todo?».

—No sé si algunos son imbéciles, poco creativos o demasiado vanidosos. —Sonrío al tipear «Xiant».

El aparato se desbloquea.

Wells también tiene su propio nombre como contraseña en su laptop. A veces la uso para trabajar. La de su celular no la sé. Nunca tuve que usarlo porque siempre cargo con el mío y, hasta ahora, no me consideraba una novia controladora. Para lo único que tomaba su móvil era para sacarme fotos y llenarle la galería a propósito.

Sin embargo, las cosas cambian con el tiempo, al igual que las personas.

Desde que lo conocí, lo vi como un libro abierto. Sin embargo, los escritores crean imágenes, pero los lectores las modificamos para crear otras que nos agradan más. Fue mi culpa idealizarlo y pensar que sería tal como lo veía en mi mente —que tampoco es gran cosa, tengo un estándar tan bajo que lo único que busco es que me sean fieles y me presten algo de atención— para, al final, descubrir que ni siquiera se animaba a romper conmigo.

—¿Por qué tienes el fondo de pantalla negro? —Giro y me tumbo sobre mi estómago—. Debes odiar tu vida o tener la sensibilidad ocular de una abuela.

Echo un vistazo a las aplicaciones. Es muy organizado. En YouTube tiene tres *playlists* tituladas: «Para cuando estoy harto de la gente», «Para no dormirme en el metro y que me roben hasta los calcetines» y «Nochecita con la novia». Mi reflejo en la pantalla se muestra sorprendido porque la última dura cuatro horas. ¡Mucha ambición, incluso excesiva! Está popularizado que cuanto más dura el *frutifantadelicioso*, mejor. Es mentira. No tendría que durar cinco minutos, pero tampoco horas y horas. Uno se queda dormido o le explota un órgano si la sesión avanza a paso de tortuga.

A mí me gusta distribuirlo así: ¿Juego previo? De veinte a treinta minutos. ¿Penetración? Entre tres y diez minutos. ¿Abrazos, caricias y charla? Hasta que uno de los dos bostece. ¿Dormir? Hasta que se me quede la marca de la almohada en la cara.

No tiene ninguna solicitud de amistad en Facebook, lo cual no me sorprende. El hombre es la reencarnación de un ogro mitológico. Sigo navegando y encuentro Netflix instalado. Es amante de los musicales dramáticos que involucran el cliché de la chica persiguiendo su sueño y encontrando por accidente el amor: *Coyote Ugly, Noches de encanto, Mamma Mia!, La fabulosa aventura de Sharpay...*

—Esta debe de ser la flor a la que la abeja Wells le ha estado mostrando su superaguijón. —Silbo al entrar en la galería.

Cabello de Rapunzel, piel de durazno y más curvas que una pista de carreras. Es preciosa, lo que me lleva a la conclusión de que la perra es de buena raza.

—Trágate las lágrimas, Pres —me aconsejo al sentir un escozor en los ojos.

A pesar de que estoy tan furiosa como para derribar de un tacle a un equipo de fútbol americano por mi cuenta, es la decepción la que cae sobre mi corazón, lo aplasta y lo reduce a fragmentos que ningún tipo de pegamento puede volver a juntar.

La realidad me acaba de abofetear demasiado fuerte. Aunque soy consciente de que nada de esto es mi culpa —ni siquiera de Brooke—, sino de Wells por no poder contener su órgano viril dentro de sus pantalones o tener la dignidad suficiente como para decirme en la cara que nuestra relación ya no le bastaba, es imposible no sentirme triste.

Lo conocí un primer martes de octubre hace varios años. Ambos éramos fanáticos de Samir Gaamíl —ese es su seudónimo, jamás vi una foto suya—, un escritor de ciencia ficción que estaba haciendo una gira por la ciudad y era el creador de la señorita Paulina Szary, la mejor protagonista del mundo. Como buena lectora, gasté cada centavo que tenía en comprar la trilogía completa y los separadores para que los firmara. Lo que ocurrió fue que llegué tarde gracias al caótico tránsito. Vi a Samir marcharse en su camioneta último modelo y me quedé observando mi reflejo en la vidriera de la librería, como un niño al que le acababan de arrebatar su juguete favorito.

Pensé que ese día era uno de los peores de mi existencia, pero junto a mi reflejo apareció el de alguien más: un hombre sacado de una revista deportiva, intimidante a primera vista, aunque me bastó una de sus sonrisas para saber que bajo los músculos le corría dulzura en la sangre. Era Wells Rommers y esos benditos ojos miel.

Prometió intercambiarme sus ejemplares autografiados por los míos si accedía a salir en una cita.

No dudé en aceptar. Un lector hace lo que sea por la dedicatoria de su autor favorito.

Me sueno la nariz con las sábanas, incapaz de ponerme de pie, mientras sigo viendo las fotos de Brooke y recuerdo cómo comenzó todo entre la abeja y yo. Esta actitud masoquista que adquiero no me gusta en absoluto, pero no puedo evitar obsesionarme un poco con la cantidad de imágenes y videos de ella. Es tan hermosa que mi autoestima recibe una paliza de ese equipo de fútbol que quise taclear.

Me cuido de no dejar las mucosidades en mi lado de la cama. Entonces, cuando estoy a punto de hacer de mi colchón uno de agua, encuentro lo que en un principio debería haberme enfocado en hallar. Tras una investigación de quince minutos y con ayuda de LinkedIn, ya sé dónde trabaja la novia del antipático pelirrojo.

Sonrío con el maquillaje corrido y alcanzo mi teléfono para llamar a Humberto antes de llenar una petaca con whisky y lanzarla dentro de mi bolso.

Otra cosa que hacen los lectores es combinar los nombres de dos personajes para crear un *ship*.

Y oficialmente la primera parte del plan Brells Quimmers ha comenzado.

El idioma de la decepción

15 de octubre, 2015
Xiant

—¡Espera!

«No te cierres, no te cierres, no te cierres».

Corro y me lanzo dentro de la caja metálica antes de que las puertas se junten. Ella, que de forma inútil comenzó a oprimir los botones en cuanto me vio, como si eso acelerara el cierre del elevador, acepta la derrota cuando nos quedamos a solas descendiendo por el edificio.

—Tú... —La señalo sin aliento por la sesión de deporte improvisado—. Me robaste el móvil, maldito... —Dios, estoy en muy mala forma, necesito un tanque de oxígeno y las clases de yoga que recomendó mi madre—. ¡Maldito gnomo delincuente!

Sus ojos color café carecen de arrepentimiento. A pesar de que no logra aparentar ser más grande o intimidante adquiriendo otra postura, pone los brazos en jarras, cuadra los hombros y alza la barbilla con una actitud desafiante.

—Ni gnomo, ni delincuente. Soy una mujer de estatura promedio que, a falta de alguien que la ayude a exponer a su novio, se ve obligada a optar por decisiones que, solo tal vez, pueden ser cuestionadas moralmente. Como tomar prestados teléfonos ajenos. —Mete la mano dentro de su cartera y saca el celular. Extiendo la palma, ella entrega al rehén y da media vuelta en la espera de que las puertas se abran—. Y buenos días para ti también, Xiant.

Echo un vistazo a mi reloj para verificar que el receso del almuerzo no empezó. Oprimo el botón de emergencias y el elevador se detiene de golpe. Tenemos algunos minutos antes de que los empleados empiecen a demandar cada ascensor del edificio.

—¿Qué diablos hiciste con esto durante todo este tiempo? ¿Qué viste?

No pienso dejarla marchar sin antes recibir respuestas. En el móvil tengo prácticamente toda mi vida, tanto personal como laboral. Con un mensaje de texto a la persona equivocada o apretando botones al azar puede haberme metido en un lío.

Lo que me falta es perder este trabajo cuando me costó tanto conseguirlo.

—Podría haberte denunciado por robo —anuncio.

—Revisé lo justo y necesario. No sé nada sobre las siete páginas para adultos que tienes en favoritos ni cómo avanzaste hasta el último capítulo de *Stranger Things* tan rápido. —Levanta un hombro—. ¿Y por qué no hiciste esa denuncia si tanto te preocupaba que estuviera hurgando entre tus cosas? Podrías haber dado de baja el teléfono.

Estoy anonadado.

—¿Te atreviste a terminar una serie desde mi cuenta de Netflix?

Sus rellenos labios cubiertos de gloss se curvan con picardía. Se inclina hacia mí, arrugo la nariz y da un golpe seco al botón. La caja de hojalata vuelve a funcionar.

—Nada te da derecho a revisar mi teléfono, ladrona.

—No habría tenido que hacerlo si hubieras colaborado conmigo —razona, aunque no veo nada de razonamiento ahí—, y sí, soy consciente de que hurgar en lo ajeno está mal, pero te estoy haciendo un favor. —Está loca, perturbada, fuera de control psiquiátrico—. ¿De verdad te casarás con alguien que te engaña? ¿Qué tan cegado estás por la fantasía de Brooke en ropa interior por el resto de tus días que no eres capaz de ver la realidad, Pan?

¿Pan?

¿Ahora me llama como un producto de panadería también?

—No me está engañando, no podría —insisto tan cerca de su rostro que puedo notar la capa de maquillaje disimulando sus ojeras. También la mancha de dentífrico en el dije de su collar en forma de triángulo—. No sé qué diablos hiciste con mi móvil además de usar mi membresía de Netflix, pero créeme cuando te digo que no hay nada aquí que puedas usar para probar tu teoría.

Pego el teléfono a la punta de su nariz achatada y me aparta de un manotazo cuando las puertas se despliegan a mi espalda.

Preswen no emite palabra. Me observa durante un segundo antes de pasar por mi lado enderezándose el abrigo rosa chillón. Sale a las calles de Nueva York cuando el pequeño Juan se cuelga de la puerta para abrirla con caballerosidad antes de darle un mordisco a su manzana. Por un momento, me quedo de pie en medio del ascensor, con dos hombres y sus maletines deslizándose a mi alrededor para subir. Trato de procesar lo que sea que acaba de pasar, pero entonces recuerdo que cuando Brooke está tramando algo o se enoja, no habla conmigo, solo me lanza una de sus miradas.

La misma que me acaba de lanzar la hija de Satán.

Malditas mujeres. Sería más fácil si no me gustaran.

—¿Qué estás tramando? —inquiero yendo tras ella, que cruza la calle para internarnos en Central Park—. Sé que es mucho pedir para alguien que se llama Pretzel, pero no hagas nada estúpido, por favor.

Camina por uno de los tantos senderos y me esfuerzo en alcanzarla mientras esquivo la horda de turistas que les sacan fotos hasta a las grietas del piso. Completos imbéciles, si me preguntan. La idea de viajar no es ver los lugares a través de la lente de una cámara, sino con tus propios ojos, que por algo están sobre tu nariz.

Acelera el paso y zigzaguea haciendo crujir las hojas secas al cruzar el puente Bow. La tomo por el codo y se me cruza la idea de tirarla al agua con los patos.

—¿Qué harás? —insisto—. Porque una cosa es que robes mi teléfono para ver si puedes descubrir algo, lo cual seguro no hiciste, y otra muy diferente es diseñar un maquiavélico plan para lastimar a mi prometida.

Se zafa.

—No voy a lastimar a Brooke. Puede que la odie por ser la amante, pero el responsable del engaño, mirándolo desde mi perspectiva, es Wells. Solo voy a usarla para reunir las pruebas.

—Tienes razón, usar a la gente es mucho más ético que lastimarla físicamente, te mereces el premio Nobel de la Paz. —Levanto los brazos al aire—. Si estás tan segura de que tu novio te engaña, rompe con él, deja de obsesionarte con encontrar evidencia y, de paso, nos dejas a mi novia y a mí fuera de tus juegos de rencorosa vengativa.

Un flash nos ciega por un instante. Un turista asiático se ríe tras su móvil. Frunzo el ceño. Oh, sí, ver a la gente discutir equivale a un show de *stand-up* gratuito. Espera que poso para ti, mi cuate.

—¡*Kon'nichiwa*! —grita Preswen, experimentando el mismo sentimiento que yo y espantándolo con una mano como si se tratara de un mosquito molesto que merodea alrededor de su oreja.

—¡*Kon'nichiwa*! —responde el hombre con alegría.

Se inclina en una reverencia antes de sacarnos otra foto.

—¿Qué le dijiste?

—No lo sé, lo escuché una vez en un anime. Creí que era un insulto.

Cierro los ojos, me paso una mano por la nuca y me sueno el cuello. Intento concentrarme en la verdadera razón por la que no la lancé al lago aún, pero cuando abro los párpados ella ya no está ahí.

Es más rápida y escurridiza que el escupitajo de una llama.

Doy vueltas a mi alrededor como un perro persiguiendo su cola. Al notar que parezco un tonto, empiezo a caminar en su búsqueda. Un minuto después, la veo a lo lejos. Le está pagando a un florista ambulante.

—¡Gracias, Humberto! —chilla antes de dejarlo contando los billetes.

No la pierdo de vista, aunque no cuesta hacerlo con el abrigo color vagina electrificada que lleva. Contrasta sobre la paleta naranja, marrón y amarilla con la que el otoño pintó el parque.

—¿De verdad le enviarás un ramo de tulipanes en nombre de Wells? Eres bastante predecible —digo al alcanzarla.

Si algo logró sacar de mi teléfono probablemente fue la dirección del trabajo de Brooke. Casi todos los días me envía una foto frente a la oficina tras terminar su jornada, junto con emoticonos que lanzan besos y promesas de llevarme comida de camino a casa.

Casi siempre… Ahora que lo pienso, los jueves no envía nada.

—No funcionará, sabe que no soy del tipo que envía flores. Ni siquiera las recogerá.

—¿Alguna vez oíste la expresión «La curiosidad mató al gato»? Bueno, tu novia es el gato.

Tiro de la manga de su abrigo para evitar que un joven y torpe cartero en bicicleta se la lleve por delante, aunque me arrepiento al instante. Si pasa otro, dejaré que la atropelle.

—¿Alguna vez escuchaste la expresión «La estupidez aplastó al gnomo»?

—¿No? —pregunta desconcertada.

—Claro que no, porque la acabo de inventar. —Tiro otra vez de su manga cuando una estampida preadolescente pasa corriendo—. Pero te aseguro que será un dicho muy popular cuando fracases en tu misión de probar algo que no existe.

Doblamos y nos encontramos en la vereda, esperando que el semáforo nos habilite a seguir. Tal vez pueda lanzarla bajo la rueda de un autobús turístico mientras tanto. Al asiático le gustaría tomar una foto de eso.

—¿Por qué me sigues entonces? —Me enfrenta y estira el cuello para verme por encima de las flores—. Ya sabes lo que estoy por hacer y tienes la certeza de que no lastimaré a Brooke. Solo veré cómo reacciona ante las flores. Si quieres mi opinión, creo que estás persiguiéndome porque en el fondo también sientes curiosidad por lo que hará. —Espera a que la contradiga, pero cuando lo intento añade—: Admítelo, también eres un gato.

—No soy ningún gato. Ni siquiera me gusta el atún.

Soné ridículo. A veces mi cerebro acciona mi lengua sin mi consentimiento.

—¿Qué…? —Niega con la cabeza, confundida por el comentario del atún—. No discutiré más contigo, dejaré que lo veas con tus propios ojos. Solo procura no interferir en mi plan. Sé que es mucho pedir para alguien que se llama Pan, pero intenta no hacer nada estúpido.

—No me llamo Pan.

Arquea una ceja de «ahora sabes lo que se siente».

Cruzamos y me veo tentado a lanzarla a ella y a toda su paranoia bajo un camión de yogur que hay en mitad de la calle, pero me resisto. El edificio donde Brooke trabaja está a tres cuadras, pero estas se multiplican porque en esta ciudad debes nadar contracorriente.

Me cuesta seguirle el paso, en gran medida porque es tan pequeña que se desliza entre la multitud con facilidad, mientras yo debo abrirme paso a los codazos. Cuando la alcanzo sintiendo que caminé a través de una horda de *The Walking Dead* y que alguien me robó los chicles de menta que tenía en el bolsillo, la encuentro hablando con un extraño en algún idioma que no entiendo. Le toquetea un poco el bíceps y me pregunto si el coqueteo también es parte de su plan.

Le entrega los tulipanes y me toma de la muñeca para arrastrarme detrás de un carrito de *hotdogs*.

—Apestaré a salchichas —me quejo en un susurro para que el vendedor no me oiga.

—Apestarás a corazón roto —corrige.

—Ese ni siquiera es un olor.

—Ya verás que lo inventaremos juntos —dice con los ojos fijos en el chico turco que envió con el ramo—. Cierra la boca y espera, le di veinte dólares para que transmitiera un mensaje para Brooke. Su reacción la delatará.

—¿Hablas turco?

—Una vez vi una novela turca con subtítulos.

Ni siquiera quiero imaginar qué le dijo al turista, al cual no le perdemos el rastro, ya que se puede ver a la perfección a través del pulcro cristal del que está hecho el edificio. Sin embargo, la desconfianza ante la aparente inutilidad de Preswen para los idiomas cede ante la sorpresa cuando nuestro mensajero habla con la recepcionista y mi prometida aparece.

Brooke mira confundida las flores, mucho más al turista, hasta que él dice la palabra mágica, la única que es capaz de entender:

«Wells».

Entonces, mi prometida sonríe.

Pactar con demonios (no) sale bien

Preswen

—No me está engañando.

Suspiro al borde de creer que es una causa perdida. Intento seguirle el paso aunque sus piernas miden más que dos Preswen Ellis apiladas una sobre la otra.

—Tu estado de negación alcanzó un punto crítico. Creo que no hay psicólogo que logre ayudarte a aceptar nuestra luctuosa e irreversible realidad.

Esquivo a una madre que tira del brazo de su hijo, quien a su vez tira de la mano de otra niña, que está aferrada al codo de otro niño que guía a la cría más pequeña que sostiene un celular. No sé en qué momento les permitimos tener teléfonos a seres que apenas pueden caminar o limpiarse la retaguardia solos.

—Hemos sido engañados. Tenemos cuernos de carnero.

—No soy un carnero, Pretzel.

Colapso sobre su pecho cuando se gira. Trastabillo hacia atrás, pero él ni siquiera hace el intento de sujetarme, así que tiene suerte de que pueda recuperar el equilibrio. De otra forma, hubiera almorzado mi puño por bruto descuidado.

—Venado, antílope, toro, rinoceronte —enumero con los dedos—. Escoge los que más te gusten, ¡el hecho es que los tienes!

—Brooke no es infiel. —Se inclina con las manos en las caderas, separando cada palabra en sílabas—. Que haya aceptado las flores no significa nada.

—¿Qué excusa me darás ahora? ¿Son compañeros de gimnasio? ¿Miembros del mismo club de lectura? ¿Hermanastros secretamente enamorados? Porque eso sería un cliché. Antes de que defiendas cualquiera de esas teorías, debo advertirte de que ya las desmentí.

Desde el momento en que rodamos fuera del ascensor y descubrimos los coordinados mensajes de Brooke y Wells, hice un poco de investigación. Al principio, a pesar de que intentaba convencer a Xiant de que nos estaban engañando, no estaba tan segura como quería, pero si en algo somos buenas gran parte de las mujeres es en engendrar desde las teorías más creíbles hasta las más inverosímiles y, lo más importante, somos más que eficaces a la hora de comprobar si son correctas o no.

—Sé que hay una explicación lógica tras todo esto. —Es casi tan terco como yo.

Se aparta el mechón que le cae sobre la frente y observa los caóticos alrededores como si contemplara la opción de perderse voluntariamente en ellos. Sé que no está convencido de lo que dice, pero a su vez tampoco cree en lo que sale de mis labios. Luce inseguro. Por unos segundos, soy capaz de ver el modo en que el peso de una posible infidelidad hace caer sus hombros.

No creo que pueda soportar la verdad.

—Lo siento.

Sus cejas, incluso más pelirrojas que su cabello, se juntan para enfatizar su confusión.

—No acepto tus disculpas por arrastrarme al infierno ida y vuelta los últimos jueves.

Lo tomo por la muñeca y lo arrastro bajo el toldo de una tienda para no obstruir el paso. Mis ojos se desvían un segundo al vestido de corte imperio que se expone en la vidriera. Es de un color que marca tendencia, Bascay Blue, y tiene...

«Santo Boleslao, ¡concéntrate, Pres!»

—No me refería a eso. —Niego con la cabeza y lo suelto—: Bueno, tal vez un poco. Lo que quiero decir es que siento haber presionado tanto. No me arrepiento por haber abierto tus ojos o haberte golpeado con mi bolso por ser un imbécil, pero sí por no ser tan comprensiva al respecto. Tu novia, aunque lo niegues, te está engañando, y yo me la he pasado diciendo lo zorros que ella y Wells son. En ningún momento te pregunté cómo te sentías al respecto o te dejé procesar la información.

Levanta la palma de su mano.

—Alto ahí, te estás poniendo sentimental. No tengo una caja de pañuelos escondida en el bolsillo y no quiero que mi camisa quede decorada con una obra de arte hecha de mocos, así que ahórrate eso.

Su respuesta basta para ponerme de mal humor otra vez.

—¿Por qué tenías que volver a ser tan apático? Si no quieres que empatice contigo, está bien. Me limitaré a compararnos con animales con cuernos cuando estemos juntos.

Ríe incrédulo.

—¿Juntos? ¿Tú y yo? ¿Por qué, en mi sano y santo juicio, estaría de forma voluntaria a menos de diez metros de ti? Pondría una orden de alejamiento en tu contra si pudiera.

—A pesar de no tener habilidades sociales y de espionaje, eres una importante fuente de información. Te necesito para conseguir más pruebas y, antes de que te niegues, te propongo un trato.

Estrecha los ojos.

—Los tratos con parientes consanguíneos de Satán siempre terminan perjudicándote.

Pienso en lo agradable que sería retroceder unas cuadras y meter su cabeza en el tanque de agua hirviendo del carrito de *hotdogs*.

—Wells tiene programada una supuesta cena de negocios para el próximo jueves. Descubre qué hará Brooke ese día y encuéntrame en el ascensor a las seis. Si no logro probarte nada ese día, dejaré el acechamiento. Si lo hago y logro convencerte, me ayudarás a encontrar todo lo que necesito para exponer a Wells.

Le tiendo una mano para sellar el trato, pero él intercala la mirada entre mis dedos y mi rostro con escepticismo.

—Omitiste la opción en la que no acepto tratos con familiares de demonios.

—Los demonios no existen, tarado.

—¿Alguna vez te miraste en el espejo?

—Vete al diablo.

—Aún no estoy listo para conocer a tu padre.

Dejo caer la mano. Que tome el asunto a la ligera me molesta, sobre todo porque para mí no hay nada de ligero en el tema. Es demasiado saber que la persona que duerme a mi lado parece haber olvidado cuánto decía quererme en el segundo en que vio a una Rapunzel moderna. El peso es tanto que me cuesta ignorar el escozor que siento en los ojos. Sin embargo, no lloraré frente a este hombre que no hace más que burlarse. Voy a esperar a llegar a casa, ponerme una camiseta de Wells —su perfume es mi favorito en todo el universo, si es que existe un equivalente alienígena de Carolina Herrera—, armar un fuerte de almohadas en la cama, envolverme en una manta y poner una película o canción triste que potencie mi aflicción para sollozar mientras me ahogo en helado.

Masoquismo o nada. Dentro y fuera de la cama.

Comienzo a alejarme decidida a hacer el trabajo por mi cuenta.

—¡Pretzel, espera!

Me detengo en medio de la vereda y él me mira con el labio inferior entre los dientes, en un gesto pensativo, mientras hace rodar con el pulgar el anillo de compromiso que decora su dedo anular.

—Estoy esperando, Pan.

Inhala hondo.

—¿Cómo puedo confiar en que cumplirás tu parte del trato?

Le sonrío con autosuficiencia.

—Pactar con demonios nunca es seguro. Siempre terminan perjudicándote.

El amor cabe en un sombrero

16 de octubre, 2015
Preswen

Recuerdo la primera vez que quise escribir una historia de amor.

Papá y yo estábamos sentados sobre la tranquera de la granja, a la sombra de un álamo que tenía más años que hojas. Escuchamos el chasquido de la puerta mosquitera cerrarse tras mamá, quien tenía una canasta colgando en el pliegue del codo para recoger los huevos que almorzaríamos.

Le estaba contando a papá por qué creía que Paulina Szary, un personaje literario, sobreviviría en el siguiente libro. Sin embargo, me detuve en cuanto lo vi sonreír.

—¿Qué pasa? —pregunté deslizando la vista hacia mi madre, intentando ver el secreto que él veía.

—Tres, dos… —dijo en su lugar—. Uno.

Ella se detuvo a medio camino hacia el gallinero y se llevó una mano a la cabeza. Maldijo de una forma que ofendería al niño Jesús y se dio media vuelta para regresar por donde había venido. Papá se echó a reír.

—Lleva doce años olvidándose el sombrero.

—¿Y tú llevas doce años acordándote de que se lo olvidará? —indagué y él asintió, así que añadí—: ¿Y por qué no se lo recuerdas?

Levantó solo un hombro.

—Porque arruinaría mi momento favorito del día.

Creo que el amor no puede ser definido de una sola manera, pero puede ser explicado de mil formas distintas. Luego de ese mediodía, mi forma favorita se convirtió en esta: el amor es memorizar lo que el otro hace sin darse cuenta, es predecir con ternura el descuido, la manía y la costumbre ajena. Es saber el momento exacto en que tu esposa se percatará de que se olvidó el sombrero en casa y volverá sobre sus pasos, refunfuñando por su olvido.

El amor es que no te importe repetir un momento para siempre mientras sea con la persona correcta.

Con el recuerdo de mi niñez todavía fresco en mi memoria, cierro la puerta del departamento con la punta de mi zapato, anunciando a Wells que llegué. Desde la cocina me echa una mirada sobre el hombro mientras se ata el delantal a la espalda.

«Sé que hará un doble nudo».

Lo hace.

—Hey, cariño, llegas a tiempo. —Sonríe—. Estaba por empezar con la cena. ¿Qué tal suena *rigatoni* con salsa boloñesa?

Dejo caer con descuido las cinco bolsas de compras en el piso. Me entretuve en las tiendas durante la tarde. Algunos despejan su mente haciendo ejercicio, a mí me sirve probarme mucha ropa y volver locas a las empleadas de Ralph Lauren.

—Suena a que mi estómago lo pasará genial esta noche. —A pesar de que es verdad, debo exagerar la emoción en mi voz para que no note que mi ánimo bajó en cuanto empecé a subir las escaleras del edificio a sabiendas de que me lo encontraría.

Cuelgo la cartera sobre el respaldo de una silla y rodeo la mesada con pereza mientras reúne lo que precisa.

«Aunque todavía no necesita ninguna, dejará abierto el gabinete de las especias para recordar condimentar la salsa».

Lo abre.

Comienza a picar las cebollas y me deslizo detrás de él. Me permito tener un último momento de debilidad: apoyo la mejilla contra su espalda y le rodeo la cintura. La calidez que irradia su cuerpo envuelve el mío como si fuera él quien me estuviera abrazando a pesar de que es al revés.

Siempre es al revés. Ese es el problema: dar sin recibir, creer ser suficiente para una persona y que esta demuestre que no lo eres. Qué tonta fui al pensar que sería diferente.

Cierro los ojos y doy oídos a la melodía que crean sus latidos. Inhalo hondo y su perfume colma otro más de mis sentidos.

—Hey. —Ladea la cabeza y corta las cebollas un poco más lento para prestarme atención—. ¿Estás bien?

«Lo estaba, hasta que me enteré de tu mentira».

Tengo el impulso de aferrarme a él con más fuerza, pero ¿de qué sirve pedirle que se quede a alguien que ya decidió marcharse? En su lugar, me obligo a relajar los brazos y la suave tela de su camisa acaricia mi frente mientras le obsequio un último beso entre los omóplatos.

Porque no seguiré besándole la espalda mientras él apuñala la mía.

—Mejor que nunca —miento, justo como me enseñó.

Como recuerdo la primera vez que quise escribir una historia de amor, también recuerdo todas las oportunidades en las que quise dejar de escribirlas.

Fue siempre que una de mis relaciones estaba por acabar.

Y, en este momento, lo último que quiero es presionar una tecla.

Tan discreta como un emoticón

19 de octubre, 2015
Xiant

—¿Has visto mi sostén?

Lleva las manos a su trasero para subir la cremallera de la falda. Sus pechos se balancean como melones al fondo de una bolsa de plástico cuando se pone en cuclillas para echar un vistazo bajo el tocador.

—Creo que lo lancé sobre el armario.

Me lanza una mirada divertida antes de saltar para intentar ver si hay algo sobre él.

—¿Estás seguro de que lo tiraste ahí?

No tengo ni la menor idea, pero me gusta verla a medio vestir. Con o sin ropa —sus prendas siempre huelen a limón—, metida en un disfraz de Hulk, usando un traje espacial o un saco de patatas a modo de vestido, da igual, solo me gusta mirarla. Es preciosa. Desde la forma en que cepilla su cabello con los dedos para armar una cola de caballo hasta la manera en que se lleva una mano al estómago cuando está nerviosa. La primera vez que hizo esto último cuando éramos adolescentes casi me infarto. Creí que estaba embarazada.

Hoy en día el corazón se me paralizaría igual, pero de alegría. Aunque pocos me vean como material parental, me gustaría tener hijos. Sin embargo, en el plan de vida de Brooke debemos casarnos primero.

—Voy a llegar tarde por tu culpa —se queja, saltando todavía—. Otra vez —recalca.

Flexiono un brazo para usarlo de almohada.

—No estabas tan preocupada por llegar tarde hace cinco minutos, señorita Orgasmos Múltiples.

Sus ojos, dos gotas de agua, se encuentran con los míos y su sonrisa se despliega como un abanico. Trepa sobre el colchón y extiende un brazo sobre mi pecho, alcanzando el sujetador que ha estado colgando de la esquina de la cabecera. Presiona un ruidoso y fugaz beso en mi mejilla antes de ponerse de pie y cambiarse.

Desgraciadamente, recuerdo a Sherlock.

¿Por qué accedí a ser Watson?

—¿El jueves también sales a la misma hora que hoy?

—Sí, pero tengo una cena. —Se retoca el maquillaje antes de abotonarse la camisa—. ¿Por qué preguntas?

—Se estrena una película de zombis.

—Tú odias esa clase de películas. Te dan pesadillas, según tu madre.

«La pesadilla sería descubrir que eres infiel».

—Pero tú las amas. —Me froto el esternón con pereza—. Esas mierdas te hacen feliz y, cuando eres feliz, yo soy feliz. Y si somos felices, tenemos relaciones más seguido.

A pesar de que digo la verdad, una parte de mí cree que solo lo menciono para hacerla caer en la trampa de Preswen. Fingir tanto interés por uno de sus gustos nunca se sintió tan mal como ahora.

Maldita, jodida e insistente Pretzel.

Todos los que estamos en una relación, o compartimos cualquier clase de vínculo, fingimos interés al menos una vez, ya sea para no hacer sentir mal al otro o con una intención oculta. A veces pretendemos prestar atención, hacemos alguna que otra pregunta para asegurarnos de que nadie reproche después que no estamos interesados y asentimos a cada rato cuando en realidad estamos pensando en algo más. No es que me pase seguido con Brooke, pero hay ciertos temas triviales que me llevan a eso.

La boda es uno de ellos, por ejemplo.

También los zombis.

—Debes ver el lado positivo. —Se agacha a por sus zapatos y extiendo la mano, a la cual se aferra para mantener el equilibrio mientras se los pone—. Iré a cenar a ese restaurante de comida japonesa a la vuelta del trabajo, así que el jueves no tendrás que cocinar. Te traeré la cena y luego tú y yo tendremos una maratón de pelis en esta cama.

Me da otro beso rápido para despedirse.

—¿También maratón de sexo en la misma cama?

Recuerdo a Preswen llamarlo el *frutifantadelicioso*. Qué ridiculez.

—¿Quién dice que tiene que ser en la cama? —Me guiña un ojo al tomar su abrigo—. El asunto está abierto a discusión, señor Silver. ¡Y recuerda que el viernes tenemos que ir a degustar vinos para la fiesta!

—Acuérdese usted, porque yo no lo haré, señora Quin.

—¡Próximamente señora Silver! —corrige feliz.

Me arrastro fuera de la cama con una maldición cuando la puerta del departamento se cierra. Sin molestarme en buscar mi ropa interior, voy a la cocina a por un trago, aunque antes me ocupo de regar las clavelinas. Que le den al que dice que no hay que beber por la mañana. La situación lo amerita. Me sirvo un poco de ron y tomo una fresa del refrigerador... Brooke Silver... Señora Silver...

Entonces me encuentro con una nota adhesiva en el espejo de la sala:

¿Podrías aceitar la puerta del balcón? Chirría un poco.
Te lo compensaré con un masaje...
Donde tú quieras. ♥

Genial, ahora mi mente creará falsos escenarios sexuales, mi amigo volverá a despertarse y tendré que masturbarme para que vuelva a dormir.

Estamos planeando la boda para primavera o, mejor dicho, ella lo está haciendo. Desde un principio, le dije que lo único que haría para el gran día sería conseguir un esmoquin e involucrarme con el contador por lo financiero. No me importa la decoración, el salón, los invitados o si en lugar de un vestido escoge un disfraz de Popeye el marino o Scooby Doo para caminar hacia mí. De esos detalles se encarga ella.

Solo quiero dar el sí y acabar con esto sin montar un circo en el proceso.

Al pensar en eso me siento más culpable por estar sacándole información para ese gnomo de metro cincuenta. Prometo ir a ver a nuestro contador el viernes cuando el jueves tengo planeado seguirla con otra mujer porque, una mínima parte de mí, cree que me está engañando. Es un dos por ciento. A pesar de que lo niegue, no habría aceptado el trato de Pretzel si no tuviera aunque sea una pequeña duda al respecto.

Hago fondo blanco y mi garganta arde. Estoy por darle los buenos días a Drácula cuando reconsidero mi decisión y regreso a por la botella:

—Este día requerirá de más alcohol en sangre de lo que pensé.

Destapo la jaula y mi loro me saluda con un revoloteo de alas:

—¡Sangre, sangre! —repite.

Le doy la fruta. Mientras busco el móvil, pienso que es irónico y muy acertado que se llame como un vampiro.

> Jueves a las 20:00 h, te veo en el elevador. No me arriesgaré a que mis compañeros de trabajo me vean contigo en la oficina. ¡Lo que me falta es que crean que el infiel soy yo! Discreción, por favor.

No debería estar haciendo esto, debería hacerle caso al 98 por ciento.

—Tendría que haber arrojado a esta mujer bajo el bus turístico cuando tuve la oportunidad. —Doy otro trago con la vista en la pantalla.

> Escribiendo...

Ojalá esté por decir que todo se cancela porque no hay necesidad de seguir a Wells y a Brooke ya que son las parejas más fieles del mundo, pero en su lugar me envía emoticonos:

Bloqueo el teléfono y lo lanzo a los pies de la cama.

Maldita, jodida e insistente Pretzel.

—¡Sangre, sangre! —chilla Drac desde la sala.

Presiento que correrá mucha de esa el jueves.

Un ducto de ventilación (entre las piernas)

22 de octubre, 2015
Preswen

¿Por qué octubre transcurre tan lento? ¿No puedo acelerarlo como lo hago con los audios de quienes hablan a paso de caracol?

Ignoro la fecha digitalizada en mi reloj y me enfoco en la hora mientras camino de un lado al otro por el corredor. Si algo me irrita más que los hombres que no suben la tapa del retrete al vaciar sus vejigas son las personas que llegan tarde a citas acordadas con antelación.

—¿Dónde diablos está?

—Desgraciadamente, en el mismo planeta que tú. —Me sobresalto al oír las puertas del elevador abrirse a mis espaldas. Él espera dentro—. ¿Nunca consideraste ser astronauta? Tu demencia y tu trasero pesarían como diez veces menos en la luna.

Está apoyado contra la pared del fondo. Tiene los tobillos cruzados y las manos metidas dentro de los bolsillos de sus caquis en una pose despreocupada. Arremangó las mangas de su camisa blanca hasta los codos y sus antebrazos están salpicados de pecas por aquí y por allá.

Luce igual de estúpido que la última vez que lo vi.

—¿Dónde te habías metido? Primero te dije que nos veríamos a las seis, luego tú me dijiste que nos veríamos a las ocho, y ahora... —«Quiero golpearte», pienso—. ¿Tenías algo más importante que hacer que descubrir si te están siendo infiel?

Doy un puñetazo al botón del tablero para subir hasta uno de los últimos pisos. Iremos a los baños.

—Tengo otras prioridades y necesidades básicas que están antes que jugar al espía contigo, ¿tal vez asistir al trabajo y evitar que mi jefe despida mi culo de aquí? ¿Buscar excusas para no acompañar a mi prometida a la aburrida reunión para elegir qué tipografía tendrán las invitaciones de la boda? ¿Chequear en Facebook que no olvidé el cumpleaños de mi madre por segunda vez mientras ceno?

—Eres el hijo del año. —Ruedo los ojos y dejo el bolso a sus pies—. No voy a mentirte, quiero matarte justo ahora por mil motivos diferentes, ¡comenzando con que retrasaste mi plan!

—Es bueno que esta no-relación que compartimos tenga como base la honestidad. —Levanta el pulgar—. Terminemos con esto, ¿quieres? Explícame qué se supone que haremos y, por favor, dime que es legal.

Ladeo la cabeza y reviso los pasos a seguir una vez más.

—¿Cuál es tu definición de legal?

Me lanza una mirada de desaprobación antes de hincarse sobre una rodilla frente al bolso y abrirlo. Por un momento, lo imagino en la misma posición pidiéndole matrimonio a Brooke.

Merecemos a alguien que nos quiera lo suficiente como para decirnos que, tal vez, ya no nos quiere tanto. Pero ¿ser infiel? ¿Apuñar por la espalda?

El ser humano puede ser tan cruel a veces. Lo reconozco…

—La gente como yo no sobrevive mucho tiempo en la cárcel, Pretzel. Ten eso en cuenta. —Pan evita que mi mente divague mientras revuelve mis cosas confundido, con la nariz arrugada—. ¿Por qué trajiste cinco mudas de ropa? ¿Eres una adicta a las compras de la misma forma en que eres adicta a hacer miserable mi vida?

—La gente como tú no sobrevive ni en una incubadora —corrijo—. Y traje mucha de mi ropa porque no sabía qué te quedaría bien.

Sus cejas se disparan hacia arriba al sacar una peluca. Me señala con ella horrorizado antes de seguir hurgando. Empieza a negar con la cabeza.

—Ni lo pienses. No hay forma de que mientras esté consciente logres meter mis nalgas dentro de una falda y mis piezotes en una máquina de tortura como esa. —Hace un ademán a mis zapatos.

Estos solo tienen diez centímetros, no sé de qué se queja. Opto por sonreírle con malicia en su lugar:

—No subestimes el poder de insistencia de esta chica, Xiant Silver.

Y veinte minutos después, suspiro satisfecha cuando cruzamos la calle.

—No volveré a subestimar tu poder —asegura aferrado a mi brazo para no resbalar ni tropezar.

—Te dije que podía ser insistente.

—Insistentemente irritante y físicamente agresiva. Amenazaste con meterme mi propia pierna por la garganta si no me ponía la peluca. ¿Nunca contemplaste ir a un psicólogo? Porque estoy seguro de que ese no es un comportamiento normal.

Le pellizco el brazo mientras pasamos una tienda tras otra. No me gusta ver las decoraciones de Halloween que empezaron a poner hace unos días, pero sí los descuentos. Las vidrieras están iluminadas y debo esforzarme para no quedarme contemplando la ropa de diseñador. Xiant se detiene frente a una para devolverle la mirada a su reflejo.

—Admito que me veo genial con el cabello largo. —Pasa una mano entre las hebras de la extensa y ondulada peluca pelirroja que terminé escogiendo para él—. Saldría conmigo mismo.

Al principio, cuando estaba trazando el plan bajo mis mantas con una caja de bombones como secuaz, pensé que podría encontrar en el interminable clóset que comparto con Wells algo que él no usara hace mucho. Sin embargo, incluso con ropa que no era de su estilo y una peluca masculina de otro color sería fácil que Brooke lo reconociera.

Me incliné por la opción que lo hace lucir como una elegante *drag queen*. La peluca sirvió para ocultar y suavizar parte de sus facciones. Me equipé con algunas máquinas de afeitar robadas de mi futuro exnovio y obligué a Xiant a afeitarse la cara a las apuradas. Logré que usara un sostén con *push-up*, el cual rellené con calcetines, y lo enfundé en un vestido de manga larga color negro y medias del mismo color. Nada llamativo. No podrían reconocerlo por detrás o con una simple mirada rápida. Ayudó que tuviera la delgadez de una hoja de papel.

El hombre necesita comer más carne. A veces lo miro y quiero lanzarle una chuleta.

—El vestido es genial, ya entiendo por qué los usan. Siento el aire entrar y salir, es como un ducto de ventilación.

Entrelazo su brazo con el mío para obligarlo a seguir avanzando. Además, no tiene práctica en caminar con zapatos de tacón. Aunque en otras circunstancias lo dejaría caer al piso —al fondo de una alcantarilla también— por venganza, ya estamos retrasados. La reservación que hice en el restaurante japonés en el que están cenando los infieles era para hace media hora.

—Pensé que me arrojarías bajo un taxi solo por sugerir esto —confieso mientras nos deslizamos entre las personas que abarrotan las veredas—, pero parece que lo estás disfrutando.

—Sigo sin estar del todo convencido. Puede que el tema del acoso sea algo cotidiano para ti, eres un gnomo hostigador después de todo, pero yo... —Exhala y frunzo el ceño al notarlo pensativo. Estaba segura de que su cerebro no sabía lo que era el acto de pensar—. Seguirlos me hace sentir como si estuviéramos haciendo algo mal.

Me toma desprevenida. Es el cuarto jueves que lo veo. Lo conocí hace un mes y, aunque parezca menos, ya que solo nos vimos unas pocas veces, estaba segura de muchas cosas en lo que respecta a este tipo. Una de ellas era que no sentía remordimientos. Jamás se disculpó conmigo por dejarme caer u ofenderme.

—Ellos son los que tienen que cuestionar su moral, no tú. —Niego con la cabeza cuando abre la boca. Sé que dirá que todavía no es confiable acusarlos—. No lo entiendo. Eres un imbécil la mayor parte del tiempo, pero acabas de confesar que te pesa la conciencia. Sin embargo, lo que más me sorprende es que sigas creyendo que tu novia no es capaz de engañarte, y no creo que tenga que ver con la negación...

—Pero tú... —Frena el paso.

Echo la cabeza hacia atrás. Odio tener que retractarme.

—Mira, sé que antes dije que estabas en estado de negación, pero... —Aparto la mirada hacia la luna y gesticulo con las manos a pesar de que están enterradas en los bolsillos de mi abrigo de piel sintética—. A pesar de todo lo que aparentas y lo que sale de tu boca, lo cual me da ganas de empujarte por la cornisa del Empire State, me parece que genuinamente ves lo bueno en las personas. Al menos en Brooke, no lo sé. No creo que te niegues a pensar mal de ella por estar cegado de amor, creo que estás convencido de que es leal, gentil, dulce y todas esas cosas porque conoces a fondo cuáles son sus virtudes y defectos. Negarse en este caso tiene que ver con no reconocer lo malo que puede hacer alguien, pero tú sí reconoces que Brooke puede hacer cosas malas e incluso lo señalas, solo que engañar no es una de ellas.

Desearía confiar así en mi pareja. Desearía haber confiado así en todos los que estuvieron antes de Wells, pero no sé cómo hacerlo.

Guarda silencio y ladea la cabeza en un gesto curioso, como los gatos o los bebés cuando ven algo más allá de su comprensión. Tal cual ocurre con su cabello real, un mechón de su peluca colorada se desliza sobre su frente.

—¿Qué está mal? —pregunta con un tono suave.

—¿Por qué crees que algo está mal conmigo?

Se oyen las bocinas y los zapatos golpeando el asfalto, algún avión sobrevuela la ciudad, alguien grita en un idioma que no entiendo, pero que estoy segura de haber escuchado en alguna película. Un estornudo y una tos, una caja cayendo al piso, puertas que se cierran y se abren, campanillas, molestos niños que gritan y una mascota ladrando desde algún balcón. Oigo el auge de la vida nocturna de Nueva York mientras contengo la respiración por miedo a lo que responderá.

—Porque puede que no lo hayas notado, pero estás llorando.

No lo creo al principio. Yo estaba bien hoy, estaba lista para hacer esto... Tomo una inhalación temblorosa y me vuelvo consciente de la humedad en mi rostro.

Maldito día emocional.

Envidio que Xiant esté tan seguro sobre Brooke. Desearía que mi corazón se calmara por un momento, porque pensar en que voy a verlos juntos me abruma y me hace querer maldecir en diez idiomas diferentes. ¿Cómo te enfrentas a quien quieres sabiendo de antemano que lo encontrarás con alguien más? ¿Qué haces después? ¿Cómo lo superas?

—Llámame dramática, adelante.

Me limpio las mejillas con las mangas del abrigo y río para aligerar el ambiente, aunque él no se ríe conmigo. Tampoco se burla ni dice algo irónico o sarcástico.

—Sospecho que sueles dramatizar muchas cosas, pero no creo que esta sea una de ellas. La incertidumbre no solo asusta; a veces duele. Está bien, Pretzel.

Miro ese par de ojos verdes. Solo dijo una oración, pero jamás me había sentido tan entendida por alguien antes, lo cual es ridículo porque se supone que quien más te conoce, como tu madre, te entiende de verdad. No un extraño.

—Por primera vez no quiero golpearte, incluso podría abrazarte.

Pone cara de querer salir corriendo.

—Por favor, no lo hagas.

Da un paso atrás y esta vez me río en serio.

—Tranquilo, no te tocaría ni con una rama.

—Es bueno saberlo.

Volvemos a caminar y diviso el letrero del restaurante a una cuadra. Esto requerirá de una preparación mental que no tengo.

Es hora de continuar con el plan Brells Quimmers.

Se busca traductor

Xiant

Caminamos en silencio bajo la contaminación lumínica de la ciudad. Me gustaría no sentir lástima por ella, pero lo hago y eso me fastidia.

Muchos sostienen que la empatía es algo bueno que nos conecta con el resto, que nos hace más humanos, pero una parte de mí odia ponerse mal por otros cuando ya me sentí lo suficientemente horrible por mi cuenta durante mucho tiempo. No necesito pinchazos de tristeza extra cuando ya cubrí mi cuota de agujas.

La miro de reojo. Su ropa hace que sea una explosión de color por fuera, pero está pintada de gris por dentro: camina con los brazos cruzados y la mirada fija al frente. Comenzó a llorar sin darse cuenta unas cuadras atrás y me sorprendió lo que dijo. Creo que la situación la sobrepasó. Desde el primer momento, se enfocó sin respiro en revelar una traición y puede que eso mismo haya sido una salida para no enfrentar sus sentimientos. Estaba tan celosa de que yo siguiera creyendo en Brooke... Se muere por tener algo de confianza en su relación. Anhela liberarse de la idea de Wells y mi prometida juntos, pero no puede.

Tal vez piensa que, si les quita la máscara a los demás en lugar de dejar que se la quiten solos, dolerá menos.

Spoiler: no.

—Pretzel.

¿Quién me condenó a tener corazón para querer hacer sentir mejor a los demás?

—¿Qué?

Estamos por llegar a la puerta del restaurante.

—No puedes llorar.

—¿Por qué? —Salta a la defensiva—. Todos tienen derecho a exteriorizar sus sentimientos.

—No puedes hacerlo porque se te correrá el maquillaje.

Gira la cabeza hacia mí y sé que sopesa la opción de empujarme a sabiendas de lo mucho que me costó ponerme de pie con estos zapatos.

—¿Y qué si se corre?

—Si a ti se te corre el rímel, también se me corre a mí. Somos una especie de equipo, ¿no?

Procesa mis palabras. Detiene nuestro paso y en el café de sus ojos se reflejan las luces de toda la metrópoli. Entonces, una pequeña sonrisa tira de sus labios coloreados de rojo.

—¿Acabas de darme a entender que, si me siento mal y lloro, tú te sentirás mal y llorarás conmigo solo para acompañarme a través del dolor?

Mis mejillas y mi cuello se convierten en parientes de un semáforo en rojo. No me ruborizaba así desde que mi madre me encontró jugando con el pequeño Xiant en mi habitación a los quince, frente al computador. Gritó tan alto que mis hermanas y mi padre entraron corriendo al creer que alguien estaba muriendo.

Ese fue el funeral de mi dignidad. Jamás la recuperé.

—Sí, tus neuronas tienen un problema para hacer sinapsis dado que tardaste todo un comercial de televisión en darte cuenta.

Mi crítica a su lentitud cerebral no cambia su nuevo estado de ánimo. Me escudriña al tiempo que la brisa otoñal le alborota el largo cabello castaño y el flequillo. De las dos, soy la que está más peinada. Me puso un montón de fijador. Mi peluca brilla más que el cerebro de Stephen King y está tan dura como los abdominales de Superman. De seguro podría mantenerse en posición vertical con más facilidad que yo en este calzado.

—Te esfuerzas demasiado —observa.

—¿En qué?

—En pretender ser un cretino que, en mayor parte, no eres.

Arqueo una ceja y ella enarca la suya en respuesta. Me desafía a que la contradiga y terminamos riendo un poco. No es el tipo de risa que saca lágrimas alegres, sino que se desvanece con tanta suavidad que no deja rastro. Sus ojos se achinan cuando lo hace y sus hombros tiemblan como si le hicieran cosquillas.

No es tan desagradable cuando se ríe.

Abro la puerta del restaurante japonés y entro primero.

—Qué caballero, gracias. —Enciende su sarcasmo.

Supongo que volvemos a ser dos casi desconocidos que se llevan como perro y gato. Bien por mí. No creo poder lidiar otra vez con los sentimientos de una mujer en mi vida, a excepción de los de Brooke. Ella podría convertirse en un huracán emocional y yo dejaría que las ráfagas de aire me arrastraran junto a todo lo que me importa sin pensarlo. Drácula terminaría desplumado, pero valdría la pena.

—No debo sostenerte la puerta porque hoy los dos traemos un vestido, somos damas —retomo la conversación.

—Eres una dama que no sabe andar en tacones —susurra—. ¿Podrías dejar de caminar como si fueras un babuino en una cuerda floja?

—Soy un hombre sin experiencia sobre tacos aguja. —Bajo la voz—. ¿Crees que puedo caminar como otra cosa que no sea un mono del circo?

Me ignora y le sonríe a la mujer asiática que nos recibe:

—Reservación para Preswen Ellis y Anita de la Fontana Rosa Silveriana.

La empleada nos conduce a una mesa escondida en la esquina más lejana.

—¿Anita? ¿Anita de la Fontana Rosa Silveriana? —Tiro de un mechón de su cabello para acercar su oreja a mi boca—. ¿En serio, gnomo?

Me fulmina con la mirada mientras tomamos asiento.

—Me gustan las novelas mexicanas. —Levanta un hombro y abre el menú—. ¿Listo para esto, Pan?

—Nunca estoy listo para algo que involucra estar cerca de ti.

Me mira como si exagerara. No tiene ni idea de qué tan reales son las palabras.

Ahora que lo pienso, ni yo tengo idea de eso.

Preswen

—¿Hay alguna posibilidad de que nos traduzcan esto? —pregunto a Xiant al bajar el menú—. Estos nombres no me suenan familiares de ninguna peli.

Nigiris.
Futomakis.
Tatakis.
Sashimi.
Okonomiyaki.

Se echa en su asiento como si estuviera en la sala de su casa, en calzoncillos y viendo un partido de tenis mientras toma una cerveza. Le doy un puntapié por debajo de la mesa. Lo último que necesitamos es que se le escape un testículo por debajo de la falda.

—Las series y películas no te hacen políglota, solo una adicta que luego necesitará anteojos.

—Lo dice el que tiene más de cuarenta pelis y diez series en su lista de Netflix.

—¡Hey! Nunca dije que no fuera como tú. La única diferencia es que, de usar anteojos, a mí me quedarían mucho mejor que a ti. Tienes la cara de una galleta, demasiado redonda.

Tuerzo la mandíbula.

—Escúchame, Anita, baja a esos humos antes de que vaya por el extintor del restaurante y lo haga yo.

Levanta las manos en señal de rendición.

—¿De verdad vamos a ordenar algo? Este lugar cuesta una fortuna. —Echa un vistazo alrededor: madera pulida, lámparas de cristal con forma de la flor de cerezo y la tela más fina con la que te limpiarás la boca en tu vida—. Te cobran hasta por respirar.

Vuelvo a leer la carta.

—¿Trabajas en la Torre Obsidiana, una de las más importantes de la ciudad, y eres así de tacaño?

—Cuido mi bolsillo. Tú también deberías, pero luces como una derrochadora. Si busco a cuánto sale mi páncreas en el mercado negro, estoy seguro de que no llega al precio del sujetador que me pusiste. Por cierto, ¿de qué trabajas que tienes tanto tiempo libre para ser espía y gurú de la moda chillona a la vez?

Me río cuando enrosca un mechón de su nuevo cabello alrededor de un dedo, distraído. A falta de su preciado gel, insistió en ponerse laca. Brilla como el aceite reutilizado o el tampón el primer día del período. Rojo fuego.

—Creo que este podría ser el comienzo de una conversación normal y civilizada. Me sorprende que seas tú quien la iniciara. —Alcanzo mi copa—. No trabajo. Bueno, en realidad, sí, pero no cobrando un sueldo. Soy escritora. Mientras escribo y me paseo presencialmente por las editoriales neoyorquinas tratando de ser publicada porque todos los editores con los que me topé por email son unos idiotas, vivo a costa de mi muy exitoso y adúltero novio.

También tengo guardado el dinero que juntaron mis padres para la universidad, aunque no he tenido motivo para gastarlo hasta ahora. Las parejas que tuve siempre fueron felices dándome techo, ropa y comida.

Con la cantidad de tiempo que aguanto de rodillas, me gané hasta los lujos.

No es que tenga sexo con ellos a cambio de cosas. Solo soy agradecida. Regálame unos pendientes Bouton de Camélia by Chanel y mi libido se disparará.

—Podrías trabajar media jornada. McDonald's estará contento de recibirte, aunque no puedo decir lo mismo de sus clientes.

—No quiero trabajar en algo que no me guste. Sentiría que desperdicio tiempo de mi vida que podría invertir haciendo lo que me apasiona, que es escribir. Así que disfrutaré el dinero que me viene de arriba mientras pueda, porque sé que llevármelo a la tumba no lo haré. Reconozco que sueno como una mimada que busca la salida fácil, pero hay mucha gente que no tiene la oportunidad de dedicarse completamente a lo que ama, ¿por qué iba yo a desperdiciar eso? Ya me verás en una firma de libros algún día. Seré la bomba.

«Bomba terrorista», parece querer acotar, pero ese es un nivel de humor negro que ni él quiere alcanzar.

—Luego dices que soy yo el que tiene exceso de confianza —replica y estoy a punto de soltar una grosería cuando continúa—: Tranquila, solo bromeaba, al menos un poco... Se nota que eres una soñadora y hacedora imparable.

Agito el vino en mi copa y vuelvo a chequear los alrededores. No hay infieles en la costa. Bueno, no de los que yo sepa. Leí un artículo que decía que más del cuarenta y cinco por ciento de las personas lo son.

—¿Tú cómo te ganas la vida? Estoy segura de que no te pagan por ser un idiota.

Por un momento no contesta. No se burla ni va al contraataque, sino que me examina. Por primera vez me siento incómoda por no saber descifrar qué está pensando, porque usualmente no piensa, así que es más fácil.

—Soy editor literario.

Dejo de agitar el vino.

Dije que los editores con los que me topo son idiotas. Eso puede explicar por qué lo he estado llamando así desde que nos conocimos, aunque no luce ofendido, sino entretenido.

—En otras palabras, me pagan por ser un idiota. —Sonríe.

Y no sé si es el labial que le puse, la ironía tan graciosa de la situación, la iluminación o el hecho de que jamás sonría, pero me percato de que tiene una sonrisa muy bonita.

El test del lector

Xiant

—¿Eres una persona de libros?

Asiento y sacude la cabeza, incrédula pero entusiasmada.

—Creo que sí tenemos algo en común después de todo —reconozco—. ¿Usas señaladores o doblas la página?

—Señaladores. Te apuñalaría con una cuchara de saber que doblas la página. ¿Tapa dura o tapa blanda?

—Tapa blanda porque soy un tacaño que prefiere comprarse dos libros antes que uno con encuadernación *cartoné* —respondo y chasquea la lengua, concordando—. A eso le llamo inversión. ¿Género favorito?

Tamborilea los dedos sobre la mesa.

—Me gusta la variedad, así que ninguno a pesar de que tengo mis predilectos, como la ciencia ficción. —Eso es respetable—. ¿Cita favorita?

—«No dejen que sus cabezas se vuelvan más grandes que sus sombreros» —cito poéticamente al tomar la copa de vino para brindar.

Resopla, pero me imita.

—¿*El señor de los anillos*? No puedo creer que tu cita favorita trate sobre no dejar que el ego se te suba a la cabeza cuando eso es lo que más te caracteriza.

—Uno no elige lo que le gusta, Pretzel. Solo le gusta y lo acepta.

Brindamos y bebemos. Sonríe y yo también lo hago, pero pronto vuelvo a ser consciente de dónde estamos y para qué. Nota que me remuevo incómodo en mi asiento y baja la mirada a su plato. Me sonríe un poco más, esta vez apenada, y nos quedamos en silencio.

Estoy desconfiando de Brooke. Estoy siguiendo a mi prometida. ¡Por el amor a las cajas de ahorro! Me puse una peluca y estoy usando calcetines a modo de bubis para que no me reconozca, ¿qué está mal conmigo? Se supone que debería darle más que el beneficio de la duda a mi futura esposa.

El remordimiento se multiplica al pensar que hace cinco minutos me lo estaba pasando bien con la chica que hay frente a mí. Brooke amaría que tuviera una amiga o un amigo, pero suelo evitarlos. Preswen y yo estamos lejos de serlo, pero siendo honesto, es lo más cercano a uno que he tenido en años. ¿Qué pensaría la mujer con la que me voy a la cama sobre dicha amiga, quien la acusa de ser infiel?

Inhalo despacio. Su novio no es mi problema, mucho menos la falta de confianza que le tenga. Puede jugar a la investigadora privada sola, no me necesita. Esa sospecha que sentí por Brooke más temprano existió, pero fue mínima. Así que me pondré mis pantalones de niño grande y le iré a preguntar para evacuar mi duda.

—Lo siento, pero no puedo seguir con esto.

Me apresuro a ponerme de pie antes de volver a cambiar de opinión. En sus ojos hay una decepción automática, pero pronto es reemplazada por la sorpresa.

—Creo que no tienes opción, Xiant —susurra.

Dirijo mi mirada hacia donde ella se ha quedado viendo. A través del cristal del restaurante, veo a Brooke. Luce uno de esos vestidos que me gustan, ajustados en la cintura y con una falda suelta para hacer volar la imaginación cuando sopla el viento. Su cabello brilla —sin necesidad de fijador— y recuerdo que se gasta una fortuna en peluquería para que eso ocurra, pero no lo hace en el dentista: nació con una sonrisa perfecta. No necesitó ortodoncia.

Se está riendo con su brazo enroscado alrededor de alguien más.

Están por entrar al restaurante.

Ahogo un chillido cuando el gnomo tira del dobladillo de mi falda y me obliga a sentarme. Vuelvo a mi lugar aturdido y señalo a mis espaldas con el pulgar.

—Dime que es un sueño.

Se exaspera y me da un manotazo para que deje de señalar.

—Lo es para ellos, ¡para nosotros es una pesadilla!

Imaginarlos juntos es una cosa, pero verlos es otra. El impacto es tanto que me aferro al borde de la mesa y mis nudillos se tornan pálidos por la fuerza. Preswen toma la base de su copa como si quisiera lanzarla por los aires, directa a la cabezota de su novio.

—Tal vez son amigos —los excuso.

Miro hacia atrás, protegido por los mechones artificiales de mi nuevo cabello. La señora encargada de las reservaciones los guía hacia una mesa que está iluminada por una vela. Wells corre la silla para Brooke y ella asiente a modo de agradecimiento, tocando su antebrazo en lo que parece una caricia.

—¿Los amigos son así de amistosos? —indaga Preswen entre dientes—. ¿Y por qué su mesa tiene una vela?

El detalle la indigna incluso más. Tal vez no somos tan diferentes.

—¿Ya están listas para ordenar, señoras?

Ambos nos sobresaltamos al oír a la camarera, quien aparece con las manos entrelazadas a su espalda. Mi corazón late rapidísimo. Va a tal velocidad que superaría a Usain Bolt en los Juegos Olímpicos. Ganaría la medalla de oro y la vendería para pagar lo costoso que es este lugar o la terapia psicológica que necesitaré al salir de aquí.

—Estamos indecisas —contesta ella tonteando con el menú.

Me aclaro la garganta de la forma más femenina que puedo antes de endulzar mi voz:

—Y somos señoritas, no señoras —corrijo.

Vacío mi copa de un tirón. Necesito alcohol para enfrentar esto. En los últimos días he bebido más que en mis veintiséis años de vida.

La mujer dice que nos dará unos minutos más, aunque no parece muy contenta. Cuando se aleja, volvemos a girarnos hacia ellos. Brooke me está dando la espalda, por lo que tengo vista directa a Wells.

Ouch.

Es la clase de tipo que yo no soy. Estoy lejos de tener ese físico. Es como un maldito armario con patas, esteroides y un maletín elegante. De seguro tiene la trompa de un elefante contenida en los calzones, mierda. Es casi tan alto como yo, más fuerte y mucho más divertido. Lo sé porque hace reír a Brooke. No oigo la risa, pero la veo cubrirse el rostro con las manos. Nunca entendí que se ocultara como si le avergonzara su aspecto al reír. Me viene a la mente la infinidad de veces que tomé sus muñecas y le supliqué que me dejara verla divertirse porque me hacía feliz.

Ni el gnomo ni yo hablamos. La escucho imitar mi acción y tragar lo que resta de su vino. Los minutos pasan y siento treinta nudos en la boca del estómago cuando el armario entrelaza sus dedos con los de mi prometida, a la luz de la vela.

Cuando Wells habla, sé —aunque no pueda verla— que ella le regala su perfecta sonrisa sin ortodoncia. Es como si vertieran ácido sobre mi corazón. Lo siento desintegrarse.

Me vuelvo para mirar a mi acompañante. Tiene su teléfono entre las manos. Acaba de tomarles una foto. Ahí está su evidencia, la que tanto negué que existía.

—Eres impulsiva. —No reconozco mi propia voz, estoy demasiado tranquilo, asumo que todavía no puedo procesarlo—. ¿Por qué no estás allí montando una escena?

Se aferra con fuerza a su astillado móvil antes de dejarlo caer dentro de su bolso sin apartar la mirada de esa mesa. Con una mano sobre su pecho y otra arrugando la servilleta de tela, traga como si tuviera un *fushomikitiki* o lo que sea que sirven aquí atorado en la garganta. Sus ojos se trasladan a los míos y hay tantos sentimientos enredados ahí que no sé ni por dónde empezar a leerla.

—Porque tengo ganas de llorar y no quiero mandarlo al diablo mientras me ve deshidratándome.

No vuelvo a mirarlos. Me enfoco en ella.

—Larguémonos de aquí, Pretzel.

Deben de pensar que somos lesbianas cuando me levanto y le tiendo la mano. Al diablo. Por un momento, me gustaría ser gay y no estar enamorado de Brooke, pero entonces me doy cuenta de que me enamoraría de Wells, porque él luce como el tipo del que todas se enamoran...

Y Anita de la Fontana Rosa Silveriana no sería la excepción.

Los votos de Brooke I

Sé que odias que la gente toque tus cosas, así que me disculpo por lo que estoy a punto de confesar.

He estado intentando encontrar las palabras adecuadas para escribir esto desde hace semanas, pero no sabía cómo empezar. Por encima de todas las cosas, temía ser incapaz de transmitir todo lo que siento por ti. Es imposible, lo sé, pero estamos por casarnos, así que lo intentaré...

De la gran pila de manuscritos que hay en tu escritorio uno llamó mi atención. Al abrirlo supe que era el indicado para inspirarme porque me topé con esta frase:

«El mundo te estaba maltratando con tanta fuerza que quise arriesgarme a mentirte y que así no doliera tanto».

Te conocí el mismo año que perdí a mis padres. Trabajaba en la feria de forma ilegal, pues tenía catorce años. Los servicios funerarios se habían llevado todos los ahorros de la familia, y ahí estaba yo, atrapada en una autocaravana, diciéndole a la gente que vivía con una tía que ni siquiera tenía porque temía que llamaran a los servicios sociales.

Desde la primera vez que hablamos, comencé a sentir todas las cosas hermosas que aseguraba que jamás podría sentir. Fue inevitable pensar que era una farsa, que lo que sea que rige el mundo te había enviado como una ilusión que desaparecería pronto y que solo estaba frente a mí para que no acabara por hundirme. Que nuestro amor era solo producto de mi imaginación.

Creí que eras una mentira, pero —afortunadamente— eras una verdad.

Eras real.

Fuiste mi primer buen día desde que el cielo reclamó a mamá y a papá.

Aunque desconfié del destino por todo lo que me había quitado, una parte de mí presentía que habías llegado para quedarte. Entonces, me hiciste encontrar algo por lo que valía la pena sonreír, incluso cuando la herida seguía abierta.

Odio a primera vista

Preswen

Ninguno ha dicho nada en media hora, lo cual es todo un récord para una mujer cuya lengua tiene hiperactividad y para un quejoso por naturaleza.

Al salir del restaurante, caminamos hasta poner varias manzanas de distancia entre ellos y nosotros. Xiant se quitó los zapatos para estar más cómodo, así que arrastra los pies por la suciedad de la calle, de la misma forma en que yo arrastro mi bolso contra la losa.

Nunca me importaron tan poco los accesorios de calidad.

No acordamos venir a Central Park, solo ocurre. Estamos tan ahogados en nuestros pensamientos que nuestros cuerpos pasan a funcionar en piloto automático. Sacudimos las hojas secas que cubren uno de los bancos antes de sentarnos y se quita la peluca. Le da vueltas en la mano, concentrado, pero sé que no está contando la cantidad de hebras con las que fue confeccionada.

—Soy buenísima en la cama —suelto de repente, enfadada.

—Eh... Yo también lo soy, pero ¿qué tiene eso que ver con...?

—Soy una buena novia. —Me giro para mirarlo—. ¡Soy una novia espectacular! Los miércoles lo espero con un baño de sales porque se reúne con su cliente más estresante, y le doy de comer uvas en la boca como si fuera un pinche Dios griego mientras le hago una limpieza facial casera. —Enumero con los dedos—. Lo acompaño a visitar a su madre para defenderlo porque siempre lo ataca por las decisiones que toma. Le preparo una manzanilla cuando le duele la garganta tras ir a los partidos de fútbol americano y quedarse afónico. ¡Le lustro los zapatos y le plancho los calzones, lo dejo elegir qué comer los fines de semana y siempre estoy de ánimo para el sexo! En su cumpleaños, soy la única que le regala los putos libros de Samir Gaamíl. Soy la que mejor lo conoce e incluso así...

Incluso así no soy suficiente.

Niego con la cabeza, incapaz de terminar en voz alta. Me empieza a arder la vista.

Desde el momento en que vi los mensajes al tropezar con Xiant a la salida del elevador sentí furia, pero no es hasta ahora que me derriba una tristeza llena de impotencia.

No tenía derecho a hacerme esto.

Si la persona que dice quererte te lastima a propósito, entonces no te quiere tanto. Soy una idiota por creer que esta vez funcionaría, pero no puedo evitarlo. Es tan difícil distinguir al chico bueno del malo cuando este último sabe disfrazarse como el primero. Lo peor es que sigo lanzándome al océano del romance una y otra vez, y siempre me quitan el salvavidas. Debería aprender a nadar por mi cuenta. Estoy segura de que hay gente que vale la pena, aunque siempre elijo a la que no. Hasta que no aprenda la lección, debería evitar las relaciones amorosas.

Solo en una ocasión, en mis veinticinco años de vida, encontré a una buena persona. Lástima que lo arruiné. Me pregunto dónde está y si es feliz.

—Soy un pésimo novio. —Xiant se frota los ojos, agotado—. Siempre me sentí afortunado de que alguien como ella se fijara en una persona como yo. Apesto y lo sé, pero si quería casarse conmigo a pesar de saber cómo era, creí que no importaba al final... Pensé que había algo bueno en mí porque me había elegido.

Me seco las mejillas con el dorso de la mano. Debo parecer un mapache rabioso con este maquillaje corrido.

—¿Qué le costaba decir que no quería que siguiéramos juntos? —me lamento—. Le llevaría dos segundos confesarlo. Podría habérmelo dicho y salir por la puerta y correr hacia ella.

—Podría haberme dicho que no cuando me arrodillé y le pedí que se casara conmigo —se queja él—, pero en su lugar me dijo que sí y tuve que aguantar a mi madre hablando de la boda durante los últimos nueve meses. ¿Sabes lo obsesionada que está esa mujer con verme en un esmoquin en el altar? Le partirá el corazón saber que no sucederá. Dios, ni quiero pensar en decirle...

Es dulce que se sienta mal por su mamá.

—¿Cómo le pediste matrimonio?

Me mira como si le estuviera tomando el pelo.

—¿De verdad crees que quiero hablar de eso?

—Si pienso en Wells, tengo ideas asesinas, así que, por favor, cuéntame.

—¿Y si pensar en Brooke me pone triste? ¿De verdad quieres que sea miserable a costa de hacerte olvidar por unos minutos que tu novio existe?

Asiento con seriedad y me contempla sin expresión. Entonces, empieza a reírse. Es una risa profunda, histérica e incrédula, pero llena de gracia. Reprimo una sonrisa y alcanzo mi bolso para sacar la servilleta de tela que robé del restaurante. Creí que la necesitaría. Se la extiendo y se quita el labial.

—Eres peor que mi novia la infiel, Pretzel.

—Eso es bueno, puedes desahogarte conmigo si crees que estoy un escalón de maldad más arriba que ella. —Levanto un hombro—. Ódiame si te ayuda.

Tal vez merezco que me odien, pero él niega con la cabeza.

—No sirve de esa forma, a ti te he odiado desde el segundo en que te vi.

Le doy un codazo suave. Me siento tan mal por él, sobre todo porque tenía más esperanza en Brooke de la que yo tenía en Wells. Aunque no se lo digo, estoy agradecida de no estar sola. Es horrible el pensamiento, pero una parte de mí está feliz de no ser la única engañada aquí.

No sé qué haría de estar sola.

—Se lo pedí en mi cumpleaños —dice con los ojos puestos en el cielo. Diría que está oscuro, pero en esta ciudad siempre hay luz, lo que me reconforta un poco. En la completa oscuridad, la gente es más propensa a llorar. Por eso mi madre dice que cuando uno está triste debe prender todas las luces de la casa—. Estábamos en la cocina y ella me estaba preparando el desayuno. Le dije que quería abrir mi obsequio y me dijo que era ansioso y que debía esperar. Contesté que lo abriría de todas formas. —Noto un músculo de su mandíbula saltar al recordarlo—. Me dio la espalda para seguir cocinando mientras decía que yo no sabía dónde había escondido el regalo. Le dije que sí, que lo tenía justo en mi bolsillo. Cuando se dio vuelta, yo ya estaba arrodillado.

El regalo de cumpleaños de Xiant era que Brooke aceptara pasar el resto de su vida con él.

No le pido permiso. Recuesto mi cabeza en su hombro y se tensa.

—No me saltes con eso del espacio personal —advierto—. Ambos sabemos que darnos un abrazo está fuera de discusión, pero en este momento tanto tú como yo necesitamos algo de cariño. —Poco a poco se relaja—. Siento mucho que te engañara. No creo que hayas sido un pésimo novio, y de serlo tampoco merecías esta mierda.

Su pecho se infla cuando toma una bocanada de aire. El movimiento es suave y cierro los ojos. Podría dormirme encima de este tonto.

—Siento que Wells te fuera infiel, pero ¿sabes qué? —pregunta y levanto el mentón para mirarlo. Baja el rostro y sonríe de lado en su mejor esfuerzo para ocultar lo mal que se siente—. Ahora somos de forma oficial las víctimas de infidelidad más atractivas de Nueva York.

Su vanidad va más allá de toda aflicción. Me hace reír.

—¿Acabas de llamarme indirectamente atractiva, Pan?

No sé por qué, pero eso logra que se me llenen los ojos de lágrimas y que se rompa un poco mi voz.

—Sí, pero solo porque subirte la autoestima es mucho más fácil que repararte el corazón. —Me devuelve la servilleta, está llena de besos y manchas rojas.

Me cae mejor de lo que me caía hace dos horas. Wells me cae peor de lo que me cayó jamás.

Que se joda Brells Quimmers.

Aborten misión

23 de octubre, 2015
Xiant

Está por sonar el despertador de Brooke. Lo sé porque la maldita cosa suena cada maldito día a la misma maldita hora.

Le gusta levantarse temprano, una hora y media antes de ir a trabajar. No duerme hasta tarde ni los fines de semana. Cocina algo nutritivo mientras chequea el calendario del refrigerador —en rojo se marcan las fechas importantes, en azul los recados— y desayuna mientras crea tableros de boda en Pinterest o riega las plantas del balcón, aunque la mayoría de las veces del riego me ocupo yo. Su favorita es la maceta con clavelinas. A veces incluso la oigo hablar con las flores, aunque jamás se lo confesé. Reconozco que esa es su manera de sentirse cerca de sus padres.

A mí me gusta dormir. Me levanto de la cama cinco minutos antes de salir por la puerta.

Ahora falta menos de un minuto para que suene dicho despertador y debo obligar a mi cuerpo a mantenerse quieto porque la ansiedad me invita a revolverme entre las sábanas. Cuando regresé ayer por la noche tras la deprimente caminata por Central Park, estaba tan cansado y furioso que golpeé la almohada hasta deslizarme en el mundo onírico. No rompí objetos porque hoy en día todo sale por una fortuna y me costó mucho equipar este departamento, que era solo mío antes de que ella se mudara.

Me desperté al oírla llegar a medianoche, pero fingí que dormía.

Tuve que esforzarme para no contener la respiración cuando me besó la frente antes de acostarse. Podría haber dormido en el sofá, pero ella sabría que algo marchaba mal y me hubiera despertado para hablar, porque así es Brooke, pura comunicación, aunque le faltó contarme que se veía con otro...

El despertador suena. Me tenso cuando ella se revuelve en su lado de la cama y se gira para apagarlo. Todavía sobre su estómago, se incorpora en sus codos y me mira con una sonrisa somnolienta.

Ah, dentistas celestiales... Me cago en mi hermana... Odio que sonría.

Odio que disfrute hablar conmigo. Odio que lo diga en voz alta. Odio que me quiera. Odio que lo demuestre con cada pequeño gesto. Odio que me toque. Odio que me haga sentir como si fuera el único. Odio amar todas las cosas que odio de ella. Sobre todo, odio sentir que podría perdonarle cualquier cosa. Si confesara que me engañó, ¿cuál sería mi respuesta?

—Debes de estar hambriento —dice—. Ayer traje la cena del restaurante japonés del que te hablé, pero ya estabas dormido y no quise despertarte.

Estoy hambriento, pero de la verdad. Quiero morder sinceridad, masticar dolor, digerir aceptación y expulsar la asquerosa superación.

—Déjame compensártelo. —Deposita un beso sobre mi corazón—. Te haré un desayuno digno de un premio de cocina.

«Felicitaciones, ganaste el premio a la mejor infiel del año. Si no fuera por un gnomo entrometido, ni me enteraba».

Sale de la cama y se cubre con la bata. Odio amar su cuerpo y odio amar lo linda que se ve con el cabello revuelto como si ese hubiera sido el escenario de la tercera guerra mundial.

Odio amarla y amarla y amarla.

«Te amo tanto que hasta podría perdonar que no me ames de regreso».

Cuando oigo cerrarse la puerta del baño, exhalo. Fijo mis ojos en el techo antes de tomar su almohada y ahogar un grito en ella. Pronto la suelto porque tiene su perfume y odio lo mucho que me gusta.

Odio odiar tanto, si es posible.

Como si fuera un niño teniendo un berrinche, pateo las sábanas para salir de su enredo y voy a la cocina. Necesito cafeína o alcohol. Tal vez un café irlandés, de esos que tienen whisky. Suelo ser gruñón y malhumorado por las mañanas, así que no me sorprende que Brooke no haya advertido que estoy enojado.

Como sé que tardará, me entretengo regando sus flores. Luego, me siento en uno de los taburetes y espero a que salga. Ayer, de camino a casa, me imaginé un millón de maneras para confrontarla, pero ahora estoy escaso de ideas. ¿Qué le digo? ¿La acuso de forma directa? ¿Le hago una pregunta cuya respuesta sé para ponerla a prueba? ¿Hago un chiste al respecto? Identifico lo que no quiero hacer: a pesar de que me miente, no deseo echárselo en cara. No quiero quitarle la sonrisa.

¿Qué está mal conmigo? No lo sé, pero es anormal preocuparse por cómo se sentirá tu novia cuando la acuses con argumentos válidos de ser una adúltera. Debería priorizarme a mí, aunque no puedo. Tal vez es porque soy consciente de que Brooke es la única persona que querría casarse conmigo, ya que no es fácil estar a mi alrededor. Después de todo, soy un mal partido.

Me cuesta involucrarme con sus intereses, incluso cuando se relacionan conmigo, como la boda. No estoy orgulloso, pero ignoro todo lo que puedo ignorar al respecto porque de verdad me aburre. Además, soy testarudo, algo antipático y un poco controlador con el dinero. Más de una vez le he echado en cara los recibos. A su vez, soy introvertido y ella es lo opuesto. Una de las cosas que más ama es estar con gente. Cedió mucha de su vida social por mí. No puede llevarme a citas dobles o fiestas porque quiero largarme a los cinco minutos, y tampoco trae gente a casa porque me pongo de un humor terrible. Como guinda del pastel, me quejo de absolutamente todo: las cuentas, el casamiento, la familia, los amigos, los vecinos, el color de las verduras… Mi negatividad debe de darle dolor de cabeza.

Sé que no me esfuerzo con ella tanto como ella se esfuerza conmigo.

—¿Tostadas o gofres con fruta? —pregunta mientras busca una taza para prepararse un café.

Me digo que debo ser firme. No importa si muero solo. No puedo estar con alguien que me engaña. Soy un desastre que debe mejorar, pero no merezco esto.

La ira se acumula. Cada segundo que pasa es un segundo que tienen las palabras en la punta de mi lengua para rebosarse en indignación.

Estoy por enviarla al infierno.

En cuanto se gire, se lo diré.

Estoy tan concentrado en eso que me sobresalto cuando mi teléfono suena con la llegada de un mensaje. Hago malabares para no caerme del taburete. Una vez que me aferro a la mesada, estiro el cuello y leo lo que envió el gnomo.

Pero ¿qué...?

ABORTEN MISIÓN

NO ENFRENTES A BROOKE,
TE VEO EN EL ELEVADOR
DENTRO DE MEDIA HORA.
¡ES URGENTE!

—Entonces... —Brooke se gira y me mira expectante—. ¿Tostadas o gofres con fruta? ¿Y te parece si nos encontramos en la calle 96 antes de ir a catar los vinos?

Me aclaro la garganta.

—Tostadas, amor —pido en un hilo de voz.

Quiero golpear algo. Ella me guiña un ojo antes de darme la espalda para cocinar.

—Y el vino que sirvan en la boda me da igual, elígelo tú. No puedo escaparme del trabajo por esa tontería.

Al menos esa parte es verdad.

Pero más vale que Pretzel tenga una brillante explicación.

Ratas egoístas

Preswen

Camino de un lado al otro frente a la Torre Obsidiana mientras lamento mi existencia e inutilidad. En realidad, mi existir no es un hecho deplorable, pero creo que puedo insultarme a mí misma por ser inservible.

—¿Qué rayos pasó?

Me giro al oír a Xiant. Camina a paso rápido a la espera de una respuesta, con los brazos metidos dentro de los bolsillos de su abrigo. Parece un pájaro en cautiverio. Me pregunto si le gustará la ornitología. También me da curiosidad si sabe que muchas aves agitan las alas como forma de cortejo.

—Tenía el plan perfecto: iba a reír al mirar el celular y él, como de costumbre, me preguntaría de qué me estaba riendo antes de echar una mirada sobre mi hombro para ver la foto que le saqué con Brooke anoche. Entonces, se le borraría la sonrisa y yo lo mandaría a volar con la Estación Espacial Internacional. —Ahogo un grito de frustración al esconder mi rostro entre mis manos—. Pero ¡la fotografía no se guardó porque no tenía más memoria!

No debí sacarme tantas fotos en los probadores de las tiendas. Es que los vestidos de esta temporada son tan lindos...

Silencio.

Silencio.

Silencio.

—¿Qué? —espeta en un tono fúnebre que no dura mucho—. ¡¿En serio?! —chilla, lo que llama la atención de varias personas.

Lo miro entre mis dedos, sin quitar las manos de mi cara. Tengo miedo de que me lance un picotazo al ojo como el ave o persona con gran nariz que es.

—*Merci* —me disculpo en francés, recordando la última serie subtitulada que vi.

Sus ojos se abren tanto que tengo el impulso de extender las palmas hacia ellos para sostenerlos en su lugar en caso de que quieran salirse de las cuencas.

—¡*Merci* significa gracias, no significa perdón, Pretzel!

Me toma del codo para guiarme dentro del edificio, pasando al pequeño Juan que mastica una banana con ánimo. Una vez dentro del elevador, cuando ya subimos varios pisos, oprime el botón de emergencia. Nos detenemos tan de golpe que las galletas que desayuné pretenden escalar su camino de vuelta a mi boca.

Junta las manos como si fuera a orar.

—No sé cómo decir esto sin estrangularte primero, pero ¿por qué no mandaste a Wells con tu padre, es decir con el mismísimo diablo, a pesar de eso? No importa la foto. Ya lo viste con tus propios ojos y sabes cada detalle de esa noche: qué llevaba puesto, a qué hora llegó, qué mesa le dieron y probablemente la cantidad de veces que pestañeó por minuto. No puedo creer que me hicieras venir hasta aquí para esto, ¿sabías que estaba a punto de enfrentar a Brooke cuando recibí tu mensaje? ¡Tuve que mentir y pretender que todo estaba bien!

Revoleo un poco mi bolso a causa de la exasperación:

—¿Cómo ibas a hacer eso sin pruebas, pedazo de idiota? Acordamos que yo te enviaría la foto. Deberías haber sospechado que algo andaba mal cuando no lo hice. ¡Y no puedes enfrentarla sin evidencia fehaciente!

Tiene el color de una frambuesa a causa del enojo. Tal vez debería dejar de llamarlo como un producto de panadería y optar por recorrer el pasillo de las frutas en nuestro supermercado de los apodos.

—Soy un adulto, creo que puedo manejar esta situación como se me dé la reverenda gana, y sé lo que estás pensando... No voy a ayudarte a conseguir más pruebas. No pienso dormir en la misma cama que Brooke ni una noche más.

Ahora soy yo la que junta las manos para suplicarle:

—Por favor, solo necesitamos unos días. Ella negará todo lo que le digas si no tienes evidencia que avale la infidelidad. Por más detalles que le des de esa noche, te dirá que es una coincidencia y no es lo que crees. ¡Se volverá contra ti ofendida porque la seguiste como un maldito acosador!

Me señala con el índice y se acerca hasta que su nariz casi roza la mía.

—¡¿Y quién tiene la culpa de eso?! ¡Tú, psicodélico minion amarronado, me empujaste a hacerlo!

—¡No te apunté con una pistola para obligarte, cara de trasero!

—¡No, pero me robaste el celular! ¡Eres una ladronzuela!

—¡Lo tomé prestado, egoísta rata cornuda!

—¡Las ratas no tienen cuernos!

—¡Pues tú sí, felicitaciones!

Tanto él como yo respiramos con dificultad. Empieza a faltar el oxígeno en esta caja de hojalata.

—¿Sabes qué? —sigue—. Parece que tienes miedo de enfrentar a Wells porque temes perdonarlo cuando te entregue una patética explicación por su comportamiento. Tratas de extender esto de seguirlos solo para sufrir hasta el punto en que no puedas más, que la tortura por verlos juntos supere lo mucho que lo quieres y así te convenzas de que no vale la pena, pero yo no seguiré con tus juegos. Quiero terminar con esto de una vez y hacer el duelo por el que creí que era el amor de mi vida. No seré un masoquista.

Me arde la garganta como si fuera una cascada de tequila. Estoy muy enojada con él y su observación. Más que nada, estoy asustada de que me deje por mi cuenta para lidiar con la situación. Me sostiene la mirada por unos segundos más. Luego, estrella su puño sobre el botón y volvemos a bajar en un mutismo tenso.

Apoyo una mano sobre mi pecho y otra sobre mi estómago para respirar, como me enseñó mamá en la granja. Cierro los ojos y cuento los pisos. Cuando las puertas se abren, sale sin mirar atrás.

Antes de que vuelva a pisar la calle, justo en el momento donde el portero adicto a la fruta le abre la puerta, me confieso porque creo que es lo único que lo hará escucharme:

—Engañé a mi novio una vez.

Tu media naranja

Xiant

Me quedo inmóvil. Creo que oí mal, pero al darme la vuelta veo su expresión y sé que no es así.

—¿Qué?

Es hipócrita.

Sus manos se hacen pequeños puños y los oculta en los bolsillos de su abrigo felpudo al apartar la mirada, avergonzada.

Es mentirosa.

Vuelvo sobre mis pasos y freno a solo uno de ella. Busco sus ojos con enojo.

Hipócrita. Mentirosa. Infiel.

Qué impotencia confiarle a una persona algo muy personal, sea pequeño o grande; sea de tu pasado, presente o futuro; genere felicidad, tristeza o vergüenza, y arrepentirte de habérselo contado.

Pensé que estábamos haciendo frente a la infidelidad juntos. Creí que compartíamos los mismos sentimientos, pero ella se suma a la lista de personas que me ocultan cosas. Me irrita más que Brooke en el sentido de que se suponía que estábamos sufriendo a la vez y de la misma manera porque las personas que queríamos nos habían traicionado, pero ella es igual que Brells Quimmers.

Le puede doler el engaño, pero si fue capaz de hacerle lo mismo a otro… ¿No lo tiene merecido? ¿De qué se queja?

—¿Podemos...? —pregunta, y es la primera vez que noto inseguridad en su voz desde que la conozco.

Hace un ademán, pidiendo que la acompañe. No quiero hacerlo.

—Confié en ti a pesar de mis dudas. Te escuché criticarlos de la peor manera y te consolé a mi forma mientras llorabas... ¿Con qué derecho eres capaz de juzgarlos cuando tú fuiste infiel incluso antes que ellos? ¿Con qué derecho lloras, Preswen?

—Xiant, por favor.

Sus ojos se cristalizan. Sé que mis palabras la lastiman, pero la cólera va más allá de mí y la desilusión me hace querer ahogarme en una piscina olímpica de alguna bebida alcohólica con una graduación que no me permita ni recordar la cara del gnomo.

Trata de alcanzarme y levanto la mano para detenerla.

—Terminaré con Brooke y ya no me importa lo que quieras hacer. Está de más decir que no te ayudaré otra vez y que espero no volverte a ver.

Estoy de camino a la entrada cuando recuerdo algo más. Vacilo un momento, pero vuelvo para mirarla:

—Ojalá te quedes con Wells después de todo. Son el uno para el otro.

El día que Elvis Presley metió la pata

24 de octubre, 2015
Preswen

Ya pasó medianoche y he estado vagando desde el mediodía, cuando Xiant me dejó en la Torre Obsidiana.

Traté de seguirlo para explicarme, pero en cuanto se adentró en Central Park, lo perdí. Me di cuenta de algo en lo que nunca antes me había puesto a pensar, en lo curioso que resulta que en un mismo lugar pueda haber tantas personas tristes como felices por igual: este parque, un hospital, la escuela, la universidad... Me pregunto si habrá existido, existe o existirá algún sitio donde las emociones de todos se sincronicen.

¿Un cementerio, quizás? Qué deprimente.

Vago por los senderos mirando tantas sonrisas ajenas como ojos vacíos. En otras circunstancias, formaría parte del primer grupo, pero hoy estoy ubicada en el segundo. El problema es que el desasosiego se debe a algo que no debería. Tendría que sentirme mal por haber sido infiel o que ahora me paguen con la misma moneda, pero de una forma que no llego a comprender del todo, solo puedo pensar en lo decepcionado que lució Xiant.

Sigue siendo un extraño, ¿cómo puede alguien sentirse tan mal por lo que un desconocido diga o piense? Su concepto de mí no tendría que ser una pregunta recurrente en mi cabeza. Es más, ni siquiera tengo por qué darle explicaciones, pero una parte de mí está deses-

79

perada por hacerlo. Quiero tener su confianza, lo cual es ridículo porque, si fuera él, no me la daría.

Me detesto.

No tuve la fuerza suficiente para pensar en Wells en todo el día o en lo que voy a hacer. Lo único que hice fue ahogar mis penas en comida, intentar sacar algo de satisfacción de mi paladar cuando todo lo demás parece insípido. Me comí un *hotdog* del carrito de Larry a las doce, un helado de McDonald's de postre a las dos, una hamburguesa del carro de la 42 Avenue a las seis y lloré mientras compraba dos pretzels frente al parque y escuchaba a un músico callejero tocar su guitarra hace unas horas.

Ahora es el turno del whisky (no contaré la petaca de emergencia que ya me bebí).

Me acerco al primer bar que encuentro. Al entrar me doy cuenta de que no fui al baño en todo el día. Prácticamente estoy conteniendo mi vejiga gracias a la presión de mis *jeans,* como si eso pudiera impedir la inminente salida de todas las latas de gaseosa que tomé.

—¿Día duro? —pregunta una chica rubia cuando ya salí del cubículo y me estoy lavando las manos.

Al principio no sé por qué lo dice, pero al levantar la vista hacia el espejo doy un respingo. Me asusta lo rápido que me contratarían en el casting para una película de Tim Burton.

—Debería ser ilegal que el maquillaje se te corra así. —Paso los dedos bajo mis ojos para limpiar el rímel, pero solo lo desparramo más.

—Por suerte, entre chicas nos ayudamos —dice la extraña.

Deja su bolso sobre el borde del lavamanos y saca una toallita desmaquillante. Le sonrío a modo de agradecimiento mientras la tomo, pero presiento que no debería hacerlo, eso de sonreír. Luzco como una zarigüeya salvaje o alguien que se pasó las últimas dos décadas de su vida en una despedida de soltera (no me quejaría de esa opción).

—Los hombres apestan —añade a forma de consuelo, al creer que la raíz de mis problemas tiene testículos.

—Las mujeres también apestamos. Esta vez la que metió la pata fui yo.

Cierra su bolso y se lo echa al hombro. No puedo evitar mirar la falda godet que lleva puesta, es muy chic. Si no estuviera triste, le sacaría toda la información para conseguir una igual.

Apoya la cadera contra el mármol y me contempla con empatía. Sus ojos color esmeralda brillan como si entendiera algo que yo no.

—Bueno, ¿sabes qué es lo que no te dicen sobre meter la pata? Que la puedes volver a sacar.

Empiezo a reír porque creo que metí más que la pata. Metí todo el maldito cuerpo y arrastré conmigo a media docena de personas. También a todos los animales con cuernos del bosque. ¿Cómo sacas eso? ¿Con una excavadora? ¿Debería llamar a Bobby, el hombre de la grúa?

—Gracias —digo de todos modos.

Asiente y, antes de salir del baño, le da un ligero apretón a mi hombro. Ya a solas, vuelvo a mirar mi reflejo sin una gota de maquillaje; sin escudo y con todas las imperfecciones a la vista. Lo que más me preocupa, sin embargo, es que mis ojos muestran tan bien como me siento que temo ser transparente por primera vez en la vida.

Me gusta elegir qué partes de mí mostrar. Usualmente, escojo las más alegres.

—Al diablo. Me emborracharé hasta olvidar el estúpidamente original nombre de Xiant, la dirección del departamento que comparto con Wells y el cabello color mayonesa de Brooke.

En el intento de evitar pensar en los problemas por una noche y consciente de que la resaca será dura, voy directa a la barra. Necesito distracción, aunque sea momentánea.

Después del tercer trago, ya olvidé hasta mi apellido. Creo que era Ellis. No, Elvis. Preswen Elvis. Elvis Presley... Pretzel. Preswen Presley Pretzel. Triángulo P.

—¡Vaciaré tu cantina, lo juro como que me llamo Preswen Elvis Presley Ellis Pretzel! —le advierto al barman, que me mira entre divertido y confundido, como los clientes que hay alrededor—. Hazme una ensalada de alcohol. Mezcla, diviértete, ¡crea para mí! Sírveme todo tu conocimiento alcohólico en una copa, ¿enten...?

Enmudezco cuando veo a la rubia del baño sobre el regazo de Xiant.

Santo Boleslao.

No. No. No. No. No.

NO en MAYÚSCULAS.

No lo dejaré convertirse en el desastre que Preswen Ellis es, por encima de mi cadáver.

No puede seguir mis pasos. Por eso actúo.

Cita con el dentista

Preswen

Tal vez no debería haber bebido todos esos tragos.

Lo que sí debería haber hecho es sacar cita con el oculista, porque ver tantas series y películas en Netflix está deteriorando mi visión.

Sin embargo, es demasiado tarde.

Camino hacia ellos con una copa en mano.

—¡No seas un pretzel! ¡Sálvate de caer en la tentación de mi padre, Pan! —grito.

Estoy a punto de lanzarme para separarlos cuando noto lo pésima que es mi visión a distancia. La rubia no está sentada exactamente sobre Xiant, sino a su lado. El ángulo que tenía desde la barra, más el alcohol en sangre, me hicieron ver cosas donde no las había. Ahora no hay escapatoria.

Estoy de pie frente a su mesa, con sus ojos y también con los de medio bar sobre mí. Se expande un silencio sepulcral mientras la chica del baño me mira intrigada y él se lleva una mano a la frente, avergonzado.

Esto es incómodo. Nivel despedirse de alguien y darse cuenta de que ambos marchan en la misma dirección.

—Ya saben cómo es la miopía. —Se me escapa una risa nerviosa y apuro mi bebida hasta dejar limpio el vaso, jugando con el dije triangular de mi collar—. Un poco borroso por aquí, un poco distorsionado por allá, un poco…

—Un segundo. —La rubia mira entre nosotros—. ¿Ella es Preswen? ¿La Preswen de la que hablábamos?

—Sí, y ya se iba —contesta él, con los ojos fijos en su bebida.

Hay una ira cansada en su voz. Me pregunto qué habrá hecho desde la mañana. Si dejó a Brooke después de nuestra discusión es entendible que venga a ahogar penas, pero si no lo ha hecho, también es comprensible que venga a un bar para reflexionar. Mi madre me enseñó que el alcohol tiene variantes para cada ocasión.

Bebí whisky, lo cual es genial para deprimirse. Luego, tomé algo de vodka porque quería dejar de revolcarme en mis problemas. De esa forma mi ánimo subió un poco. El vino suelen tomarlo los que quieren relajarse y, según mamá Ellis, si uno toma ron es para ordenar los líos en su cabeza y encontrar una solución. La cerveza va bien para desahogarse y dejarlo salir todo. O porque estás corto de dinero.

Xiant está tomando agua.

La esposa del diablo no me preparó para esto.

Lo maldigo. Siempre me lleva la contra, incluso cuando no sabe que lo está haciendo.

¿Qué se supone que significa eso? Tomamos agua para sobrevivir, ¿será que se está muriendo en contratiempos y busca una especie de salvavidas? También usamos el agua para bañarnos, ¿trata de ver las cosas con más claridad y quitarse los restos de malas noticias de encima? Mamá riega los girasoles con H_2O, ¿y qué si Xiant es un girasol que busca la luz del sol? Tal vez está en la búsqueda de esperanza.

O puede que yo solo esté muy ebria y conspirativa.

No solo evita hacer contacto visual, sino que tuerce su cuerpo para que ni siquiera su esqueleto deba hacerme frente. Está herido. Los girasoles buscan el sol y él mira a la otra mujer en busca de ayuda, lo que me hace sentir una sombrilla que bloquea los rayos que él tanto necesita alcanzar.

Mis mejillas y mi cuello pican al enrojecerse. No puedo seguir insistiendo. Dejó claro que no quiere saber más de mí y, en lugar de intentar con tanta desesperación que escuche la versión detallada de mi historia y me entienda, debería pensar qué haré con mi novio y dejar que este hombre haga lo que quiera con su vida. Al fin y al cabo, él no es como yo. No engañaría a Brooke.

Que yo no sea digna de confiar no significa que el resto de las personas tampoco lo sean. No tengo derecho a entrometerme en relaciones ajenas.

Suficiente hice ya.

—Sí —confirmo al tamborilear los dedos sobre mi muslo—. Ya me estaba yendo, lo siento.

El pelirrojo exhala aliviado. Es mi señal para ir a llevar sombra a otro sitio.

—¡No, espera! —llama la mujer del baño.

—Tasha, ni se te ocurra... —sisea él, pero ya me volví para mirarlos.

—Como tu hermana menor, es mi deber fastidiarte y ayudarte en partes iguales. —Se corre en el asiento para dejar un lugar libre—. Ahora cierra el pico. Me llamaste para que te ayudara a solucionar esto, así que déjame hacer mi trabajo. —Él está listo para replicar, pero una larga mirada de parte de la tal Tasha lo hace callar y, con resignación, se toma de golpe lo que resta del vaso de agua—. Preswen, siéntate con nosotros. Es hora de hablar.

Miro alrededor y me señalo a mí misma como si hubiera más Preswens aquí. Mi madre también dijo que no debía mezclar bebidas, lástima que la desobedecí. Me habría tomado hasta el agua del váter si el barman le hubiera echado un chorro de gin-tonic.

—Es un grano en el culo sobria, ahora solo se potenciará con el alcohol para convertirse en un sarpullido —indica él.

Por un momento, dudo en aceptar la oferta de Tasha. Por lo poco que escuché, ella ya sabe quién soy y lo que hice. ¿Qué pensará de que arrastre a su hermano a mi locura de inseguridades disfrazadas como un juego de investigación? Asumo que nada bueno.

Sin embargo, mientras me ve cambiar el peso de un pie al otro sin saber qué hacer, toma mi mano. Me mira con ese par de ojos primaverales, son del mismo color que los de Xiant, pero transmiten cosas diferentes. Brillan como si viera algo que yo no, igual que en el baño. No está enojada conmigo. Tampoco parece molesta de que su cuñada esté engañando a su hermano. Ni siquiera luce preocupada por algo, solo se limita a contemplarme con suavidad, sin juzgar, y eso toca mi fibra más sensible.

Todos tomamos malas decisiones y hemos estado bajo el juicio de los demás, pero encontrar a alguien que no se enfoca en lo malo, sino en tu potencial para enmendar el error, es extraño y bueno.

No la conozco hace más de diez minutos y ya quiero abrazarla.

—¿Eres terapeuta? —pregunto.

Cuando nos sentamos, parece una sesión de terapia matrimonial, aunque ni siquiera estoy casada y el que está frente a mí no es mi novio.

—No, soy dentista.

—Pero le gusta jugar a la terapeuta —dice Xiant por lo bajo, a lo que ella le da un puntapié para nada sutil debajo de la mesa. Él se pone de pie—. ¿Sabes qué? Esto es una mierda. *Vai tomar no cú*, me largo. Solo quería desahogarme, no que intentaras reconciliarme con la mentirosa que me arrastró a este problema en primer lugar. Y, de querer solucionar algo, deberías ayudarme con Brooke.

—Siéntate antes de que te dé un problema al que debas buscarle una solución —advierte Tasha. A pesar de que es la menor, noto que lo tiene bien adiestrado, porque él desiste al instante y se deja caer en el asiento con los brazos cruzados—. Ahora, antes que nada, creo que necesitamos arreglar su relación. No terminaron en los mejores términos esta mañana. Explicaciones deben darse para darle sentido a ciertas cosas, ¿verdad, Preswen? —Junta las manos sobre la mesa.

Sé que habla de mi confesión de último minuto. Mis ojos se trasladan al pelirrojo. Su mirada está fija en algún punto lejano del bar, pero sé que no puede bloquear el sonido de mi voz, así que tomo la oportunidad para llegar a donde quería hace unas horas.

—No engañé a Wells —comienzo, sé que está asimilando las palabras por la forma en que se tensa—. Fui infiel a quien estuvo antes que él. Tenía un novio, su nombre era Vicente, y nos conocimos porque él era un español que vino a vacacionar a Nueva York. En ese entonces, estaba algo obsesionada con las series españolas. Esperando en la cola de un café, identifiqué su acento y quise improvisar el idioma. —Doy vueltas a mi copa vacía—. Fracasé. Él se rio en mi cara y me dijo que le había preguntado a qué hora iba la lechuga a la playa cuando mi intención fue preguntarle si vivía en Barcelona, cerca de la playa.

Un músculo palpita en su mandíbula. Reprime las ganas de soltar una carcajada. Entiendo eso. Me enfada un montón que me hagan reír cuando estoy molesta porque le quitan seriedad a mi cólera y es difícil volver a hacerse el duro cuando el otro cree que te ablandó.

—Vicente era alegre, por demás apasionado, esa clase de persona cuya energía nunca se agota. De verdad, me gustaba estar a su alrededor —aseguro, pero el remordimiento empieza a filtrarse en mi voz por la siguiente parte, la no tan bonita—. Por eso intentamos hacerlo funcionar. Lo hicimos bien los primeros meses, viajé dos veces y me quedé con él en Barcelona, pero eventualmente tenía que volver. La última vez, él tenía planeado llegar un noviembre, pero yo había conocido a Wells en octubre.

—Y luego te olvidaste de que tenías novio y la cagaste. Ya lo sabemos, ingrata. —Hace un ademán con la mano, intentando que parezca una pequeñez usual.

Me encojo sobre mí misma por la brusquedad de las palabras, pero en cuanto Tasha salta para reprocharle su falta de tacto y respeto con un golpe en la nuca, me obligo a cuadrar mis hombros y tomar el control. Puede que haya metido la pata hasta el fondo, pero no voy a permitir que me hable tan feo.

—No, para tu información, no me olvidé. Sentí una conexión automática con Wells... Simplemente encajamos. Uno no puede controlar qué, cuándo y por quién siente lo que siente. No fui la excepción y no estoy justificándome, pero las circunstancias tuvieron su peso...

—Era octubre e ibas a verlo en noviembre. Treinta y un días, Preswen. ¿Qué son treinta y un días de espera cuando amas realmente a alguien? —Hay dolor en su reproche y sé que lo toma personal por la delicada situación de Brooke—. A menos que no lo hicieras, claro, pero de todas formas tu respeto por Vicente y tu moral te tendrían que haber frenado. No contralamos lo que sentimos, pero sí lo que hacemos con eso. Al menos deberías haberle dicho que no viajara quién sabe cuántos kilómetros para encontrarte con otro.

—Hacía meses que no lo veía, me sentía sola y estaba pasando por un momento horrible porque... —Me detengo e inhalo hondo. No puedo contarle lo que pasó. Jamás hablo del tema. Me arden los ojos, pero continúo con el relato porque si me detengo sé que le daré luz verde a las lágrimas—. Me la pasaba leyendo, no hacía más que eso. Tú sabes que leer es una forma de entretenimiento, pero también es una forma de escapar de la realidad, ¿y qué crees que hacía las veinticuatro horas del día? Estaba inconforme con mi vida, así que vivía la de otros. Eso me ayudaba. Y el día que mi escritor favorito, el que tanto me había ayudado a huir, vino a la ciudad y no llegué a conocerlo, me sentí fatal. Entonces, apareció Wells. Él me entendió.

Hizo que octubre no doliera tanto.

No voy a decirle por qué estaba deprimida. No es tema para tratar con alguien que apenas conozco y su hermana, la dentista con complejo de terapeuta.

—Adivino que te invitó a salir.

Asiento.

—¿Y decidiste aceptar a pesar de Vicente? —Noto que quiere añadir algún adjetivo desagradable, pero Tasha le advierte con la mirada que no lo haga.

Sé que cree que soy hipócrita. Lo soy. Tengo el valor para reconocerlo, así que asiento otra vez.

—No sé a dónde querías llegar, Tasha. —Se pone de pie aunque no he terminado—. Lo único que escuché son más razones para alejarme de ella.

Me mira rencoroso, pero no voy a quedarme con las palabras en la punta de la lengua, así que salgo tras él cuando atraviesa las puertas del bar. Uno no abandona el libro por la mitad. Hay que terminarlo para que todo encaje. Así que haré que lo haga por Xiant.

Pero también por mí.

No soy el sol

Xiant

Es pasada medianoche cuando salgo del bar. Me pregunto si Brooke está despierta esperándome.

Acomodo el cuello de la chaqueta cuando echo a andar por la vereda, pero el ruido de unos tacones cual incesante repiqueteo de pájaro carpintero me obliga a darme vuelta justo cuando ella abre la boca, lista para llamarme.

—No. —Levanto un dedo—. Aléjate, en serio. No quiero estar cerca de ti. Esta amistad o lo que sea que teníamos se terminó.

Frena en seco, aún agitada por correr menos de cuatro metros. Está en mala forma y, aunque sea un pensamiento feo, me alegra que ver tantas series echada en la cama atragantándose con comida chatarra le esté pasando factura. No podrá perseguirme por toda Nueva York sin perder un pulmón en el camino.

—No dejaré de seguirte hasta que me dejes terminar de explicarme.

La ignoro y sigo. Corre para alcanzarme, por lo que acelero el paso y hundo mis manos en los bolsillos de mi abrigo.

—¡Xiant, detente! Sé que no tienes por qué escucharme, pero hazlo, por favor.

Toma mi codo y tira con fuerza, hasta que estamos frente a frente. Eleva el mentón para sostenerme la mirada. Odio el instante en que me invade esta culpa que no tengo por qué sentir, pero verla triste me genera demasiados sentimientos que no quiero tener.

—Sé que no soy el sol para tu girasol interno, pero dame unos minutos.

No entiendo lo que acaba de decir. Es obvio que está algo ebria. Me siento celoso. Yo también quería emborracharme, pero entonces, no sé por qué, tuve la brillante idea de llamar a mi hermana. El exnovio de Tasha bebía mucho y, a pesar de que ella no lo dice en voz alta, sé que no le haría gracia que le hablara con el aliento de un alcohólico. Le traería malos recuerdos, por eso pedí agua.

«Agua. ¿Escuchaste eso, Jesús?». Necesitaba tres barriles de licor y pedí un vaso de agua por mi hermana. Esa fue mi buena acción del día, pero ya no más. No voy a concederle tiempo a alguien que no lo merece.

—Vete al infierno, me voy de aquí.

Trato de partir, pero me toma por los antebrazos.

—No estoy lista para visitar a papá. —Se muerde el labio inferior.

Examino su rostro en detalle. Quiero reírme por el comentario y el recuerdo de mí mismo identificando a su padre como el mayor de todos los demonios tanto como deseo zafarme de su agarre. Sería sencillo, pero temo que si me muevo lo haré con brusquedad por el enojo y podría lastimarla. Tal vez la haría tropezar y, aunque la quiero lejos de mí, no me gustaría que terminara sobre su retaguardia en la calle, en la espera de que la pisen.

—Lo que sea que digas no me hará cambiar de parecer. —Bajo la voz y trato de ser más suave—. Ya déjalo. Estás borracha, llamaré a un taxi, te acompañaré a casa y luego no quiero verte más. Arregla tus cosas y yo arreglaré las mías. Haz de cuenta que nunca nos quedamos atascados en ese elevador.

Estoy cansado de estar molesto y herido. Consume muchísima energía enojarse y decir cosas crueles, como he estado haciendo hasta ahora, no nos llevará a ningún lado mejor. Mis pensamientos pueden quedarse en mi cabeza. Se siente mal y sabe que no la miro con los mismos ojos, así que de nada sirve este lío dramático en el que nos estamos envolviendo. No tengo por qué huir. No estamos en una película.

—Pero eso fue lo que pasó —insiste—. Soy consciente de que no soy la persona más racional ni santa del mundo, pero solo te pido unos minutos. Luego te dejaré. Lo prometo, no volveré a intentar convencerte de nada. Ni siquiera de que los caquis no favorecen tu trasero.

Creí que me quedaban genial.

Siento desconfianza en cada fibra del cuerpo, pero ¿qué más da? Si esto le da el cierre que necesita, si ayuda con su ya desastrosa y pesada carga de conciencia, no creo que sea tan malo.

—Tienes cinco minutos.

Sus brazos caen laxos a sus lados.

—Engañé a Vicente, es verdad. ¿Y sabes por qué te dije que había sido infiel esta mañana? Porque al final quería llegar a este punto: él había adelantado su vuelo para darme una sorpresa y pasar más tiempo conmigo. Eso llevó a que casi me atrape en la cama con Wells a finales de octubre. Al instante descartó la idea por la fe que me tenía, pero luego encontró ropa en mi departamento que no era de él. Por supuesto que lo negué... Encontré una excusa, y luego otra y otra más... Justifiqué absolutamente todo hasta que no tenía con qué sospechar. Maté su corazonada y fingí que nada había pasado.

Es horrible pensar que hizo eso a propósito. Rompe por completo la imagen de mujer brutal, pero honesta, que tenía de ella al principio.

—Lo hice porque era egoísta. Me gustaba la compañía, la atención, que me amaran hasta desbordarme... A pesar de que no lo creas, lo quería. No soportaba la idea de que me dejara.

—Si quieres a alguien, no lo lastimas de esa forma, Preswen.

—Son las personas a las que más queremos a quienes podemos infringirles el peor daño —susurra—. Wells no sabía que tenía novio. Nunca se lo dije. Me las arreglé para equilibrar mi vida entre ellos dos por un tiempo y entonces Vicente volvió a confiar en mí. No me preguntes cómo me di cuenta ni cuándo, solo lo supe. —Levanta un hombro—. Ahí noté la magnitud de mi error. Todo ese tiempo que estuve con ambos, sufrí. Sentía nervios constantes y miedo de que me atraparan, pero sobre todo... remordimientos, pero no tantos como los que imaginaba que sentiría si él se enteraba. Me daba terror lo mucho que me pesaría la conciencia luego de la confrontación. No quería imaginar a uno de nosotros armando una maleta para largarse y tampoco oír todas las cosas crueles que saldrían disparadas hacia el otro. Sé que en un engaño solo hay una víctima, pero puedo jurarte que ser el que lastima también duele. Sin embargo, uno no puede deshacer lo hecho y cuesta muchísimo parar un coche que no tiene frenos.

—Una solitaria lágrima rueda de su ojo izquierdo, pero no se molesta en limpiarla—. Me pregunté lo siguiente: si lo hice esta vez sin consecuencias, podría hacerlo nuevamente, pero ¿quiero? ¿Vivir en un engaño no nos daña a todos, incluyéndome? ¿No estoy haciendo que él malgaste su tiempo conmigo cuando podría tener a alguien mucho mejor? Mi egoísmo se fue por el retrete cuando supe que estaba arruinando el tiempo de vida de otra persona. Arruinándolo todo y él ni siquiera sabía…

No sé qué decir o pensar, lo cual es muy impropio de mí, pero puede que a veces uno no tenga que decir o pensar nada, sino escuchar.

—A lo que tantas vueltas le doy es que al final sé lo que es estar en los zapatos del infiel. Me pagaron con la misma moneda y me lo merezco —reconoce—, pero sé jugar este maldito juego y me aterra…

Su intención me golpea antes de que la confiese.

—Te aterra que Wells haga lo mismo que tú y termine ganándose tu confianza otra vez, por eso estás tan obsesionada con las pruebas.

No se fía de sí misma. Esa falta de confianza es tan sorprendente cuando viene de su parte. Esta mujer parecía capaz de dominar el mundo con su risa de gnomo malvado hace un día, pero ahora dicho mundo se está cayendo pedazo a pedazo a su alrededor.

Creo que una parte de ella quiere confrontarlo porque Vicente no la confrontó. Sabe que dolerá que la verdad se exponga y es su forma de castigarse por lo que hizo. Tal vez por eso alarga esto. Su cabeza le dice que lo merece, pero su corazón no quiere ser golpeado.

—Te asusta más que yo sea el Vicente de Brooke. Sabes los posibles desenlaces de esta historia y tratas de que consiga el mejor, que la ruptura sea permanente para que no caiga otra vez en la trampa, ¿verdad? —inquiero, pero no responde—. ¿No es así, Preswen?

Desde el primer segundo que intercambiamos teléfonos, pensó en mí. Se proyectó a sí misma como Brooke, por eso la llamó de esas formas tan feas que luego repetí, y me proyectó siendo Vicente. Me animó a hacer lo que su ex no pudo porque ella jamás le dio la oportunidad: presionar por la verdad, exigirla, arrinconarla porque merecía saberlo todo. Se preocupó por el extraño, la potencial víctima. Eso explica su irritante y constante presencia.

Por mí y por la culpa que la carcome diseñó el plan.

Nunca fue por despecho.

Más que el error, menos que la solución

Preswen

Ninguno de los dos dice nada. Fingimos que no tenemos lengua.

Nos sostenemos la mirada en un silencio que al final resulta ruidoso. Escucho los latidos de mi corazón y creo que él también puede oírlos. Estoy agradecida de que no haya tenido que seguir explicando nada, y que Watson, siempre paciente para oír a Sherlock, haya comprendido la esencia del crimen.

Me alivia que me entienda, aunque resulta igual de aterrador que sepa algo tan personal sobre mí. Jamás le había contado a alguien sobre mi infidelidad. Creí que sería cobarde para siempre, porque decir en voz alta que no fuiste una buena persona es muy difícil.

Pero lo hice.

—Creo que podemos avanzar a partir de eso. —La autosuficiente voz de Tasha hace añicos el mutismo.

Xiant frunce el ceño con el mismo desconcierto con el que observo la pantalla de la computadora cuando los subtítulos van a destiempo con la escena. Sé que hay un problema, pero me siento impotente de no poder solucionarlo. Su hermana llega a nuestro lado y alterna su mirada entre ambos.

—Lo que Preswen te contó no es una justificación para sus errores del pasado —le dice a su hermano—. Se abrió contigo para que la entendieras, no para que la atacaras. ¿Es hipócrita? Puede ser, pero es su problema. Todos podemos ser villanos para conservar el amor de alguien. A nosotros nos competen otros asuntos, ¿de acuerdo, Dientitos?

Xiant pone los ojos en blanco.

—¿Dientitos? —me burlo.

—Sus dientes de leche eran tan pequeños que se los tragó todos sin darse cuenta —explica la chica, ganándose una mirada fulminante de Dientitos—. Preswen —se aclara la voz—, mi hermano no es bueno formando vínculos de amistad. Le cuesta confiar y asumo que puedes entender por qué te trató como lo hizo, aunque no estuvo bien. —Suspira—. A pesar de que no te lo diga, presiento que se encariñó contigo.

—¡Tasha! —advierte él con las mejillas ruborizadas, pero ella lo ignora y continúa.

—Es comprensible que se sienta decepcionado cuando, aunque no lo notaras, tenía una gran imagen de ti sin importar lo que te decía. Primero fue Brooke y luego tú, ¿lo captas? Las decepciones son grandes enemigas viniendo de quienes nos importan.

De pronto, mi mente observa la escena desde afuera. Estamos frente a frente, con Tasha de intermediaria entre nosotros. Brooke y Xiant podrían estar frente a frente, con un cura entre ellos dentro de poco tiempo.

—¿Se perdonan mutuamente, por favor? Porque necesitamos pasar a otro tema importante, titulado Brells Quimmers —recuerda el nombre del *ship*—. Vamos a analizar unas cuantas cosas y a ver qué hacemos a partir de ahí.

Los cornudos asentimos a la vez.

—Tenías razón — le digo al pelirrojo, que arquea una ceja con cautela.

—¿Respecto a qué?

—A que se cree una terapeuta.

—Una muy buena, nos cobrará una fortuna —se queja él.

Todavía veo borroso. Quizás sea el alcohol, las lágrimas o ambos. Sin embargo, sonrío con un gusto agridulce en el paladar. Nada cambia la infidelidad, pero sí cómo la tomamos estando juntos.

Tasha nos rodea a cada uno con un brazo y volvemos al bar.

—Les haré un descuento porque me caen bien, aunque tú no tanto, pero ya lo sabes. —Hace un ademán con el mentón a Xiant.

Él reprime una sonrisa y aparta el mechón de su cabello que le acaricia la frente antes de meter las manos en los bolsillos de sus pantalones.

No sé qué ocurrirá a continuación, pero hoy me iré a casa con un peso menos sobre los hombros. No es como si fuera a olvidar lo que hice o me perdone por ello, nada más lejos de la realidad. Sé que la cagué, pero ahora conseguí ponerle a esa mochila rueditas de apoyo. Sigue estando conmigo, siempre lo estará, pero ya no es lo mismo.

Estoy construyendo el hábito de recordarme que soy más que mis errores.

Sobre todo, que puedo aprender de ellos y ayudar a alguien más. En este caso, a un pelirrojo gruñón que encontré en un elevador.

Botes a la deriva

27 de octubre, 2015
Preswen

—¿Cómo va el asunto del libro? —pregunta Wells mientras se afloja la corbata.

Niego con la cabeza para hacerle saber que no es un buen momento para hablarlo y apuro por mi garganta lo que resta de mi copa de vino, acurrucada contra la cabecera de la cama. Mis ojos siguen el camino de sus dedos mientras desabotona su camisa, pero no me provoca nada.

Usualmente, ese pequeño gesto bastaría para que quiera abalanzarme sobre él, pero ahora que lo pienso no recuerdo cuándo fue la última vez que tuve ganas de hacer el *frutifantadelicioso*. ¿Antes de toparme por primera vez con Xiant?

Es como si mi libido se hubiera bloqueado luego de enterarme del engaño.

El colchón se hunde bajo su peso cuando toma asiento a mi lado. Sonríe con empatía. Cree que estoy desanimada por la incapacidad de mi manuscrito para hallar una casa editorial, cuando lo que me lleva a beber alcohol es él y su pene extrovertido.

—No te preocupes, Pres. Tú…

Gimo con frustración.

—Por favor, no me digas una de esas frases de Disney sobre que los sueños se hacen realidad y solo debo esperar.

Me quita la copa y la deja en la mesa de noche. Él odia el alcohol, me sorprende que no arrugue la nariz al olfatear el vino.

—Jamás te diría eso. Es una mentira que los adultos dicen con demasiada frecuencia a los niños. Los sueños no se cumplen, tú debes cumplirlos. A la mayoría nada le cae regalado del cielo. Así que...
—Apoya las manos a cada lado de mis caderas y se inclina para mirarme a los ojos—. Iba a decirte que sigo apoyándote. Conozco la clase de mujer que eres. Tú no te das por vencida. No importa la cantidad de veces que te pateen el trasero, eventualmente conseguirás unas bragas de acero y lo lograrás. Tómate el tiempo que necesites y trabaja las horas que sean necesarias.

Alza sus espesas cejas castañas, esperando una respuesta de mi parte. Es tan lindo que suspiro, no solo por la tierna manera en que ladea la cabeza con interés, o por lo bien que lucen los abdominales que asoman de la camisa desabotonada, sino porque de verdad me gusta. Me encanta Wells.

¿O me encantaba?

Sus palabras siempre son las correctas. Sospecho que es de esas personas que ensayan lo que dirán en cada ocasión, porque es imposible que alguien sea tan bueno hablando en los momentos en que más lo necesitas. Sus oídos escuchan las inseguridades de tu cabeza para que no debas luchar para sacarlas a través de la voz.

—¿Cómo haces para ser tan perfecto? —pregunto, probándolo.

—No lo soy.

—Más que yo, sí. Estoy segura.

Se ríe y todos los continentes tiemblan bajo esa risa.

—No existe una escala de perfección para los seres humanos. ¿Por qué eres tan dura contigo hoy? —pregunta, pero luego reflexiona—: En realidad, tal vez no sea cosa solo de hoy... ¿Por esto has estado tan rara las últimas semanas?

—¿Rara?

—Rara en la escala normal, no en la escala Preswen.

Eso tiene más sentido. Siempre soy rara.

Se pasa una mano por la nuca, disgustado, pero está dispuesto a decir lo que le preocupa al añadir:

—Desde que regresaste a la caza de editoriales, nos distanciamos. Yo trabajo y, cuando estoy, tú no estás. Hay días que nos vemos solo por la noche y estamos tan cansados que apenas nos hablamos antes de ir a la cama. —No puedo confesarle que últimamente finjo estar dormida para no hablarle—. A veces pienso que estamos tan ocupados que terminamos descuidando lo que más deberíamos cuidar, al otro.

Esa es la línea de película más tierna que escuché. Y me enoja. Odio que me esté ocultando lo de Brooke, pero a su vez sé que se interesa por mí. Las palabras de aliento sobre el libro fueron sinceras. Aunque engañaba a Vicente, me preocupaba por él, porque mentirle a una persona en un sentido no implica que seas deshonesto con ella en otros. Lo que me molesta es «descuidar lo que más deberíamos cuidar». Esa frase es un arma de doble filo.

—¿Y qué tienes pensado hacer al respecto?

—Hablarlo —responde con sencillez.

Es mi turno de reír. Le pellizco una mejilla con, quizás, demasiada fuerza.

—Hablar no soluciona ciertas cosas, Wells Rommers.

Se tensa y eso dispara todas las alertas en mi cabeza. Le sostengo la mirada tratando de comunicarle que sé lo que en realidad está consumiendo sus pensamientos.

—Una buena comunicación, aunque es de las cosas más difíciles de conseguir, resuelve mucho.

Niego con la cabeza. No quiero escucharlo mentirme acerca de lo mucho que me extraña y me ama. No deseo oírlo decir que cree que esta relación se enfrió o deterioró como si no fuera consciente del porqué.

—Para tener una buena comunicación, primero no deben existir secretos.

Se echa hacia atrás y apoya las manos sobre sus muslos. No sé si está confundido de verdad o solo actúa.

—¿Qué clase de secretos, cariño?

Repaso el plan de Tasha en mi cabeza. No quiero hacer esto, pero debo.

El domingo, cuando regresamos al bar, la discusión de siempre volvió a surgir: Xiant insistió en que ir de frente con nuestras respectivas parejas sería lo mejor y volví a sostener que necesitábamos pruebas. A diferencia de las veces anteriores, ahora comprendemos por qué cada uno quería hacerlo a su modo, pero Tasha nos ayudó al decir que podíamos hacer las dos cosas:

—Irán de frente, pero de una forma más indirecta y sutil, para evitar peleas. Les darán la oportunidad de sentir la presión y confesar. Si ellos se quiebran, ahí acaba todo. Si los dos lo niegan, seguirán recolectando evidencias y los expondrán para que no tengan otra opción que reconocerlo a la fuerza. Si, por ejemplo, Brooke confiesa pero Wells no, Preswen ya tendrá toda la evidencia que necesita cuando Xiant le cuente lo que sabe y viceversa. Ayúdense entre ustedes —dijo.

Eso me recordó a una frase de mi escritor favorito, Samir Gaamíl. No memorizo ni una lista de la compra con cinco productos, pero los libros de ese hombre son otra historia. Papá me los leía antes de dormir y, cuando crecí, no perdí la costumbre: «No necesita que reme por él y no necesito que reme por mí. Cada uno es responsable de salvar su propio bote, pero saber que no estamos solos a la deriva en este gran océano es un propulsor para remar con más ganas. No hay que subestimar la compañía y las palabras de aliento, sobre todo cuando vienen de una persona que no dudaría en prestarte un remo si en un desliz emocional dejas caer los tuyos; quien es, además, la primera en ofrecerte ayuda para buscarlos. Alguien que reduce la velocidad solo porque quiere llegar a la playa al mismo tiempo que tú... Pues, lo vale, ¿no? Al menos sé que no lo dejaría ser comida para tiburones. Ese es un gran paso».

Lo más fácil sería romper con ellos y marcharnos, pero si Xiant y yo coincidimos en una cosa es en que necesitamos un cierre. Si te alejas de alguien sintiendo en una parte de ti, por más pequeña que sea, que podrías haber hecho más y queda algo por salvar, jamás podrás soltar la relación en paz para que siga el curso que debe tomar. Regresarás al pasado e intentarás convertirlo en presente, mientras este último se escurre entre tus dedos.

No sirve intentar volver a un corazón con la esperanza de cambiar algo como si dicho cambio no debiera darse en conjunto, es un pasaje de ida y sin vuelta a ciudad Fracaso.

Mamá dice que una bicicleta de una única rueda funcional es un desperdicio. Para eso es mejor conseguirse un monociclo. En palabras más sencillas y universales: mejor solo que mal acompañado.

—Hay algo que nunca te dije —confieso—. Yo…

—Espera.

Me arrebata todo el oxígeno de los pulmones cuando busca mi mano sobre las mantas y entrelaza sus dedos con los míos. Deposita un beso en el dorso.

—¿Por qué hiciste eso? —susurro.

—Porque cuando queremos confesar algo nos ponemos nerviosos, nos asustamos o nos preocupamos creyendo que el otro no lo entenderá. Quiero que sepas que no debes sentirte así conmigo. No importa lo que digas, te amo y tú también me amas. No lo olvides.

¿Por qué hace todo tan difícil? ¿No puede ser un imbécil como lo es Xiant la mayor parte del tiempo?

Sus palabras me hacen pensar si me dice esto para que mi reacción sea más comprensiva el día que me diga que se enamoró de otra persona. ¿Es sincero? ¿Puede que todo sea un malentendido al final?

—Antes de ti había otro. Su nombre era Vicente y le fui infiel contigo.

La presión de sus manos vacila por un segundo, pero se recompone y me da un apretón.

—¿Por qué no me lo contaste antes? —Su tono es bajo.

¿No suena repugnado porque él es igual a mí o porque es empático?

—¿Tú me contarías algo así? ¿Admitirías que eres infiel?

No responde. Aparta un mechón de mi cabello fuera de mi rostro y traza la línea de mi mandíbula con las yemas de sus dedos. Mis latidos van en aumento.

—Sería difícil.

—Pero sería lo correcto —insisto y asiente en concordancia.

—¿Por qué me cuentas esto ahora?

Recuerdo que una vez hicimos una lista de sesenta y nueve preguntas para dársela al señor Gaamíl. El hombre dejaba cabos sueltos a propósito, pero en exceso, y era algo que odiábamos. Siempre nos consideré buenos haciendo preguntas, pero nunca me pregunté si seríamos igual de buenos a la hora de contestarlas.

—Porque tú también has estado raro las últimas semanas.

El peso de mi acusación pasiva lo golpea. Estoy, suavemente, transmitiendo todas mis sospechas. Sus manos dejan de tocarme. Echa la cabeza hacia atrás, mirando el techo por un segundo, antes de sacudir la cabeza y volver a mirarme.

—No te estoy siendo infiel, Preswen. —Me descoloca. No hay furia en su voz, no la que esperarías oír de alguien a quien acaban de señalar como adúltero—. Créeme, yo jamás te haría algo como eso...

—¿Lo dices porque yo sí soy una mentirosa? —El contraataque sale disparado como una bala.

—No, lo digo porque no soy así.

«No soy tú».

He escuchado esas palabras antes. Se las dije a Vicente de esa y mil formas diferentes.

Wells luce apenado y, por primera vez, veo culpa en sus ojos.

Culpa que no debería sentir si no fuera exactamente como yo.

Jodido Xiant Potter y la durísima piedra filosofal

28 de octubre, 2015
Xiant

Cuando no quiero pensar en cosas importantes, recurro a mi gran amigo el *frutifanta*… Sexo. Al sexo. Llamemos a las cosas por su nombre. Debo dejar de juntarme con el gnomo.

—¡Xiant, no seas bruto! —Brooke ahoga su sonrisa en mi hombro cuando lanzo su sostén por algún lado y tiro de su cola de caballo para liberar su cabello—. Creo que lo rompiste. Tendrás que coserlo.

—No sé coser.

En respuesta, me besa tantas veces que me mareo. Retrocede hasta que sus talones golpean la base de la cama. Entonces se deshace de mi camiseta antes de caer de espaldas en el colchón con una mirada juguetona.

—Pues aprende. Hay tutoriales en YouTube.

Me quito mis zapatos y luego le quito los suyos. Levanta su trasero para liberarse de la falda y desabrocho mi cinturón. Estoy sobre ella en cuestión de segundos y somos una maraña de brazos, piernas y cabezas exploradoras. Me da jaqueca cualquier clase de enredo que no sea este.

—¿Para qué aprender cuando puedo pedirle a la señora del cuarto piso el favor? Es costurera.

Se retuerce cuando mis manos bajan por su estómago y juego con el elástico de su ropa interior. Sus labios en mi cuello me hacen cosquillas, pero intento mantenerme serio.

—Sabes que las costureras no trabajan gratis, ¿verdad? Y tú eres demasiado tacaño como para pagar lo que la gente exige por su trabajo a veces.

Aparto la tela y suspiro. Mis dedos están inquietos. Quiero hacer esto con todas mis fuerzas, pero si empiezo sé que no podré parar y continuar con mi cometido. Sin embargo, dejo que mis yemas vaguen por la zona. Brooke exhala complacida y eso me genera una erección con un montón de contradicciones en la cabeza. En las dos, por lo visto.

—Puedo ofrecerle otra cosa a cambio —comento al deslizar el índice y dedo medio en un patrón que sé que le gusta.

—Ajá… —Sonríe y cierra los ojos, sin prestarme atención. Debo controlarme para no echar el plan de Tasha por la borda—. ¿Le ofrecerías tu cuerpo a la costurera para que arregle mi sostén? Tu consideración es admirable.

Su espalda se arquea.

Jodido Harry Potter y la durísima piedra filosofal. Yo y mi pene nos tenemos que controlar.

Almaceno en mi memoria lo hermosa que se ve con su cabello extendido cual abanico sobre la almohada. También el destello dorado en su piel gracias a la luz que arroja la lámpara de noche. Todo es perfecto hasta que decido meter la pata a propósito.

No puedo creer que mi plan sea estropear mi vida sexual.

No puedo creer haber accedido a estropear mi vida sexual.

—Serte infiel con la señora Cristina no estaría tan mal. —Bajo la velocidad de mis dedos—. Apuesto a que tú me engañarías con el cura con tal de que me expíe de mis pecados, como la vez que no le cedí el asiento del metro a... bueno, precisamente la señora Cristina.

Se ríe y abre los ojos. Se asemejan a un cielo en verano. Detesto el sol y ese tipo de días que la mayoría adora, pero si estoy bajo su mirada en lugar de afuera, lo disfruto.

—No es por nada, pero tus manos están haciendo un magnífico trabajo que se ve opacado por todo lo que está saliendo de tu boca. —Acaricia mi nuca con sus uñas—. ¿Podemos dejar de hablar de nuestra vecina y concentrarnos en esto?

Harry Potter y la infidelidad secreta no lo permitirán.

—Solo si respondes a mi pregunta. —Pongo condiciones con mi

mejor sonrisa, como si se tratase de un juego—. ¿Con quién me engañarías?

Le parece divertido. No se lo toma en serio y mi mano sale de su ropa interior y reposa en su cadera. Su mirada revolotea por el techo, buscando una respuesta ingeniosa.

—Thiago, el botones del hotel donde trabaja mi amiga Sue, es lindo... Pero no más que tú, ¿ya podemos seguir?

Su mano quiere alcanzar mi miembro, pero la detengo.

—¿Solo porque es atractivo?

Pretendo sonar casual, pero el tono de mi voz no es bueno manteniendo secretos. Su sonrisa titubea y mi pecho se infla cuando respiro hondo. Su cuerpo se tensa al notar el cambio y deja caer los brazos a los lados.

—¿Qué te pasa? —pregunta.

—¿Qué te pasa a ti?

La incomodidad es casi tangible en el cuarto. Me empuja para poder sentarse y se lleva las rodillas al pecho en una posición preocupada. Me siento a su lado y apoyo los codos sobre mis muslos para mirar mis manos.

Odio esto. Sentirse incómodo alrededor de la única persona en quien confiabas es desgarrador. El pánico de que a partir de este momento no podamos volver a ser lo que éramos forma un nudo en mi garganta. Quiero retroceder en el tiempo a cuando no teníamos dudas sobre el otro o adelantarme al futuro y ver si superamos las adversidades. Me gustaría deshacer este malentendido y darme cuenta de que no era tan grave como creía, que seguimos siendo un equipo por encima de todas las cosas.

—Háblame —pide con suavidad.

Inhalo por segunda vez, queriendo encontrar moléculas de coraje en el aire. Me digo que, cuanto más rápido lo lance, menos tardará lo que vendrá después, que es la parte que más temo.

—¿Me estás siendo infiel?

Tal vez no fui tan sutil como las chicas querían.

Se queda boquiabierta. Espera un tiempo con la esperanza de que la corrija y le asegure que ha oído mal, pero como no sucede, se levanta y empieza a vestirse sin mediar palabra.

Mierda. Ya llegamos al tercer libro: Harry Potter y el prisionero de una discusión.

Y no tiene pinta de acabar bien para mí.

Voldermort, llévame ya, por favor.

Un tacaño viscoso

Xiant

—Brooke... —Ella tira con furia del dobladillo de su camisa hacia abajo—. Las últimas semanas he notado que...

—¿Qué? ¿Las últimas semanas qué? —dice entre dientes al recoger la falda del piso.

Siendo sincero, no quiero responder. Sé que cuando lo haga no habrá vuelta atrás.

Me aterra que no podemos volver a recrear el momento cuando sonreía debajo de mí. Incluso más, me asusta que ya no me deje notas adhesivas pegadas en cada superficie de la casa. Me destroza pensar que podría llevarse cada maceta del balcón y dejarlo vacío. Me estremece imaginar que el calendario del refrigerador quede en blanco, sin trazos azules ni rojos que me recuerden las tareas de cada día.

No quiero que Brooke deje de ocupar espacio en mi vida, porque ¿qué hago con el vacío si se va? ¿Con qué lo lleno?

Me cuesta horrores no maldecir a Preswen y a Tasha por esto, pero al final es lo que yo quería: preguntar sin rodeos. El problema es que no lo hice de la forma correcta, pero ¿hay una? Ojalá alguien hubiese inventado una manera de desconfiar de las personas y decírselo a la cara sin originar malestar o inseguridad en ellas.

Miro a mi prometida sin moverme, todavía sentado en la cama y en ropa interior. No recuerdo haberla visto tan alterada alguna vez. Dolida, pero jamás presencié una reacción como esta, a solo una pregunta.

—¿Me engañas? —repito, ignorando todo lo demás.

La vida nunca entrega todas las respuestas, pero me esfuerzo en conseguir tantas como pueda. Vivir a la sombra de la incertidumbre siempre me inquietó.

Me mira como si no estuviera cuerdo. Su mano va a su estómago, como cada vez que intenta desenredar un lío mental o está nerviosa.

—¿En serio? —se mofa con una risa agria.

No contesto verbalmente, pero el mutismo le hace saber lo que pienso.

—Los últimos meses he trabajado sin parar —recuerda. ¿Meses? Yo estaba hablando de semanas, no especifiqué cuántas. Preswen dijo que no lo hiciera, que de cada detalle se puede rescatar una pista—. Todo para pagar la boda. He ido como loca de cita en cita, de reunión en reunión con el florista, tus hermanas, el contador, el pastor, la pastelera y quién sabe cuántos más. Me rompí el alma para costearlo todo, ¿y tú me vienes a acusar de serte infiel cuando apenas tengo tiempo para respirar?

—La boda la pagamos entre los dos. ¿Segura de que esa no es una excusa?

Bajo de la cama para estar frente a frente. Sus ojos son de vidrio fragmentado.

—¡No, no la pagamos entre los dos! —estalla—. Me dices que harás los cheques o firmarás unos papeles y me dejas el resto a mí, como si casarse no fuera algo de dos. —Me estrella la falda hecha un bollo en el pecho—. ¡Para empezar, ni siquiera sabes cuánto cuesta todo porque te pierdes las citas a propósito! Entonces, debo asegurarme de trabajar el doble dado que no voy a conformarme. Sabes la clase de boda que siempre he querido y, cuando estás constantemente criticándome por los gastos, solo me haces sentir culpable. Algo que debería ser una experiencia hermosa se transforma en una pelea. Sé que te da exactamente igual, pero a mí no. No quise molestarte y oírte hablar sobre el presupuesto, así que lo siento si me sientes ausente cuando me rompo el trasero para conseguir lo que merezco.

Me da la espalda. La llamo y trato de agarrarla del codo para hacer que me mire, pero se zafa con ira.

—Engañándote… —repite, divertida y triste a la vez, mientras niega con la cabeza.

—Se supone que tendrías que conformarte conmigo. No te casarás con los arreglos florales o el vestido que lleves puesto, por más lindo que sea, sino con la persona que está frente a ti. ¿Por qué anhelas algo ostentoso? Tú no eres presumida.

—No, tienes razón, no lo soy. Si quiero una boda de ensueño no es para impresionar a nadie, es para mí, para nosotros. He anhelado esto más de lo que nunca anhelé otra cosa. Mis padres lo querrían. Y no pasa por el hecho de que no seas suficiente, sino de que quiero un recuerdo memorable. El problema es que tú no te involucras. ¿Cuándo fue la última vez que me preguntaste acerca de algo relacionado? ¿Alguna vez te ofreciste a acompañarme?

—Será memorable siempre y cuando estemos juntos —insisto, sin comprenderla.

—Pero ¿por qué te molesta? Trabajé para cubrir todos los gastos extra. Lo único que te pedí fue que te interesaras un poco más al respecto, al menos por mí, pero ahora me sales con esta tontería y continúas hablando de estar juntos mientras me recriminas ser infiel. Decídete —pide—: o me acusas de engañarte o tratas de convencerme de que somos lo único que necesitamos.

Soy contradictorio, lo acepto, pero es que todavía no sé qué pensar. Estoy dividido por mi amor y fe en ella y por las pruebas e inseguridades que me han carcomido la cabeza en el último tiempo.

—Ambas.

—No, si tienes dudas de lo mucho que te amo y respeto, no pueden ser ambas. Me duele que me creas capaz de eso. Herirte es lo último que haría —jura—, pero si no estás seguro… Tal vez es mejor así. Al menos sé que no me dejarás en el altar por no poder decidir si arriesgarte por una supuesta infiel es la mejor opción.

Tiene la intención de pasarme para regresar por su ropa, pero la tomo de la muñeca y la retengo. Me siento terrible. Requiere de toda mi voluntad no limpiar las lágrimas que ruedan por su rostro, pero temo acercar la mano y que me suelte un mordisco.

—Entiéndeme, Brooke —ruego—. Nos distanciamos en el último tiempo…

—Por eso me puse tan feliz cuando llegué esta noche y me estabas esperando. ¿Es que no te das cuenta? Siempre te estoy diciendo a dónde voy o lo que tengo que hacer, incluso cuando no lo preguntas. No tengo que darte explicaciones, pero te mantengo informado en el intento de que sigamos conectados, que te intereses en mí y te abras para que yo pueda hacer lo mismo contigo. Soy consciente de que no estamos tanto tiempo juntos como solíamos estar, pero no se trata solo de mí. Cuando llego, tú te vas, ¡y por teléfono eres una auténtica cucharada de moco con tus monosílabos en respuesta! No te esfuerzas tampoco, Xiant.

¿Me acaba de decir que soy una masa viscosa, apática y fea de moco? Eso es nuevo, pero es verdad que uno tiende a ver los defectos del resto antes que los propios. Soy consciente de que no es fácil lidiar conmigo. No debe de ser sencillo amarme.

Lo sé porque mi madre y todas mis hermanas no me dejan olvidarlo, aunque sea en broma.

—Será mejor que ordenes tus ideas, porque no me casaré con alguien que desconfía de mí.

Se me cierra el pecho.

No va por el resto de su ropa, solo por su teléfono. Oigo la puerta del baño cerrarse de un portazo y luego el correr del agua en la tina. Ya se duchó esta mañana, que lo haga por segunda vez indica que está teniendo un mal día.

Y yo soy su mal día, el peor de los peores.

Me quedo de pie ahí, en calzoncillos y perdido en medio de una habitación que conozco muy bien. Me sueno el cuello, cansado. La posibilidad de que me sea infiel sigue siendo real, pero ver esos ojos dolidos refuerza la parte de mí que confía en ella. Estoy dividido y, a diferencia de antes, ambas partes están balanceadas. Me pregunto cuál terminará ganando sobre la otra al recoger el móvil y enviar un rápido texto a Preswen:

> Si no me estaba engañando, ahora probablemente lo hará porque fui un idiota.

Tal vez quiere hacerte creer
que lo eres.

Estoy comenzando a
dudar, Pretzel.

¿De tu idiotez? No lo hagas.
Sé que es real, más allá
de si tu novia te engaña o no.

No estás ayudando.

¿Y tú sí?

Buen punto.
Nos vemos mañana
en el elevador.

Me visto y riego con rapidez las clavelinas. Le daré a Brooke algo de espacio e iré a quejarme internamente sobre mis problemas a otro lugar, pagando un café de diez dólares que terminaré de un puto sorbo.

—¡No me casaré! ¡No me casaré! —canturrea Drácula cuando paso junto a él.

—Gracias, amigo. En serio, siempre me levantas el ánimo —gruño y mi móvil suena.

Es Tasha:

Hey, Dientitos, ¿estás bien?
¿Qué dijo Brooke?

Me ofrezco a sacarle las
muelas (sin anestesia) si te
es infiel.

La ignoro. Estoy bajando las escaleras cuando me llega otro mensaje de Preswen:

WELLS ACABA DE COLGAR EL
TELÉFONO Y DECIRME QUE
NO PASARÁ LA NOCHE AQUÍ
MAÑANA POR "CUESTIONES
DE TRABAJO".

Brooke se llevó su celular al baño.
Vuelvo a subir.

Malos niñeros

31 de octubre, 2015
Preswen

El encuentro en el elevador se cancela. Acabo de alquilar un coche de espionaje.

Bueno, no es como si existiera un vehículo que entrara en la categoría o que esa siquiera existiera, pero es negro, fácil de camuflar y con el seguro al día en caso de que lo estrelle contra la parte trasera de un taxi o la Estatua de la Libertad.

—¡Apúrate que ya siento cómo me salen arrugas y me quedé sin crema *anti-age*! —grito estacionada a unas cuadras de su trabajo, cuando lo veo caminar en mi dirección a través de los binoculares fucsia que compré y cuelgan de mi cuello.

Apoyo el codo en la ventanilla bajada y toco la bocina tres veces. Puede que cuatro, porque me gusta el sonido de claxon.

—¿Podrías dejar de gritar como una hembra en celo?

Xiant mira con cautela el vehículo antes de rodear el auto. Noto que en su hombro hay un loro y recuerdo que mencionó tener una mascota. ¿Ese pajarraco es el pobre desafortunado?

Me inclino sobre el asiento del acompañante y le abro la puerta.

—Ese comentario fue una mierda, como tú.

—¡Una mierda como tú! —repite el ave, mirándolo.

Sonrío porque es simpático. No aprendió eso de su dueño.

—Sí, lo siento, estoy estresado. —Se aparta el mechón pelirrojo que le cae sobre la frente y corrige—: ¿Podrías dejar de gritar como una loca?

—Loca tu abuela. Además, lo dices como si a ti no te faltara ningún tornillo cuando te falta la ferretería entera.

Suspira al abrocharse el cinturón.

—Me caes muy mal en este momento.

—Al decir eso asumes que te agrado a veces.

—Al contrario, me exasperas y me caes fatal la mayor parte del tiempo, pero ahora solo un poco mal. Espera a que comparta cinco minutos más contigo y luego vuelves a situarte como un descontento constante y profundo que pulula en mi vida.

—¿No quieres ser un poco más dramático?

Sus insultos, comparados con la primera vez que nos quedamos atrapados en el elevador, se suavizaron. Muchas cosas cambiaron desde ese primer jueves.

Se queda mirando a través de la ventanilla las primeras dos calles y me revuelvo en el asiento al saber que no está bien.

—¿Cómo se llama tu cosa con plumas? —Chequeo mi labial en el espejo retrovisor, en el que se refleja la pila de bolsas que tiré en el asiento trasero—. Sabes que no podrás llamarme indiscreta luego de traerlo a la misión, ¿verdad?

Somos peces que siguen el cardumen del tráfico neoyorquino, pero cuando exhala como si fuera lunes y anhelara el viernes, siento que nos lanzaron una red de pesca que tira de nosotros hacia una superficie que no estamos listos para alcanzar.

—Drácula —responde antes de dejar al pájaro en el salpicadero del auto, donde salta sobre sus pequeñas patas y picotea los envoltorios de caramelos ácidos que comí—. Apenas vi tu mensaje regresé al departamento y tuve el impulso de pelear otra vez con Brooke, pero me contuve. No sé por qué agarré a Drac antes de salir, ¿apoyo moral? ¿Terapéutico?

Suena como si fuera consciente de su propio desastre mental.

—¿Y qué tan mal te fue con doña mentirosa?

—Acusar a tu novia de infiel tiene la palabra «mal» escrita en todos lados, Preswen. Aunque admito que no fui tan sutil como tú y Tasha querían.

—Era de esperarse —digo y él echa la cabeza contra el asiento, arrugando la nariz—. Por eso aposté a tu hermana quince dólares a

116

que no podrías seguir el plan al pie de la letra. Gracias, tengo un chocolate caliente y dos donas gratis por eso.

—¡Donas gratis! ¡Donas gratis! —chilla el ave.

Xiant me regala una mirada de reproche. Luce apagado y me pregunto si mi rostro muestra lo mismo. La conversación con Wells sigue en mi cabeza, incluso me incita a acostarme en posición fetal y no levantarme hasta el dos mil cuarenta y seis.

—Me alegra que apuesten a mis espaldas. Considera ese desayuno mi buena acción indirecta del día. Respecto a Brooke... Se molestó. Mucho. Aprovechó para echarme en cara cosas en las que, siendo honesto, tiene razón. Por un lado, veo su actitud como la de una adúltera que trata de hacerse la víctima, pero por el otro podría...

—Ser una mujer cansada, irritada y ofendida —termino por él—. Lo sé.

—¿A ti cómo te fue con don mentiroso?

Es mi turno de suspirar. Tamborileo los dedos sobre el volante esperando la luz amarilla. Aunque intente no pensar en eso, hoy es Halloween y hay decoraciones por todas partes. Aparecieron hace varios días, en realidad, pero intento no prestarles atención.

Cuando intentas cazar infieles te olvidas de cazar dulces.

Me pregunto de qué se disfrazaría Xiant. ¿El Grinch? Trillado, pero en el clavo. ¿El pato Donald? La cola emplumada sería graciosa. ¿Furia de la peli *Inside Out*? Perfecta representación de su personalidad. O podría ser Hades de *Hércules* cuando se le prende fuego la cabeza cada vez que se enoja.

Aún mejor: el Señor Patata, de *Toy Story*. Por lo malhumorado y quejoso.

—Fue comprensivo, dulce y todo un... Wells. —Retomo la conservación con una pequeña sonrisa por las imágenes mentales que creé—. Fue un completo Wells. Por momentos creí que estaba siendo sincero, pero concluí que podría ser un gran actor. Dijo las palabras que todos los infieles dicen. Supongo que lo averiguaremos esta noche y, si no es así, al menos conduje un coche de espionaje.

—Es solo un auto negro.

—Eso lo hace de espionaje.

—No, no lo hace, Sherlock.

—Te digo que sí. Cierra el pico, Watson.

Mi insistencia le roba una sonrisa que se torna algo agria al final. Me aclaro la garganta:

—Sigues creyendo que podría haber una explicación que no involucre un engaño para todas las coincidencias, ¿verdad?

—Sigues creyendo que estoy en la etapa de negación, ¿o no? —responde.

Ninguno contesta la pregunta del otro. En su lugar, conduzco manteniendo la lengua quieta. Dejo que la baja música del estéreo llene cualquier hueco de conversación. La noche se abre paso y consume la ciudad. Las luces artificiales cobran fuerza y danzan sobre todos los vidrios de los vehículos y vidrieras de las tiendas, donde se reflejan decenas de personas con coloridos disfraces.

—En fin, prometo que el espionaje será divertido. No es un parque de diversiones, pero es algo.

—¿Qué hay de divertido en intentar probar que otro tipo está buscando el punto G de tu novia? —larga—. Y nunca hablamos de un parque de diversiones.

—No te estaba hablando a ti, idiota.

—Tú de verdad estás loca, ¿crees que hay fantasmas aquí den...? —Pega el grito en el cielo cuando la cabeza de Frankenstein emerge entre nuestros asientos.

—¿Qué es el punto G? —pregunta la niña.

Estira los brazos para desperezarse. Antes de venir, sacrifiqué su siesta porque quería ir de *shopping*. Fue lindo tener un miniperchero andante que me sostuviera la cartera.

—¡Punto G, punto G, punto G! —repite Drácula echando a revolotear en el coche.

La humana en miniatura chilla emocionada. El pelirrojo maldice a la pobre madre de Drac mientras intenta agarrarlo. Creo que me tragué una pluma.

—Xiant, ella es Amapola —presento sin quitar los ojos del frente—. Amapola, él es el idiota.

—Un gusto, idiota.

Le tiende su mano, pero el hombre se pega a la ventanilla apretando su mascota contra el pecho como si la cría fuera un objeto terrestre no identificado, aunque ya se haya quitado la máscara.

—Preeetzeeel… —arrastra mi sobrenombre con recriminación.

—¿Qué? Al padre le surgió algo en el trabajo, necesitaba una niñera de emergencia.

—¿En serio? —replica observando con desconfianza a la niña—. ¿Justo tú?

—Nunca especificó que tuviera que ser una buena niñera.

Mejor perderte que encontrarte

Xiant

—Preswen, tengo sueño —dice Amapola.

La veo tallarse los ojos a través del espejo retrovisor, entre las bolsas de Prada.

—Entonces duérmete —responde ella al dar otro mordisco a la hamburguesa.

—Pero tengo más hambre que sueño. Tengo que comer primero para dormirme después.

—Entonces come —replica todavía con los ojos fijos en la entrada del motel.

Alcanza su gaseosa y sorbe ruidosamente.

—Pero te estás comiendo mi hamburguesa —se queja la cría.

Preswen deja de masticar y nos mira de reojo, cautelosa. Asiento, confirmando lo que está diciendo la niña. Tan ensimismada como lo está en la espera de que aparezca Wells, una vez que llegó con el pedido se olvidó de nosotros y empezó a comer de la bolsa sola. No dije nada porque quería saber cuánto tardaba en darse cuenta.

Veintitrés minutos de momento y solo porque se lo dijimos.

—¿Sabes qué? Necesito algo de aire, el olor a grasa ya consumió el oxígeno aquí adentro. —Salgo del auto y abro la puerta trasera—. Vamos por nuestra propia comida, Amapola.

Una vez que la infanta se arrastra fuera con la máscara en mano, me inclino dentro para recoger su abrigo.

—Serás una terrible madre, te olvidarás de alimentar a tus propios hijos —digo.

Pretzel parpadea aturdida un momento, como si mis palabras le recordaran algo. Sin embargo, no tarda en negar con la cabeza y empezar a lamer los restos de aderezo que tiene en los dedos. Levanta un hombro para restarle importancia a lo que digo.

Drácula se aferra con sus garras al volante, esperando otra semilla de sésamo. No puedo creer que alimente al loro y no a la niña. Me pregunto si debería llevarlo conmigo. Temo que el gnomo se lo coma de postre. Parece tener un estómago sin fondo.

—Si me reproduzco, con suerte ellos tendrán sus propias manos y bocas para nutrirse por sí mismos. Además, no es mi culpa que las cadenas multinacionales de comida chatarra hagan hamburguesas tan ricas como para que inconscientemente no quieras compartirlas.

—Eres la niñera más desinteresada y compañera de espionaje más egoísta que pisó Nueva York. Iré a darle algo de comida a la niña antes de que se coma su propio brazo. Avísame cuando llegue Wells.

Levanta su pulgar y sonríe con las mejillas a punto de reventar por el último bocado que dio antes de volver a observar los alrededores con sus binoculares. Ruedo los ojos y cierro la puerta trasera.

Amapola se abraza a sí misma contra el costado del coche. Bajo la luz del estacionamiento del McDonald's, que está en diagonal al motel, noto lo pálida que es. ¿Es que no la sacan a pasear al sol? Me pongo en cuclillas y abro el abrigo morado. Medio tiritando, se da la vuelta y pasa los brazos por cada manga. Cuando vuelve a enfrentarme, subo el cierre y saco el cabello castaño que quedó atrapado entre la prenda y su espalda.

—Hazme un favor —le digo—. Cuando te lleve de regreso a tu casa, dile a tu padre que te dejó morir de hambre, frío y sueño. Es por tu propia seguridad, en serio. Si tiene que cuidarte por más de veinticuatro horas, estarás perdida.

Asiente y me agrada al instante. Es inteligente para darse cuenta de que hasta un cactus está en peligro bajo el cuidado de Preswen Ellis. Ya de pie otra vez, la tomo de la mano y la guío dentro del local. Pido dos menús infantiles y tomamos asiento al fondo, junto a los ventanales para tener vista directa al estacionamiento en caso de que el gnomo nos haga señas.

—¿Sabías que Frankenstein fue escrito por una mujer llamada Mary Shelly? La mayoría cree que es obra de un hombre —comento cuando deja la máscara en la mesa.

—¿Por qué crees que elegí el disfraz en primer lugar?

De acuerdo, esta niña me cae muy bien.

—¿Ustedes no se consideran infieles también? —pregunta unos minutos después, al intentar abrir un sobre de mayonesa sin éxito.

Se lo quito y lo abro con los dientes. Separa su hamburguesa por la mitad y hago un círculo con el aderezo, meditando su observación.

—¿Por qué seríamos nosotros los infieles?

—Porque se reúnen a espaldas de sus parejas para pasar tiempo juntos y guardan secretos. Eso hacía mi mamá con otro hombre; por eso solo somos papá y yo. ¿No es lo mismo de lo que los acusan a tu novia y al vecino Wells?

—Tengo que darte crédito por eso, pero no demasiado. —Empujo una papa en mi boca—. Las infidelidades son más que eso. Muchas involucran relaciones sentimentales. Aunque, principalmente, sea sexo.

—¿Dices que la única diferencia entre los amigos y los novios es que los últimos hacen cosas sucias? —Hay confusión en sus ojos mieles.

—Así es.

—Pero ¿los amigos con derecho no son exactamente amigos que hacen cosas sucias?

Esta vez no me como la papa, sino que la señalo con ella.

—Eres perspicaz, más de lo que creí que lo sería un ser humano de solo una mísera década de vida.

—Gracias, pero todavía no entiendo... ¿Qué hace a los novios... novios, si no son solo amigos ni amigos con derecho?

Si me lo planteo con seriedad, no tengo ni la menor idea. Muchos apoyan que deberías casarte con tu mejor amigo, y si lo dicen es porque de verdad creen lo mismo que Amapola.

—Creo que «novios» es la etiqueta formal para amigos con derecho, pero solo si hay sentimientos de por medio. Tiene que ser más que hacer cochinadas —concluyo.

—Las relaciones parecen difíciles.

Sorbemos nuestras gaseosas en silencio por un rato.

—Entonces, ¿no estás buscando el punto G de Preswen? —añade.

Me ahogo y toso. Debo darme un puñetazo en el pecho por las dudas.

—No, Amapola.

—¿Y tampoco sientes cosas por ella?

Siento cosas. Claro que sí. Nunca nadie me había hecho sentir tanta exasperación como esa mujer. Quiero dejarle un rastro de galletas, brochas de maquillaje y libros para guiarla hacia un acantilado. Perderla es mejor que encontrarla.

—Es verdad que las relaciones son complicadas —digo en su lugar—, bastante. Por eso Pretzel y yo estamos jugando a los espías. Si fueran sencillas, les preguntaríamos a nuestras parejas si nos están engañando y ellos serían totalmente sinceros con sus respuestas —explico—. Como los niños, ¿sabes? Los más pequeños comienzan a mentir porque lo aprenden de los mayores, los imitan.

Me muestra las palmas con inocencia y las decenas de pulseras coloridas que tiene se deslizan por sus antebrazos.

—A veces mentimos solo porque tenemos miedo de lo que pasará si decimos la verdad. ¿Los adultos también?

Mierda.

Si alguien me hubiera dicho hace un mes que pasaría Halloween cenando con una niña y analizando las relaciones interpersonales mientras juego al agente secreto desesperado por saber si tengo o no cuernos, le habría pedido que me convidara a un poco de lo que sea que estuviera fumando.

—¿Qué harás si descubres que tu prometida te engaña?

—Cancelar la boda y averiguar cómo seguir con mi vida luego de ese puñal en el corazón.

Doy un mordisco y me estiro hasta la mesa de atrás a por las servilletas que le faltan a la nuestra. Ella hace girar el servilletero, pensativa.

—¿Y si descubres que no?

—Seguir con la boda.

—¿Y si ella no quiere después de enterarse de que la seguiste a todas partes con la vecina Preswen?

Dejo de masticar. Jamás me planteé esa situación. ¿Le diría que la seguí por semanas en caso de saber que es fiel? Tendría... Estaría engañándola si no lo hiciera. En parte, la engaño justo ahora. ¿Es por una buena causa? Sí, creo, pero ¿eso lo hace correcto?

—Haces muchas preguntas, Amapola.

—Y tú contestas muy pocas, idiota.

—Me llamo Xiant, no idiota.

Me sonríe como si fuéramos amigos de toda la vida.

—Lo sé.

Reprimo mi propia sonrisa. Hablar con crías es como ir al psicólogo gratis. Te abren la cabeza en dos. Sus perspectivas son más puras, un poco menos contaminadas que las adultas, y el hecho de que pregunten tanto te ayuda a pensar, aunque a ratos te desespere.

—Hagamos un trato, ¿te parece? Si mi novia me engaña, te iré a buscar para ahogar mis penas en helado. Invito yo. Si no me engaña y seguimos adelante con la boda, considérate mi invitada de honor. Serás mi padrina.

—¿Existe la palabra padrina?

—No lo sé, pero si no existe, acabamos de hacer historia al inventarla.

Me sorprende lo relajado que sueno cuando por dentro soy un lío de preocupaciones. Ahora tengo tres millones de preguntas dando vueltas alrededor de mi cerebro. Ya no estoy seguro de nada, de si me engañan o no, de lo que pasará después, de lo que será de mí o de... ¿Preswen?

—¿A dónde diablos se fue? —Doy un golpe en la mesa al ver que el coche no está en el estacionamiento—. No, no, no...

Hará una estupidez.

Y lo que me faltaba: secuestró a mi loro.

Me apresuro a abrir una de las cajitas del menú y echar lo que queda de comida dentro. Tomo la mano de Amapola, ella a Frankenstein, y corremos hacia la salida.

Puede que mi mundo se esté por venir abajo, pero no voy a dejar media hamburguesa dentro de un local con lo que me dolió pagar por ella.

Más de una víctima

Preswen

—¡Deja de hacerte la víctima! —grito lista para golpear al anciano.

Los brazos de Xiant se enroscan alrededor de mi cintura y me levantan sobre mis pies para arrastrarme lejos. Drácula, que estaba sobre mi hombro, revolotea antes de posarse sobre la cabeza de Amapola.

—¿Qué crees que estás haciendo? —gruñe en mi oreja, con su pecho pegado a mi espalda.

—¡Por tu inutilidad al volante creemos que todas las mujeres apestan como conductoras! —asegura el vejestorio, mejor conocido como mi nuevo y desconocido némesis, antes de señalar al pelirrojo—. No deberías permitir que tu chica conduzca tu coche. —Señala el motel—. Ningún polvo vale lo mismo que un auto, hijo.

Xiant me deja en el suelo y le sostiene la mirada. Por un momento, creo que me defenderá, pero levanta una mano hacia él para calmarlo:

—Mis disculpas por lo que sea que haya hecho —dice más respetuoso de lo que sonó jamás, antes de mirarme con reproche—. Pídele perdón al pobre tipo, vamos.

—¿Quieres que te envuelva mi dignidad en un moño también? —espeto—. Él conducía como la tortuga de un centenar de años que es. ¡No es mi culpa que no sepa cuál es el mínimo de velocidad y que, a causa de eso, haya chocado su mugroso trasero y le haya roto una luz!

—¡Mugroso trasero, mugroso trasero! —apoya el pajarraco.

—¡Drac, basta! Y tú, Pretzel… —Su súplica está cargada de exasperación—. Tenemos cosas que hacer, ¿lo olvidas?

Mis ojos van de él al anciano, quien eleva las canosas cejas con superioridad, feliz de que alguien le esté dando la razón. Con un suspiro, me vuelvo al vehículo de alquiler a por mi bolso y escribo el número del seguro. Lo arranco y se lo doy de mala gana. Lo dobla y lo guarda en el bolsillo de su camisa.

La Fashion Week se suspendería solo por ver ese estampado.

—Pobre criatura —dice mirando a Amapola, quien sostiene la cajita del menú infantil contra su pecho como si fuera un escudo ante la estupidez adulta—. Son unos desinteresados por la seguridad de los niños y unos ejemplos muy cochinos a seguir —malinterpreta.

Me indigna que piense que quería conseguir estacionar cerca del motel para estar con Xiant. No ayuda que este se llame La Vaquerita, aunque me encante esa posición.

—¿Por qué no se va a la mier…? —Avanzo, pero el pelirrojo me cubre la boca y vuelve a tirarme hacia atrás antes de que haga que nos metan en la cárcel por agresión a ciudadanos de la tercera edad.

No es hasta que se sube a su auto y arranca —a la velocidad de un perezoso de tres dedos— que mi compañero de espionaje me deja ir para acercarse a Amapola. Apoya amablemente una mano en su hombro y le pide que se abotone el saco porque hace frío. Me sorprende e inquieta que no me haya dado un sermón.

También me da un poco de risa que el loro siga sobre la cabeza de la niña, que ni se inmuta.

—Fue su culpa, lo juro…

—Sube al auto, ¿sí? —le dice a la pequeña—. Te llevaré a casa, dame un minuto.

—¿Disculpa? —Pongo las manos en jarras, pero él no se gira. En su lugar, camina al coche y le abre la puerta trasera antes de echar la cabeza hacia atrás y resoplar, lo que me irrita de nuevo—. ¡No vinimos aquí para nada!

—¡Tampoco vinimos para hacerle pasar frío y hambre a una cría de diez años! ¡Mucho menos para involucrarla en la porquería del adulterio y en un posible accidente automovilístico!

Me estremezco al recordar el comentario que hizo hace un rato. «Serás una terrible madre».

Está más que molesto, pero a diferencia de todas las veces anteriores, esta vez ese enojo va de la mano con la preocupación. Ambos echamos un vistazo a Amapola, que aún abraza la cajita mientras nos espera.

—Le estoy haciendo un favor a su padre —aclaro y la señalo con el dedo—. No soy una niñera y tú tampoco. Teníamos planes. Los adapté por cortesía, pero no voy a cambiarlos. Su papá tiene suerte de que haya accedido, punto.

—Es preferible decir que no antes que decir que sí para quedar bien frente a otros, sobre todo si no te comprometerás con responsabilidad. Yo... —Me muestra las palmas—. ¿Sabes qué? No haremos esto con ella aquí.

—Ni siquiera se lo está pasando tan mal. ¡Tiene una hamburguesa! No puedes estar mal con una hamburguesa. —Me río, pero a él no le hace ni una pizca de gracia—. Además, está bien que conozca el mundo como realmente es: imperfecto y problemático.

—¡No, Preswen! ¡No está bien! —explota.

Se acerca tan deprisa que por instinto retrocedo y trastabillo, despojada por un segundo de todo mi carácter y valentía, encogida en mí misma. Mi mano vuela a mi collar y me aferro a él. Frena en seco ante mi reacción. En sus ojos todavía hay cólera, pero también preguntas multiplicándose con rapidez.

Esto era lo que quería evitar.

No quería pensar en octubre.

Te amé sin conocerte

✉ **26 de febrero, 2013** *15:03*
Para: Sylviageorgine_ellis@hotmail.com
De: Preswenellisautor@gmail.com

¡Hola, mamá!

Aquí Preswen, como puedes leer (y, si no puedes, te recuerdo que **DEBES PONERTE LOS ANTEOJOS**). Espero que al menos hayas podido ver mis mayúsculas en negrita.

No te llamo por teléfono porque estoy algo nerviosa y creo que no me saldrían las palabras al saber que estás al otro lado de la línea, pero sé que tú lo harás cuando termines de leer esto. **SI NO TE PUSISTE LOS ANTEOJOS, PÓNTELOS AHORA, POR FAVOR...** En fin, tengo algo importante que contarte, pero te ruego que no pidas detalles. Solo vamos a enfocarnos, desde hoy en adelante, en lo siguiente: ¡Estoy embarazada! Por si además de algo de ceguera tu terquedad te impide hacer lo que te pido, lo pondré más grande:

TENDRÉ UN BEBÉ.

Estoy aterrorizada y feliz. Me gusta la idea de que me cedan el asiento en el bus, aunque no use el transporte. Tal vez cuando se me note un poco más la barriga, lo haga solo para saber qué se siente.

Ahora sí, espero tu llamada. Solo recuerda que no responderé preguntas que no sean estrictamente sobre mi persona o el bebé. Solo seremos nosotros dos, ¿sí?

Felicidades, eres abuela.

ABUELA, JA. ESTÁS VIEJÍSIMA.

✉ **6 de marzo, 2013** *20:03*
Para: Sylviageorgine_ellis@hotmail.com
De: Preswenellisautor@gmail.com

Cuando hice los cálculos para saber cuándo lo tendré, me di cuenta de que nacerá en octubre. ¿Puedes creerlo?

Pensé que podía nacer el 1 de octubre, en el cumpleaños de papá, para recordarnos que las mejores personas nacen ese día, para que celebráramos el doble.

También pensé que podía nacer el 22 de octubre, en el aniversario de su muerte, para recordarnos que hay más que tristeza. El niño o la niña (ya quiero saber qué será) nos haría sonreír ese día. Nos reconfortaría.

Cualquiera de esos días hubiera sido perfecto. Sin embargo, la ginecóloga me dijo que la fecha estimada de parto es el 31, ¡en Halloween!

Era su festividad preferida y también la mía. Era nuestro día especial y no lo he celebrado desde que lo perdimos.

Tal vez este año lo retomemos, ¡ve pensando en un buen disfraz! No creo en las señales, pero me cuesta creer que él no tenga algo que ver con esto.

✉ **5 de junio, 2013** *02:15*
Para: Sylviageorgine_ellis@hotmail.com
De: Preswenellisautor@gmail.com

¡ES UNA NIÑA!
Una pequeña yo, una Preswen en miniatura... El mundo no está preparado para esto, ¿sabes?

¡Seremos el imparable trío de mujeres Ellis de ahora en adelante, mamá!

---

 6 de junio, 2013 *11:11*
Para: Preswenellisautor@gmail.com
De: Sylviageorgine_ellis@hotmail.com

TU PADRE ESTARÍA FELIZ!!11!1
P.D.: ¿CÓMO DESACTIVO LAS MAYÚSCULAS? PARECE QUE ESTOY GRITANDO.
P.D.2.: NO ESTOY GRITANDO.

---

 7 de junio, 2013 *18:44*
Para: Sylviageorgine_ellis@hotmail.com
De: Preswenellisautor@gmail.com

Paulina.
Como mi personaje literario favorito. Con P, como el triángulo P y como mi princesa preferida (¿recuerdas cuando quise adoptar un mapache de mascota, como Pocahontas? Papá casi lo consigue, pero te opusiste). Podremos decirle Pau o Pauli de forma cariñosa. ¿No te encanta?
Estoy tan enamorada de ella. ¡Ya quiero conocerla!
(Y debes oprimir el botón que dice **Bloq. Mayús.**)

---

 15 de junio, 2013 *23:03*
Para: Sylviageorgine_ellis@hotmail.com
De: Preswenellisautor@gmail.com

Lo siento, mamá.
Estoy bien, pero no de ánimo para fiestas. Aún te quedan como cuarenta cumpleaños más, así que puedo usar mi pase de hija para saltarme uno, ¿no?

No vengas a verme y no llames, por favor. Hablar de abortos tardíos no es mi tema de conversación favorito. Si te veo, me desmoronaré y siento que me echaré a llorar en cuanto te oiga respirar al otro lado de la línea. El doctor dijo que estaré bien, solo quiero estar sola. Te llamaré cuando esté lista, lo prometo. Te quiero. Dale un beso a Boleslao de mi parte.

✉ **17 de junio, 2013** *11:11*
Para: Preswenellisautor@gmail.com
De: Sylviageorgine_ellis@hotmail.com

Sé que hay cosas que no puedes ni quieres decirme. Está bien. Duele no saberlas porque una parte de mí cree que puede ayudar, pero otra es consciente de que no es así. Ni siquiera soy tan valiente como para ponerme a imaginar el dolor que estás atravesando, hija.
Una persona puede limpiar, contener y coser tu herida, pero corre por tu cuenta que cicatrice. Eres tú la que decide cómo, cuándo, por qué y a quién contar la historia de dicha cicatriz.
Si algún día quieres contarla, estaré aquí. Te escucharé. Te abrazaré. Te miraré a los ojos y prometo hacerlo como siempre lo hice, con amor por encima de cualquier otra cosa.
No sabré lo que se siente que te lastimen de esa forma y esto te afecte de la manera en que lo hizo, hace y hará, pero sé que te amo tanto como para respetar lo que quieras hacer. No sientas la presión de contarme alguna vez. Algunas historias no están destinadas a tener público.
Hables o calles, estoy aquí.
Mamá.
(Y Boleslao).

Recuerda llamar a tu madre

Xiant

—No debiste gritarle —dice Amapola, sentada en el asiento del copiloto.

—¡No debiste gritarle! —Drac sigue sobre su cabeza. No se quiso bajar.

—Lo sé.

—Tampoco debiste haberla dejado ahí. Está sola y sin comida.

—¡Sin comida! —repite el ave.

La pequeña levanta una patata frita para enfatizar y mi mascota la picotea un poco antes de que ella le propine un mordisco al extremo opuesto. Estamos estacionados frente al edificio de Preswen. Tomé el auto de espiona… el auto, tomé el auto y le dije que traería a Amapola. Ella decidió quedarse en el motel para seguir con el plan.

—Es una mujer adulta, se las arreglará. Además, se comió tu hamburguesa. Hambre no tendrá.

Me acomodo en el asiento y cierro los ojos, pero vuelvo a abrirlos al sentir los suyos sobre mí.

—Volveré a por ella, lo prometo. Solo esperaré a que tu papá llegue.

Se le escapa una risita mientras rebusca más comida dentro de la caja. Es mi turno de mirarla con una ceja arqueada.

—Todos se quejan de que tener niños es difícil, pero tener un adulto es peor —asegura.

Reprimo una sonrisa porque habla de nosotros como si fuéramos

135

mascotas. Las personas de mi edad no suelen caerme bien. Tampoco las más grandes y mucho menos las pequeñas. No me agrada nadie al que no esté legalmente obligado a amar, como mis hermanas o, como excepción, Brooke y Drácula, pero Amapola goza del privilegio de mi aprobación.

—Me gustaría volver a tener tu edad.

Sus ojos brillan con interés ante mi declaración. Así deben de verse los curas en los confesionarios, sedientos de chisme.

—¿Cómo eras cuando tenías mi edad? ¿Qué hacías para divertirte?

—Leía. —Le robo una papa para inspeccionarla—. Un montón. Me costaba hacer amigos, así que prefería estar solo y evitar la parte del sufrimiento que implicaba ser social cuando no tenía ni una sola cosa en común con los demás niños. No tuve una mala infancia, aprendí a disfrutar de mí mismo y tenía a mi familia molestando con frecuencia, una verdadera señal de que era amado y un estorbo al mismo tiempo, así que no puedo quejarme. —Hago una mueca al probar la papa. Son horribles frías—. Y Dios, echo de menos que mi madre resuelva mis problemas por mí... Lo sé, algo patético de decir teniendo veintisiete años, pero el mundo era bastante sencillo en ese entonces.

—¿Y no puede ser sencillo ahora? Podrías llamar a tu mamá para que solucione tus problemas —ofrece antes de sacar un teléfono último modelo de su abrigo felpudo—. Toma, usa el mío.

La miro entre anonadado y extrañamente enternecido. Uno se percata de que la sociedad está en retroceso cuando ve a una cría con aquella arma de doble filo en la mano. Por otro lado, su creencia de que todo tiene solución es ingenua, pero fácil de apreciar. Acepto el teléfono y estoy a punto de fingir que marco para hacerla sentir bien, pero me detengo y frunzo el ceño frente a mi reflejo en la pantalla.

¿Y si la llamo de verdad?

—¿No sabes el número? Porque lo puedo googlear.

Se supone que los adultos tenemos que encargarnos de nuestros propios inconvenientes. Nuestros padres nos prepararon para eso durante las dos primeras décadas de vida, al menos en el caso de los que no malcriaron a sus hijos, pero... ¿y qué si olvidé todo? ¿Qué si mi progenitora me hace ver algo que no estoy viendo? Admito que soy orgulloso y no suelo pedir ayuda porque creo que puedo con todo, pero tal vez no es así.

Marco el número. Sé que está despierta porque los viernes por la noche sale a cenar con sus amigas o el equipo de «demoloras», como me gusta llamarlo. En realidad, se parecen más a los demonios que a los parientes de Drácula.

Contesta al segundo timbre.

—¡Hola, hola! ¡¿Quién está ahí?! —grita con unas risas irritables de fondo—. ¡Hola, hola! ¡Aquí Magda! ¡Si eres un vendedor, te estaré colgando amablemente en los próximos dos segundos!

Me rasco la nuca. Amo a mi madre, aunque a veces basta con oírla para que me arrepienta de contactarla.

—No, mamá, no soy un vendedor. Soy...

—¡Xiant! —chilla emocionada—. ¡Mi hijo está llamando, saluden, señoras! —les dice a sus amigas, y las demoloras canturrean al unísono mi nombre, lo que me hace rodar los ojos. Escucho un par de ruidos torpes y sé que se ha golpeado con algo, probablemente una silla o un camarero mientras se aleja—. Ahora sí, mi panecillo —añade con júbilo—. ¿Cómo estás? ¿Cómo está Brooke? No la dejaste embarazada antes del casamiento, ¿no? Porque tendríamos que agrandar su vestido y la modista es una arpía que nos cobrará el triple.

—No la dejé embarazada.

Si ella estuviera al tanto de la situación actual, sé que apostaría por Brooke. Es la nuera perfecta. Incluso con pruebas, mamá seguiría escéptica.

—Tengo un problema en el trabajo, a esta altura *é uma emergência* —miento a medias.

—¿Ese compañero tuyo volvió a tapar las tuberías? Porque tengo el número de un gran instalador sanitarista y también de un gastroenterólogo para él.

—No, no tiene nada que ver con el sistema digestivo de mi compañero, mamá. —«Paciencia, Jesús, dame mucha paciencia»—. Es... es con una cliente. Su manuscrito es muy bueno, de verdad.

—Preswen tiene pruebas, pero no son enteramente consistentes—. Le conseguí un buen contrato editorial, disponible para firmar cuando quiera. —Podríamos hacerles frente a nuestras parejas otra vez, pero juntos, de forma rápida, sencilla y sin escapatoria para ellos—. Sin embargo, ella quiere presionar por más beneficios y sé que se vendrá abajo en cuanto la rechacen. —¿Y si los vemos besarse, abrazarse o tomarse de la mano? Dolerá el doble—. La decisión tendría que ser fácil: ir a por el pez pequeño sin certeza de grandes ganancias o por el gordo sabiendo que puede haberlas, aunque costará. El problema es que nos atascamos en... problemas personales, opiniones, en nuestra relación de cliente-profesional. —Miro a la niña que aguarda en silencio a mi lado y levanta el pulgar con ánimo para que siga hablando—. Y si no lo solucionamos, no podremos volver al tema principal.

Mamá se queda muda por unos segundos. Es un hecho memorable, como el día que encontré Netflix. Gran inversión.

—¿Quién tiene razón respecto a estos pequeños problemas?

—Depende de a quién le preguntes. Ella cree tenerla, al igual que creo tenerla yo.

—¿Y cómo se resuelven los problemas de subjetividad?

—Tratando de verlos objetivamente entre las dos partes, de forma cooperativa.

—No, imbécil —reprocha, perdiendo el rol maternal por un segundo y mostrando lo que heredé de ella—. La objetividad no es algo con lo que los seres humanos nos llevemos bien. ¿Miles y miles de años de historia no te enseñaron nada? Las opiniones que tenemos no pueden hacerse invisibles. Si pretendemos que lo son, terminamos pagando caro no solo nosotros, sino también otros. Si tienen un problema, intercambien zapatos al pensar cómo se siente el otro, no cómo reaccionaría uno mismo si le pasara aquello. Solo cuando hayan hecho eso, podrán pensar juntos en una solución, teniendo en cuenta las opiniones de cada uno como un todo al que hay que cuidar e intentar lastimar lo menos posible.

Lo medito un rato mientras veo a través del parabrisas autos ir y venir. Es verdad que tenemos que hablar. No podemos seguir en la estúpida misión de espionaje si nos estamos desviando por problemas secundarios. De otra forma, nos estaremos guardando disgustos y explotaremos cuando menos lo esperemos y más necesitemos estar concentrados en Brells Quimmers.

Jamás me había planteado hacer míos problemas ajenos y que el resto hiciera suyos los míos, pero no es mala idea en este caso.

—Es un buen consejo —susurro—. Fue lindo oír tu voz, mamá.

Hace un sonido empalagoso en respuesta.

—También te extraño y amo mucho, mi panecillo de choco... —La corto.

Sabe que la amo, pero no toleraré oír ese apodo ni una vez más.

—¡Hey, ese es el coche de mi papá! —chilla la niña, señalando por el espejo retrovisor un vehículo azul que acaba de estacionar detrás de nosotros—. Te recomiendo que te vayas sin saludar antes de que se dé cuenta de que no eres mi niñera. Vio que Preswen conducía este auto por la tarde, así que no creo que sospeche a menos que se acerque.

Levanta la mano y Drac pasa de su cabeza a su dedo índice. Luego, lo deja en el salpicadero.

—Fue un placer, señor Loro —le susurra.

—¡Fue un placer, fue un placer! —responde el ave.

Le devuelvo el teléfono a la niña. No puedo perder tiempo explicándole a ese hombre que su hija de diez años terminó cenando en McDonald's con un desconocido que casi la triplica en edad, ni tengo tiempo para ir a la cárcel y gastar dinero en una fianza que no le agradará a mi plan económico del año.

—Buena idea esa de que no me vea, pero promete que le dirás que Pretzel es pésima y no quieres que te cuide nunca más.

Enciendo el auto cuando se baja.

—¿Y tú prometes que nos volveremos a ver?

Le guiño un ojo.

—Es un trato, panecillo de chocolate —acuerda al cerrar la puerta de golpe mientras abro la boca para replicar, confundido y avergonzado—. ¡Estaba en altavoz, idiota!

—¡Idiota! —apoya el loro, a quien dejaré en casa antes de buscar a la falsa políglota.

Amapola corre a los brazos de su papá, quien la reta por el insulto mientras trata de disimular la risa. Luego, saluda en mi dirección, creyendo que soy su vecina.

Los vidrios polarizados son un regalo de la Virgen María.

Según mi madre, tendré que situarme en el lugar de ese gnomo para avanzar, así que me pongo en marcha.

Envuelta en tu propia telaraña

Preswen

La confianza puede resultar tan ciega y fuerte como intermitente y frágil. Una simple acción puede generar el cambio. Tarda en formarse y ser entregada en su totalidad, pero puede ser arrebatada con mucha rapidez.

La gente que miente, en su mayoría, cae en el terrible error de convertir una mentira en una cadena. Cuando para sostener una falsedad inventas otra y construyes un tren de decenas de vagones, el ticket es solo de ida, no de vuelta. La única solución, que ni siquiera asegura nada, es reconocer que los demás merecen la verdad y tú, vivir sin mentiras. Pero para que eso suceda, uno debe enfrentarse a la gente y pedir perdón.

Muchos no comprenden por qué los mentirosos crean una telaraña de engaños y luego no son capaces de reconocer que son autores de la detestable obra maestra. Desde mi experiencia como araña venenosa y velluda —hay épocas en las que depilarme no es una opción, hace mucho frío—, puedo decir que a veces uno crea algo a partir de la pasión, pero el resultado final puede ser cualquier cosa menos arte.

Y a nadie le gusta exponer cosas de las que no se siente orgulloso.

Los infieles tejemos telarañas con huecos que quedan en evidencia cuando el otro comienza a sospechar y a hacer preguntas. Nuestros tejidos son débiles, capaces de romperse. No somos grandes arquitectos, sino de los mediocres que esperan que su estructura resista lo suficiente para no pagar las consecuencias.

Wells no se asemeja a una araña en apariencia, pero en cuanto vi a Brooke estacionar frente al motel y bajar de su coche —metida dentro de un abrigo cuyo frente desprendido revelaba solo un camisón debajo— supe que el alma de mi novio era el de una araña violinista. Una de las más letales del mundo.

La pantalla de mi teléfono brilla. Xiant vuelve a llamar y lo corto. Recibo una cadena de mensajes mientras me deslizo hasta el piso por la pared del ascensor.

> ¿Dónde estás?

> Pretzel...

> Lo siento, ¿podemos hablar?

> O gritémonos y vamos a insultarnos. En eso somos mejores.

> Estás acabando con mi paciencia por decimotercera vez en el día, gnomo.

> RESPÓNDEEEME

> *Vai tomar no cú!*

¿Acaba de insultarme en portugués?

Pongo el celular boca abajo en el piso y cierro los ojos. Como con la técnica de respiración abdominal no tengo éxito, trato de respirar como me enseñaron en la única clase de yoga a la que fui, pero es inútil. Al pensar en yoga, pienso en posiciones; al pensar en posiciones me viene el sexo a la mente y recuerdo haber entrado a La Vaquerita para hablar con la recepcionista. Le pedí que me diera el cuarto contiguo al de la rubia que había desfilado sobre sus tacones negros un minuto atrás. No pregunté quién había reservado la habitación porque sabía que era confidencial y solo podría obtener esa clase de información si se la robaba.

No estaba de ánimos para convertirme en ladrona cuando ni podía ser una espía confiable.

—¿Sospechas de infidelidad? —preguntó la anciana sacándose el sombrero de bruja para quitarse el suéter, como si hubiera oído decenas de historias iguales. Hacía calor ahí. Debía de ser por la concentración de desleales destinados al infierno—. Lo sé, no eres la primera en venir por eso. Solo no causes una escena. Espera a que salgan y hazla en la calle. No quiero problemas dentro del recinto y, si llamo a seguridad, tu noche no acabará muy bonita, cielo.

—¿Eres mi ángel de la guarda? —respondí incrédula ante su comprensión.

—Algo así, soy Cashilda. —Volvió a ponerse el sombrero de Halloween y me tendió la mano para que las estrecháramos—. Habitación 106 para ti. Venden helado a la vuelta, por si lo necesitas. Por seguridad, no te diré dónde queda la armería. No quiero que le dispares en las colinas traseras a nadie, aunque se lo merezca.

Ahora busco en mi bolso la petaca de whisky que cargo conmigo desde que sospecho de la infidelidad del superaguijón de Wells, pero está vacía. La bebí el día de la borrachera en el bar. En cambio, encuentro una barrita de cereal. Hago una mueca mientras la giro entre los dedos. ¿Por qué no cargo con comida digna de una posible crisis-ruptura amorosa? Recuerdo los bombones que había sobre las almohadas del motel. Tendría que haberlos guardado en lugar de comérmelos mientras subía a la cama y pegaba la oreja a la pared.

Cashilda incluso me envió una caja extra. Tenía pegada una nota con su número telefónico: «Si puedo ayudar en algo, dímelo».

—Ahí estás —dice alguien, aliviado. No tengo que levantar la vista para saber que Xiant está de pie fuera de las puertas del elevador—. Gnomo malo, me asustaste. Te busqué por todas partes.

—Tu cara me asusta siempre que la veo y no me quejo.

Saco la barrita del envoltorio. Entra, arruga la nariz, presiona el botón del piso más alto y luego se sienta junto a mí.

—Tengo cosas que decirte. —Flexiona las piernas y apoya los codos en las rodillas—. Por lo que veo, tú también.

Parto la barrita y le ofrezco la mitad. Cuando nos miramos, noto una culpa suave en sus ojos. La que aparece cuando te arrepientes de algo pero sabes que no es nada en comparación con los problemas más grandes. Es aquel lamento que se puede superar si el otro está dispuesto.

Espero que vea la disposición en mí.

—Vamos a ponernos cómodos entonces —susurro.

Acepta mi ofrenda de paz. Sus dedos rozan los míos y, al mismo tiempo, damos un mordisco.

Qué asco, tiene pasas de uva.

Mientras masticamos en silencio, me pregunto cómo reaccionará Watson cuando le muestre las fotografías.

No es la primera vez que lidio con un corazón roto, pero será la primera vez para él.

Recuerdo lo que sentí —lo que siento— y quiero protegerlo. ¿Por qué no podía encontrar al afamado amor de su vida en el primer intento? ¿Por qué ella tuvo que elegir a alguien más? ¿Por qué ese alguien era mi novio?

¿Por qué Xiant deberá lidiar con estos pensamientos sobre no ser suficiente o tener algo malo? Lo peor es que, diga lo que diga, no podré convencerlo de lo contrario. Tendrá que percatarse solo. Siento que tengo la respuesta de un examen que un amigo debe aprobar sí o sí para pasar de curso; uno para el que estudió mucho, pero en un momento se quedó en blanco. El reloj no lo espera. Tiene que contestar o caer en el viejo y doloroso círculo vicioso hasta rendir la evaluación otra vez.

Si pudiera, haría fragmentos mi corazón a cambio de que el suyo quede en una pieza.

Me sorprende un poco el pensamiento. ¿En qué momento desarrollé tanto cariño por este hombre? ¿Cuándo empecé a preocuparme hasta el punto en que sacrificaría estar bien a cambio de que él no esté mal? Estudio el rebelde mechón que siempre se las arregla para escapar de su peinado y tengo el impulso de apartarlo de su frente. Cuando ladea la cabeza y me mira con esos ojos verdes, mis dedos se inquietan incluso más. Quiero acariciar su mejilla y asegurarle que no saldrá de aquí hecho trizas.

¿Cómo proteges del desamor a alguien que cree en las historias de amor?

No quiero que le duela, pero la vida decide que debe hacerlo.

Ficción para adultos

Xiant

—Empezaré yo. —Trago las pasas con desagrado y río suavemente—. Creo que fue irresponsable de tu parte decir que te encargarías de una niña cuando no lo harías. —Me encojo de hombros—. No me arrepiento de haberte dicho lo que te dije, pero debo confesar algo. Una parte de mí, la egoísta y todavía negada a aceptarlo, insistió con el asunto de Amapola porque era una forma de evitar ver con mis propios ojos a Brooke caminando dentro de ese lugar a sabiendas de que Wells podría estar esperándola.

Es vergonzoso decirlo en voz alta, pero a pesar del paso de las semanas, todavía me cuesta creer que la persona que accedió a casarse conmigo pueda quererme tan poco.

Duele poner en palabras que no eres suficiente para alguien.

—Sé que no fui la mejor niñera del mundo. Es solo que...

Espero, pero no continúa, lo que hace que frunza mi ceño. No es la clase de persona que se queda sin palabras.

Ladea la cabeza y, consciente de mi pensamiento, sonríe con tristeza.

—¿Estás bien, Pretzel? —susurro.

Asiente y aparta sus ojos de mí. Mira el envoltorio de la barrita de cereal, exactamente la parte que detalla los ingredientes, como si el ácido fólico fuera lo más interesante del mundo.

—Es solo que me cuesta estar alrededor de los niños —confiesa—. Trato de fingir lo contrario, que no son gran cosa, que es fácil orbitarlos… —Su voz no se quiebra, aunque eso no indica que no exprese dolor. Percibo que no es uno reciente—. Estuve embarazada hace dos años, producto de una relación que apenas llevaba semanas. Cuando le pregunté al padre si él quería formar parte de su vida, me pidió que abortara. Le dije que todo estaba bajo control y respondió que no estaba bien. El aborto no era una opción para mí y me encargaría sola. Insistí en que no lo culparía si desaparecía del mapa.

—No, Preswen, no está bien —repito lo que dije más temprano y comprendo que ese sujeto le dijo lo mismo, pero con un tono peor que el mío.

También le dije que sería una madre terrible…

—Exacto. —Alisa el envoltorio de la barrita sobre sus piernas—. No me dejó en paz incluso después de romper. Durante los siguientes meses, insistió en que me deshiciera del bebé, acosándome, metiendo ideas en mi cabeza sobre que sería una terrible madre por mi personalidad. El estrés y el miedo me desbordaron, y mi cuerpo no cooperó. Tuve un aborto tardío y la perdí durante el quinto mes de embarazo.

—¿La? —susurro.

Su sonrisa se ensancha mientras su corazón se encoge.

—Paulina. Se iba a llamar así por un libro, claramente.

Uno de Samir, el misterioso escritor *best-seller*. Lo conozco.

No sé qué decir, así que me quedo callado. Ni siquiera intentaré imaginarlo. Es demasiado. Solo tengo espacio para sentir odio hacia un desconocido, empatía por ella y muchísima culpa porque le hice recordar algo traumático.

—Intenté restarle importancia con mi mamá, de la misma forma en que intenté restarle importancia a lo que decías de Amapola, pero… —Levanta un hombro—. Tienes razón. Lo siento, fui una idiota. El tipo también tenía razón. Sería una terrible…

—No termines esa oración —pido con suavidad—. Cualquier niño sería inmensamente feliz de tener a alguien como tú en su vida.

No me mira, pero sé que sus ojos se llenan de lágrimas porque una rueda por su mejilla hasta su mentón.

—¿En serio?

Asiento.

—Tal vez no recordarías bañarlo, pero llenarías su vida de aventuras.

Resopla y me da un codazo, más animada.

—Y no te preocupes, aquí somos idiotas juntos —corrijo—. Es terrible lo que te ocurrió. Si me encontrara a ese sujeto, contrataría a los matones más caros de Nueva York para que le dieran una paliza. Siento haberte hecho viajar al pasado. Mi presencia no equivale a una entidad de paz y amor, como sabrás.

Ríe un poco. Me sostiene la mirada y veo en el color café de sus ojos tres tipos diferentes de tristeza, si eso es posible. Una acompañada de cólera, otra de dolor y la última de decepción. Aprieta el envoltorio en un puño y me pasa su teléfono, haciendo un leve ademán con la cabeza para que mire las fotos que llegó a sacar.

—La mía tampoco —agrega limpiándose las mejillas.

Cuando las cosas marchaban bien, o cuando creía que lo hacían, cada mañana era Brooke la que se levantaba antes. Algunas veces, la ignoraba y seguía durmiendo, pero otras me quedaba viendo desde la cama cómo escogía el atuendo que usaría. Jugaba a adivinar qué elegiría mientras se probaba frente al espejo del cuarto dos camisas o dos faldas.

Casi siempre acertaba cuál sería la elección.

«No podría conocerte mejor», pensaba.

El amor te hace creer que con el paso del tiempo conoces de forma más profunda a una persona, pero a veces funciona a la inversa. En mi caso, los días estuvieron hechos para desconocerla. Nos transformamos en algo superficial, engañados por los recuerdos de la época en la que no lo éramos.

«No podrías lastimarme mejor», pienso.

En la primera foto, Brooke baja de su coche, estacionado frente al motel. El viento sopla y abre un poco ese abrigo que usa para las reuniones importantes. Noto encaje y reconozco esa camisola que tanto me gusta quitarle. Lleva zapatos de los que gritan que es una mujer segura, poderosa y sensual. En la segunda, está empujando las puertas dobles del edificio con la cabeza en alto, como si estuviera orgullosa. En la tercera, sale de una habitación; abrigo sobre su antebrazo y zapatos en mano esta vez. Tras ella se ve a un hombre sentado en la cama, sin camisa, atando las agujetas de sus zapatos junto a un maletín. Wells. En la cuarta, hay un tipo con una nariz gigante aplastada contra la pantalla y los párpados cerrados con fuerza. Parece una caricatura cuando se estrella contra un parabrisas...

Soy yo.

Preswen se carcajea y me arrebata el móvil.

—Esta es del día que nos conocimos. La sacaste sin querer cuando tomaste mi teléfono por equivocación y nos caímos.

Examino su expresión. Hay mucha gente que ríe, pero no es feliz. Este es uno de esos casos. Las comisuras de sus labios decaen poco a poco. Nos obsesionamos con las imágenes de Brooke y Wells en un bucle mental sin fin. La rabia y la aflicción nos visitan como viejas amigas que ya tienen la costumbre de pasarse por aquí.

Me llevo una mano al pecho y masajeo mi esternón. Esto apesta muchísimo. Duele el triple.

—Escuché los gemidos —confiesa con la calma de alguien que acepta haber perdido—. Lo peor es que no se oyeron como los de una película porno.

—¿Disculpa? A veces siento que hablamos idiomas distintos. Explícate.

—El porno es ficción, Xiant. Deberías saberlo si eres tan fan como el historial de tu teléfono me contó que eras. Ficción llena de supuesta pasión. Ellos no sonaron como amantes insaciables. No eran dos personas teniendo sexo, eran dos personas haciendo el amor. Sabes que hay una diferencia abismal entre ambas cosas.

Las palabras se sienten como cinco bofetadas de Jesús con una mano de madera.

Preswen conoce la diferencia en práctica, pero yo solo en teoría. Fui el primero de Brooke y ella la mía. Creí que seríamos el último del otro también. Recuerdo que abrazaba sus rodillas con preocupación cuando regresé del baño la primera vez, a los diecisiete. Estaba avergonzada por las sábanas manchadas. Esa también se convirtió en mi primera vez cargando el lavarropas y armando la cama entre dos. Me enseñó cómo hacer que las sábanas quedaran tirantes, lo cual no duró mucho porque volvimos a acostarnos para dormir diez horas seguidas.

No sentía el brazo al otro día porque lo usó de almohada toda la noche.

No quiero imaginar que Wells tiende la cama con ella. Me llena de celos pensar que le sonríe, que se ríe de sus bromas y hace desaparecer toda la mierda de su cabeza con su simple presencia. ¡Me enoja que le acalambre el brazo!

Es una bala al corazón sentirse reemplazado como si nunca hubieras estado en primer lugar.

—¿Sabes qué es lo peor para mí? Que no puedo odiarla por más que lo intente —admito y apoya su cabeza en mi hombro—. Eso de que del amor al odio hay solo un paso es la estupidez más grande que oí. Ojalá los sentimientos pudieran darse la vuelta tan rápido, como una tortilla.

Sigue viendo las fotografías. Yo parto la vista.

—Me da pena admitirlo, y sabes que pocas cosas me dan pena, pero no me siento tan mal. Esto debió sentir Vicente cuando lo engañé. Merezco sentirlo. Además, algo bueno salió de este caos.

—¿Tuviste un coche de espionaje por una noche? —adivino.

Niega con la cabeza antes de levantar el móvil entre nosotros, donde figura mi atractivo rostro en un mal enfoque de la cámara.

—Conocí a este tipo. Creo que somos amigos. Me gusta ver su foto cuando estoy triste porque me hace reír.

Reprimo una pequeña sonrisa, pensativo. Nos quedamos apreciando mi cara digitalizada durante unos minutos.

—Oficialmente, se acabó la misión, tenemos las pruebas —recuerdo ansioso—. ¿Se supone que debemos planear cómo enfrentarlos?

—No se supone, lo haremos —corrige antes de apagar el móvil y lanzarlo al otro lado del ascensor, como si necesitara más golpes—. Pero no esta noche.

La miro intrigado cuando con un quejido se pone de pie, echa el envoltorio de la barrita dentro del bolso Gucci y se estira para presionar el botón que nos llevará a la planta baja. Cuando vuelve a mirarme, tiene los brazos en jarras y luce decidida.

—Estoy cansada de pensar, hablar y respirar infidelidades. No quiero llorar y tampoco ahogarme en una botella de alcohol, por más tentadora que suene la idea. Si sigo así, no podré vender mi hígado para comprarme artículos electrónicos.

—¿Segura? Porque perder la conciencia suena como un plan perfecto para mí.

Extiende su mano para agarrar la mía y ponerme de pie.

—Tú y yo tendremos una noche memorable en Nueva York. Así, cuando recordemos esta mísera época de nuestras vidas, también recordaremos algo bueno. Desenmascararemos a Brells Quimmers el domingo. Ahora nos encargaremos un poco de hacer feliz a Prexiant Silvellis.

Recoge su teléfono.

—¿Por qué tiene que empezar con tu nombre?

Nos sostenemos la mirada mientras descendemos. Mis manos están en los bolsillos de mis caquis cuando me apoyo contra la pared del fondo, justo como la primera vez que nos encontramos aquí dentro.

—Porque Preswen es un nombre original —dice al invocar una de nuestras primeras conversaciones, cruzándose de brazos.

—Originalmente feo.

Es fácil ignorar la angustia en el pecho cuando Preswen la reemplaza por un dolor de cabeza.

Salimos del elevador, directos a Central Park.

Y estoy agradecido por su compañía, aunque no lo admitiría en voz alta ni a punta de cañón.

Gallos de mermelada

Preswen

—¿Crees que el dinero crece de los árboles? —cuestiona.

Tiro de la manga de su abrigo. Estas escaleras se harán eternas si se sigue quejando.

—¿Crees que, teniendo en cuenta que me acaban de ser infiel, me importa?

—Alquilaste un coche por todo el fin de semana y acabas de pagar un tour nocturno por una ciudad que conoces de toda la vida. Derrochas más efectivo que miseria a este punto.

Llegamos al segundo piso del bus. Me gusta porque está al descubierto, pero me sorprende no ver turistas inquietos listos para disparar sus flashes cuando el primer piso estaba lleno. Aprovecho y tomo los primeros asientos.

—Que creas conocer algo no implica que lo conozcas de verdad, los detalles se escapan con facilidad y en ellos está lo significativo. —Con facilidad podría aplicar esa frase a las personas, pero pactamos que Brells Quimmers queda castigado dentro de nuestro elevador, así que no lo hago—. Por ejemplo, tú crees saber cómo se ve tu trasero, pero ¿realmente sabes cómo se ve desde cada ángulo aunque lo traigas contigo desde siempre? De seguro cambió con el tiempo.

—Sí, ahora está más velludo, como un armadillo —confiesa y simulo una arcada—. Admito que tu reflexión era bastante buena, incluso la hubiera puesto en un calendario para regalarle a mi madre en su cumpleaños, pero la arruinaste al ejemplificar con mi trasero.

—Seguro que ni sabes qué día nació tu madre. A mí no me enga-ñas: tú eres del tipo que, si no fuera por las redes sociales, habría que-dado desheredado hace tiempo.

—Su cumpleaños es el primero de junio.

—No, ese es el de Tasha.

Sus ojos se estrechan desconfiados y hace cálculos en su mente.

—¿Aplicaste los métodos de espionaje que aprendiste en los últi-mos meses en mí?

—No, solo acepté la solicitud de tu hermana en Facebook —re-conozco y la incredulidad cubre su rostro—. ¿Qué? Ella es todo lo que tú no eres, claro que quiero ser su amiga.

—Es como si acabara de presentar a Lucifer con un orco para que traben una bonita amistad. La responsabilidad de posibles catás-trofes recae sobre mí, no es justo. Aunque tampoco es justo que nos hayan puesto los cuernos, pero... —Chilla cuando le doy con el bolso en el pecho y levanta las manos en señal de inocencia—. ¡Eh, tran-quila, Pretzel! Lo siento, olvidé que esta es exclusivamente nuestra noche.

Como si fuera una señal, el chofer enciende el motor. Nos dieron dos pares de auriculares al subir, los cuales debemos enchufar junto al panel de los asientos y elegir el idioma para comenzar con el curioso recorrido histórico, pero en cuanto Xiant está por abrir la bolsa her-mética en la que vienen los suyos, se la arrebato.

—Nada de eso, vamos a hablar. —Tiro con descuido ambos pa-quetes unos asientos más atrás—. Tendremos los ojos en la ciudad y los oídos puestos en el otro. Ese es el plan, ¿crees que puedes recordar-lo o es muy difícil para alguien que ni siquiera recuerda el cumplea-ños de la mujer cuya vagina permitió su salida al mundo?

Hace una mueca, no muy contento de hablar de temas ginecoló-gicos que involucran a la señora Silver.

—Al menos, guárdate los auriculares en el bolso. Los pagamos.

Se pone de pie para ir a por ellos, pero tiro de su brazo para que se siente.

—No toleras hacer las cosas de otra forma que no sea la tuya, ¿verdad? —Suspira.

Le entrego una sonrisa en respuesta.

Nueva York es conocida como la ciudad que nunca duerme, precisamente porque jamás se queda quieta. Siempre me gustó la sobrecarga de vida que posee. Aunque puede ser fuente de competencia, agotamiento, estrés y caos gracias a los millones de personas que la habitan, también es raíz de muchas cosas extraordinarias. Es hermosa en su abundancia y diversidad respecto a todo, pero lo más atrayente es la innumerable cantidad de posibilidades que guarda. Me mudé aquí, en primer lugar, por eso.

¿Quién no quiere vivir en la tierra de los sueños? Es difícil, nadie lo niega, pero para mí siempre lo valió.

—La catedral de San Patricio —señalo en cuanto veo sus dos torres alzándose en el cielo. Es extraño el contraste de un edificio tan antiguo rodeado por pura modernidad y luz artificial, pero eso lo hace más atractivo—. ¿Es Xiant Silver un creyente? —indago.

Se rasca la nuca mientras examina en detalle el edificio. El viento le revuelve el cabello. Es notorio que tiene frío, yo también lo tengo, así que me acerco más a él para que nos congelemos juntos. Me gano un gruñido de su parte. Ir a la planta baja del autobús no es una opción. Nos perderíamos las vistas.

—La religión es un tema polémico. Temo que me lances por la barandilla si digo algo que no sea de tu agrado.

—Te lanzaría aunque dijeras algo de mi agrado. Solo es polémico porque la gente lo hace así. En lugar de decir lo que opinan y aceptar que el otro piensa diferente, dicen lo que opinan e intentan imponerlo metiéndose en una discusión. Nosotros no discutiremos —prometo, a lo que me mira con recelo—. Bueno, sí, discutiremos, pero no por religión.

Mi respuesta le complace lo suficiente como para decidir contarme una historia. El vaho que sale de sus labios capta mi atención y la retiene por mucho más tiempo del que debería. Se me pone la piel de gallina y dudo que sea a causa de la baja temperatura.

Me obligo a apartar la mirada de su boca.

—Cuando era pequeño, le pregunté a mi mamá por qué las iglesias eran tan altas. Me respondió que, fusionando la arquitectura y la fe, las construían de esa forma porque cuanto más elevadas son, más cerca de Dios están. —Frunce el ceño y sacude la cabeza—. No sé por qué recordé eso ahora, pero respecto a la religión se podría decir que estoy en duda... Es decir, me inculcaron creer desde que tengo memoria, pero cuando llegué a la adolescencia, tuve muchas preguntas cuyas respuestas familiares jamás resultaron satisfactorias. Estoy dividido entre lo que conozco y lo que no, así que... Eso es un «no sé» de momento. Creo que hay algo más grande que nosotros, pero no sé qué. Tal vez sea lo que me dijeron, tal vez sea otra cosa.

—¿Sabes qué me gusta sobre las religiones? —Acomodo mi cabello tras mis orejas—. Que mueven a las personas. No creo en nada más que lo que me muestran mis ojos. Soy agnóstica por excelencia, pero sí noto que tener fe a veces hace cosas grandiosas en la gente que cree. Al menos, en la mayoría. Creer da a muchos un propósito, fuerza o esperanza. Es raíz de nobles causas. Aunque la religión está manchada por algunos y de eso es testigo la historia, no creo que se deba condenar al resto. Desde mi posición, la gente debe creer en lo que le hace bien y lo que sienta correcto, siempre que no hiera a los demás y se los quiera imponer.

Está atónito.

—No sabía que tenías esa profundidad.

—¿Qué tan profunda creías que era?

—Como un frasco de mermelada, poco y nada.

Golpeo su hombro con el mío mientras se me escapa una risa escandalosa. A veces me cuesta nivelar los sonidos que salen de mi cuerpo. Eso incluye aquellos de índole sexual y también los que involucran un retrete. Por eso no me gusta usar el baño en casa ajena, prefiero aguantar y no pasar vergüenza o hacer estallar una tubería.

—A mí no me engañas, sé que piensas mejor de mí de lo que dices —insisto—. Y hablando de engañar, ¿cuándo ibas a decirme que tienes tres hermanas y no solo una?

Estamos en Midtown Manhattan, yendo hacia Lower Manhattan. Los primeros meses que pasé aquí no salía del Upper East Side, el barrio, en pocas palabras, de los ricachones. Tenía miedo de que me robaran. En parte estaba siendo superficial, cegada por mi nuevo departamento lujoso y las marcas que imponían tendencia que lo rodeaban. Después entré en razón. La inseguridad estaba en todas partes, no discriminaba y eso no debía impedir que fuera al Smorgasburg, el festival de comida callejera de Brooklyn, para comer hasta el punto en que el botón de mis *jeans* saltara hacia el ojo de un vendedor.

—Jamás te dije que Tasha era mi única hermana. Tampoco tenía por qué, ¿o es que en el contrato que nunca firmé sobre ser compañeros de espionaje decía lo contrario?

—Deja de ser un fastidio sarcástico y cuéntame de tu familia mientras admiramos eso.

Señalo el Chrysler, el rascacielos que fue considerado el edificio más alto del mundo en 1930, hasta que al pobre le robaron el puesto. Solo pudo disfrutar el título un año. Lo conozco, como buena cinéfila, porque sale en alrededor del 90 por ciento de películas que transcurren en Nueva York.

—¿Cómo se llaman las otras? ¿Siquiera recuerdas sus nombres?

—En serio, deja ir el asunto del cumpleaños de mamá —advierte antes de hacer una pausa—. En orden de concepción, fuimos: Giovanna, Bea, el adorable tipo que ves aquí y luego Tasha. La primera se cree mi segunda madre, la segunda solo existe para decir lo que no quieres escuchar y Tasha... bueno, ya la conoces. Es la más tolerable, pero no por eso es agradable. Todas me odian y aman a la vez. Es recíproco.

—¿Estás seguro de que te aman? Porque no veo los motivos ni con lupa.

—Yo tampoco. Están obligadas a sentir afecto porque es responsabilidad sanguínea —señala su muñeca, siguiéndome el juego—. ¿Qué hay de ti? Sé que no tienes hermanos y, de tenerlos, se hubieran fugado de la familia Ellis al verte. ¿Tus padres te quieren?

—Mamá me ama de forma casi incondicional, excepto cuando voy de visita. A ella le encanta la vida campestre. Tiene una especie de granja y, como en toda granja, hay un gallo. Cuando me quedo con ella, antes de ir a dormir, encierro a Boleslao en el granero de los vecinos que está a tres kilómetros. —No me gusta ser despertada por ruidos fuertes, mucho menos por un animal con complejo de despertador—. Lo detesto. Además, ¿qué clase de persona le pone Boleslao a un gallo? —Bufo.

—La misma que le pone Preswen a su hija.

Lo miro ofendida y me guiña un ojo al tiempo que nos llevan directos al Empire State, el edificio más famoso de la ciudad.

No sería mala idea lanzarlo desde allí.

Dos ciudades, dos mujeres

Xiant

> Dientitos, no me dijiste qué sucedió. Dame una señal de vida.

> ¿Te deprimiste? ¿Necesitas comida? ¿El número de un psicólogo real? ¿Un blanqueamiento gratis?

—Nuestro elevador me gusta más —digo recostado contra la pared de mármol, al fondo, mientras guardo el móvil.

Le contestaré a Tasha después. Por ahora, Sherlock tiene cubierto lo de distraerme. Además, no quiero que espíe la pantalla y recuerde que mi hermana me llama Dientitos.

—Solo te gusta más porque jamás hay tanta multitud y olores corporales —especifica cuando las puertas se cierran y comenzamos el ascenso—. Creo que la señora italiana delante de mí se tiró un gas —me susurra al oído.

—No huelo nada —respondo también en susurros.

—Yo tampoco, pero sentí una corriente de aire caliente envolver mi mano.

Me sigue asombrando su falta de tacto —tampoco es que yo tenga mucho—, así que me cubro el rostro con una mano. Intento no mostrar mi diversión por la soltura con la que habla de pedos, esperando que la turista no sea bilingüe.

El autobús se detuvo para que subamos al mirador. Es la una y cuarto de la madrugada, así que esta es la última visita que recibe antes de cerrar. A pesar de que he vivido aquí por mucho tiempo, no había siquiera pisado la calle del edificio. La entrada cuesta unos cuantos buenos dólares que podría gastar en la comida de todo un día. Por otro lado, Brooke nunca fue fanática de las alturas, así que nos limitamos a hacer recorridos por tierra.

En realidad, ella no tiene un espíritu aventurero. Le gusta su zona de confort, el café batido a mano por la mañana a pesar de que tenemos una cafetera que funciona, la ropa de algodón y las reuniones familiares. Está enamorada de su rutina, algo que pocas personas tienen la suerte de poder decir. Yo también me aferraba a lo que conocía, pero desde el día en que intercambiamos teléfonos con Preswen me di cuenta de que el cambio puede ser bueno. No en todas las circunstancias ni a toda hora, pero hay cosas a las que me podría acostumbrar.

Me gusta la puntualidad de Brooke y dicho café hecho de la misma forma y a la misma hora, aunque soy más partidario del té. También pasar una noche de sábado tapado hasta el cuello mientras veo películas criticables abrazado a alguien. Sin embargo, es revitalizante tener algunas sorpresas, cosa que no combina con la rutina de mi prometida.

O exprometida, está por verse.

Recuerdo una de las notas que me dejó pegada en el vidrio del balcón antes de que discutiéramos:

¿Puedes recoger la nueva maceta que encargué
en la florería de la esquina?
P.D.: ¿Ya viste lo apuesto que estás hoy?
Porque yo te he visto como un millón de veces y sigo sin creerlo.

—No entendiste la consigna, Pan.

Bajo la mirada y arquea una ceja. Sabe en quién estoy pensando.

—No es como si pudiera apagar mi cerebro.

—Para apagar algo primero debes tenerlo.

—¿Podrías dejar de ser tan molesta?

—¿Podrías dejar de pensar en personas que no vale la pena pensar?

—Distráeme entonces, porque estamos atascados aquí por unos cuantos pisos. —Miro alrededor en busca de algo de lo que hablar, hasta que los turistas me dan material—. Ya sé… Si te diera un boleto de avión ahora mismo, ¿a qué lugar irías para aterrorizar con tu presencia a la población?

—En primer lugar, ni en medio millón de canciones de radio me comprarías un boleto. Ni siquiera comprarías uno para ti. Eres de los que dicen que hasta Japón está cerca para ir mitad caminando y mitad nadando. En segundo lugar, creo que me arriesgaría y dejaría la elección a la suerte. Compraría el boleto para el siguiente vuelo, cualquiera fuera el destino.

—¿Crees que podrías desenvolverte bien en un país extranjero? Porque, sin ofender, tu habilidad para los idiomas es deficiente.

—*Posso toccare qualsiasi melanzana* —responde con superioridad en un tono que suena italiano.

La señora delante de nosotros se gira y la observa de la misma forma en que miré a mi mamá el día que me dio la charla sobre el *frutifanta*… Sexo, Jesús, sexo. Malditos términos preswenianos. No sé con exactitud qué ha dicho el gnomo, pero recuerdo algunas cosas básicas de italiano de la preparatoria como los colores y la comida. Creo que *melanzana* significa berenjena.

Preswen, confiada en su dominio sobre la lengua, le guiña un ojo a la verdadera italiana.

—¿Tú y tu mezquindad qué destino escogerían?

—Fácil. Armaría una maleta para descender en Lisboa.

—¿Portugal?

—Muy bien, alguien no prestó atención en las clases de idioma, pero sí en geografía —felicito con un aplauso suave.

Pone los ojos en blanco y se cambia el bolso de brazo.

—¿Por qué Lisboa? Que yo sepa no es barato. Podrías sufrir un infarto si buscamos en Trivago la tarifa de un hotel promedio.

—Mis progenitores se conocieron allí. Mi padre era artesano, hacía y vendía collares, anillos, pendientes y brazaletes con piedras e hilo. —Ahora es dueño de una joyería en el barrio de Chelsea. Su trayectoria de vida es admirable y dolorosa a partes iguales. Pasó de poco y nada a cumplir lo que soñaba cada noche que cerraba los ojos en Portugal—. Mamá fue de vacaciones una vez y él trató de venderle mercadería a toda costa. Ella le dijo que solo le compraría si la dejaba invitarlo a cenar. Estoy seguro de que mi hermana Giovanna fue producto de esa cena, o de la semana romántica recorriendo playas que vino después.

Una sonrisa pícara se dibuja en su rostro.

—Tu madre tiene buenos trucos bajo la manga.

—¿De quién crees que heredé el encanto? —Resoplo.

El ascensor se detiene y los visitantes se atropellan y pisotean al intentar salir todos a la vez. La brisa me cala los huesos y maldigo al meter las manos dentro de los bolsillos de mi abrigo. Solo a una loca y a un grupo de turistas desaforados se les ocurre hacer un tour al aire libre en una noche que le contraería el ano del frío hasta al propio Satán.

—Por más amor que hayas desarrollado a los elevadores desde que me conociste, debemos salir de este para ver algo —se queja.

Entrelaza su brazo con el mío y tira de mí para que camine a regañadientes.

—Ya entiendo la fascinación de todo el mundo con este maldito edificio —susurro.

Siento que tengo la ciudad a mis pies al abrirnos paso hasta enfrentar la reja de seguridad. Preswen se separa de mí y envuelve los barrotes con las manos, pegando su rostro contra el metal como si su cabezota pudiera reducirse y pasar a través de ellos. Sus ojos reflejan luces como si fueran espejos y el viento le enmaraña el cabello hasta el punto en que debe escupirlo fuera de su boca, lo que me hace reír.

—No creo que Lisboa tenga esto —dice.

Nunca creí que alguien podría enamorarse de un lugar, pero ella pierde la cabeza por Nueva York. Su mirada sube por los rascacielos hasta llegar al manto oscuro y luego descender a las calles otra vez, donde las luces de los vehículos crean patrones brillantes sin cesar. Lo artificial tiene su atractivo, no lo discuto. Sobre todo cuando uno pone en perspectiva todo lo que significó construirlo, quiénes lo hicieron, cuánto tardaron, qué historias quedaron atrapadas entre los ladrillos a lo largo de tantas décadas. No es simplemente lindo, es extraordinario.

—Son dos cosas diferentes, no puedes compararlas —justifico.

Son dos mujeres diferentes, no puedo compararlas...

Los votos de Brooke II

Mis padres solían regalarse clavelinas los días importantes. Y también aquellos días que no lo eran tanto. Ahora mismo tengo un ramo entre mis manos y, si tuviera que decirles con qué tipo de hombre me casaré, les contaría este secreto:

Sé que me ve y me oye hablar con las flores, o más bien con ustedes, en el balcón. ¿Y saben qué es lo más bonito? Jamás interrumpe. Respeta mi espacio y los respeta a ustedes, aunque jamás llegó a conocerlos.

Riega las clavelinas todos los días, sin falta. Lo sé porque la tierra en las macetas está húmeda cada vez que llego del trabajo.

Xiant está hecho de la clase de amor que ustedes me daban: el que te ayuda a crecer, el incondicional, el atento, el suave.

No se preocupen. Estoy en brazos de la persona correcta.

Chalecos de fuerza (también llamados abrazos)

Preswen

—Menos ojos en mí y más en la vista, señor Silver —advierto al ver que me escudriña pensativo.

—Desgraciadamente, usted es parte del paisaje, señora Ellis.

—Señorita —corrijo al despegar mi rostro de la reja.

—No estás tan joven.

—Y tú no desarrollaste alas para sobrevivir a una caída desde aquí, así que cierra tu bocota.

Se lleva los dedos a los labios y simula sellarlos antes de lanzar la llave desde el Empire State. Es infantil, pero me hace reír. Nos alejamos de los turistas tanto como podemos para admirar la vista sin cegarnos con sus flashes. Es triste que algunos vivan a través de la lente de una cámara o tratando de hacer el *boomerang* perfecto para que todos sus seguidores lo vean, pero no puedo culparlos. Yo también era algo adicta a las aplicaciones hasta que Brells apareció.

Las redes sociales pueden detonar y hacerte vivir grandes historias, como también lograr que te pierdas otras. A veces es difícil encontrar un balance entre la realidad y la virtualidad.

—¿De qué trata la novela que intentas que publique la editorial? —pregunta.

Siento como si sus signos de interrogación me golpearan en la garganta y me dejaran sin aire. Encuentro auténtica curiosidad en sus ojos. No hay burla ni rastro del destello juguetón. Mis mejillas arden y agradezco la tonalidad de mi piel y que sea de noche, porque de otra forma sé que me molestaría por eso.

—Es solo que… —comienza al ver que no contesto—. Jamás te pregunté qué escribías. Eres la primera escritora que sabe que soy editor y no busca sacar provecho de eso.

—No te engañes, claro que quise sacar provecho cuando me enteré. Después, con todo el asunto de ya sabes quiénes, me olvidé. No volví a recordarlo hasta ahora. Creo que el resto de ti me mantuvo ocupada.

Levanto un hombro y asiente, apreciando la franqueza. No parece enojado, sino más bien halagado.

—Entonces...

Doy vueltas sobre mí misma, despacio.

—Entonces, ¿qué? —Lo miro de reojo.

—Eres pésima evitando temas de conversación, Preswen. —Se apoya contra la reja y hace una pausa para apreciar la vista—. También ahorrando y siendo amable. Vamos, escúpelo.

—¿Me prometes que no te reirás?

—Soy editor, este es mi trabajo. Por supuesto que no me reiré y, si lo hago, me apego a las consecuencias.

—En ese caso, escribo sobre el triángulo P.

—No recuerdo haber oído algo sobre un triángulo P. —Se rasca la mandíbula—. ¿Qué es? ¿El triángulo Preswen? ¿Tan narcisista ibas a ser para ponerle tu nombre a las figuras geométricas?

Trata de adivinar con provocación, pero no lo conseguirá.

—El día que leas mi manuscrito, lo sabrás.

No estoy lista para adentrarme en el terrero de la escritura con él.

—Ahora, oficialmente, me estás utilizando por mi vocación —se ofende.

—Te equivocas, yo siempre te estoy utilizando. —Le guiño un ojo, justo como hizo él más temprano.

Me da un golpe con la cadera, haciendo que trastabille contra la señora italiana de los gases, a lo que respondo cargando contra él. Imbécil atrevido. Le doy con la cabeza en el pecho, empujándolo contra el enrejado.

—¡Eh, loca, alto ahí! ¡¿De gnomo a toro hay solo un paso o qué?!

Su pecho se sacude cuando ríe de una forma que provoca terremotos en algún lugar del mundo. Parecemos un par de idiotas y sé que lo somos, en especial él, pero no me importa. La vida adulta a veces estresa tanto que es bueno tener a alguien con quien mandarla a la mierda, aunque sea durante un segundo. Quejarse de a dos, reírse de las desgracias y hacer bromas al respecto no soluciona los problemas, pero los hace más llevaderos.

—¿Esto harás con los cuernos que nos dieron? ¿Tratar de matarme? —dice al tomarme por las muñecas.

Me obliga a dar la vuelta antes de ajustar sus brazos a mi alrededor, en un abrazo apretado. Sentiría su corazón contra mi espalda si no estuviéramos más abrigados que los habitantes del Ártico.

—Intenta bajar tu nivel de locura, los de seguridad nos miran como si fuéramos a saltar —susurra contra mi oreja, con su barba incipiente raspando mi piel, lo que me produce un escalofrío.

Nos quedamos quietos apreciando la metrópoli hasta que todos los pares de ojos dejan de prestarnos atención.

—Me abrazas como si fueras un chaleco de fuerza —digo bajito, pero no me alejo.

Comenzamos a balancearnos un poco y el frío comienza a desvanecerse. En su lugar, me vuelvo presa de un calor que nace en mi vientre bajo. Intento ignorarlo y pienso en lo significativo que es compartir este momento. Es el consuelo, el abrazo que hubieran compartido cualquier par de personas normales al descubrir que los engañaban.

—No es como si no necesitaras ir a un loquero.

—¿Sabes que eso es lo más dulce que me dijiste desde que nos conocimos? —Levanto el mentón para mirarlo.

Otra vez mis ojos caen en su boca, la cual no tendría que provocarme tanta curiosidad.

—No quiero saber cuáles son tus referencias sobre dulzura si es así. —Hace una mueca de horror.

Me muerdo el labio inferior para reprimir mi sonrisa. También intento que no note que tengo ganas de llorar porque hace mucho tiempo que alguien no me abraza, y lo necesitaba. Me gustaría decírselo y agradecérselo, pero me da pánico que sienta pena o crea que me victimizo cuando me pasé la vida huyendo de ese rol. Así que callo y descanso mis manos sobre las suyas, que siguen contra mi estómago.

Espero que tenga una mínima idea de lo mucho que lo aprecio.

Xiant descansa su mejilla contra mi cabello e inhala hondo. Cierro los ojos para disfrutar la suavidad del movimiento de su pecho cuando deja ir el aire.

—¿Preswen?

—¿Sí?

—¿Crees…? —Lo oigo tragar—. ¿Crees que vale la pena quererme?

Abro los ojos y con cuidado me giro entre sus brazos, hasta apoyar el mentón en su abrigo, inclinando la cabeza para verlo.

—No lo creo, sé que vales la pena. Y la alegría. Y la frustración. —Bufo—. En serio… Mucha frustración. Ni Boleslao me frustra tanto como tú.

Su risa se vuelca en el aire. Cuando baja la cabeza para sostenerme la mirada, añado:

—Vales cada emoción y pensamiento, Xiant.

Refuerza su agarre a mi alrededor. Imagino que debe de preguntarse cuándo Brooke dejó de ver en él lo que yo veo.

—No es fácil estar conmigo —admite.

—Pero también es muy difícil estar sin ti.

Sus ojos brillan con un sentimiento que no sé reconocer. El silencio que se desliza a nuestro alrededor carga con una especie de tensión que no debería estar ahí y a mi corazón le cuesta un poco más bombear la sangre, como si algo le pesara. No me doy cuenta de que estoy reteniendo el aliento hasta que veo el vaho volver a salir de su boca.

Me giro entre sus brazos para darle la espalda otra vez.

Solo así soy capaz de soltar el aliento.

Amistad en construcción

Xiant

Cuando regresamos al autobús y pasamos frente al Madison Square Garden, famoso pabellón deportivo, Preswen me pregunta qué deporte extremo me gustaría intentar. Le digo que siempre quise probar esferismo y responde que rodar colina abajo dentro de una pelota de plástico en la que no corres ningún riesgo no es extremo.

Discutimos por eso.

Tras ver la extraña arquitectura del edificio Flatiron, le pido que me cuente qué fue lo más estúpido que hizo en su vida. «Serle infiel a Vicente», contesta, pero para mí eso no vale. Tendría que decir algo como «nacer».

Discutimos por eso.

Cuando damos una vuelta alrededor del arco iluminado de Washington Square, basado en el Arco del Triunfo de París, me pregunta si creo que la mayoría de las personas se priva del sexo o del *frutifantadelicioso* anal por mero pudor.

Discutimos por eso.

En realidad, puede que discutiéramos al principio de esta extraña relación, pero ahora debatimos. Puntos de vista van y vienen, reconstruyen y derrumban ideas, generan nuevas perspectivas.

La mente de Preswen es brillante. De cualquier tema que se aborde, tiene algo para decir. No de todos sabe, pero opina sobre ellos aclarando que es una ignorante desde el comienzo. No le da vergüenza inquirir sobre lo que desconoce y escucha con atención. Incluso noto que ya no me interrumpe tanto como solía hacerlo y, si lo hace, se disculpa. Es más considerada que la chica que entró conmigo al elevador a principios de octubre.

—¿Cómo se llama tu mejor amigo? —continúa.

El bus va directo hacia el puente de Brooklyn, que se vislumbra a varias cuadras. Me encojo de hombros dentro de mi abrigo. Hace demasiado frío. Podría mear desde aquí y el líquido se congelaría en el aire. También se me caería el pene, pero intento no pensar en la pérdida de tan fiel y útil compañero.

—No tengo amigos, mucho menos uno que entre en esa categoría.

—Ya imagino por qué. —Tirita a mi lado.

Le dije tres veces que deberíamos ir abajo, pero se niega. Es tan terca que desata toda mi exasperación. Quiero meterle la cabeza dentro de una lavadora, a ver si el jabón le limpia los oídos y las ideas, y puede aceptar que tengo razón.

—Pero ahora te tengo a ti, así que cargarás con la responsabilidad de todos los amigos que nunca tuve.

—¿Qué delito cometí para tal condena? Exijo un cambio de juez.

—Muchos. En primer lugar, entraste a mi vida sin invitación y eso me perjudicó por donde lo mires. Sin ti, hubiera vivido feliz en la ignorancia. Puede que ya estuviera casado a estas alturas.

—¿Qué persona está casada y es feliz? —se burla—. Te hice un favor.

—No generalices. Es verdad que la tasa de divorcio aumentó de manera considerable con los años, pero hay gente que se casa y todo sigue igual o mejor para ellos. Firmar unos papeles no debería cambiar nada.

Mis padres son un buen ejemplo.

—Si solo es un estúpido papel, ¿por qué firmarlo? Se podrían haber gastado el dinero que están invirtiendo en la boda en viajes o algo así. En tu caso de tacaño extremo, lo podrías haber guardado en una caja fuerte para contarlo y alegrarte en tus días grises.

—Brooke siempre quiso una gran boda —recuerdo—. Y yo... Bueno, solo quería comer pastel.

Gime con placer por la última parte y se frota el estómago.

—Ya me antojaste. Deberás invitarme a una porción ahora.

—¿Mientras estamos por atravesar un puente sobre el río? Claro, déjame lanzarme de clavado al agua helada e ir a hacerle el pedido a un cardumen. De seguro tengo suerte y me atiende un amable tiburón marti... —Me callo cuando se lleva el índice a los labios y señala al frente, emocionada.

Las luces se alinean en un arco en subida y en bajada que se refleja en el agua. Los motores de los vehículos hacen silbar el aire cuando pasan por nuestro lado. Hay un mar de luz esperando a que nos sumerjamos en él. Siento las primeras gotas de una llovizna y comprendo por qué los turistas se quedaron en la planta baja, protegidos. No se trata de una lluvia leve, sino lo opuesto. Se desata de la nada, hace que el gnomo chille y ponga en peligro mi tímpano izquierdo. La tomo del brazo y hago el ademán de ponerme de pie para guiarnos escaleras abajo, pero niega con la cabeza.

—¡Es agua, no ácido! —grita haciendo que muera el tímpano que me quedaba.

¿Está loca? Sí, ya lo sabía.

¿Tanto? Lo sospechaba.

¿Al nivel de querer enfermarse y arriesgarnos a que nos parta un rayo en dos? Tenía dudas, pero ya lo confirmé.

—No moriré aquí arriba, mucho menos contigo, me lar...

No soy capaz de terminar antes de que un flash me ataque. Me arde la vista y me desoriento un poco.

—¡Di panadería esta vez! —advierte feliz.

Rodea mi cuello y levanta su maltratado teléfono a la altura de nuestros rostros, presionando su mejilla contra la mía. Ya no sé dónde terminan mis poros y empiezan los suyos.

—Me cago en la pu... —respondo, pero ya ha tomado la selfi y la lluvia repiquetea tan fuerte que ahoga la maldición.

Me tallo los ojos para apartar el agua y asegurarme de que no perdí el sesenta por ciento de la visión. Cuando logro enfocar la vista, me sorprendo al ver las luces a través de la lluvia. Es un caos de postal. En la vida cotidiana, odiaría que mi ropa estuviera mojada y pesara tanto sobre mi cuerpo; también que el frío se filtrara a través de ella y me encogiera el miembro hasta el tamaño de un dedal. Odiaría que los estornudos empezaran a hacerme cosquillas en la nariz. Odiaría la estrepitosa fusión de la tormenta y los motores. Odiaría gastar dinero y estar tomando un tour. Odiaría todo esto. Odiaría a Preswen.

Pero no odio nada de eso.

Me siento libre.

No sé de qué, pero libre.

—Los amigos se toman fotos, ¿crees que puedas acostumbrarte? —pregunta a gritos.

Tiene el cabello adherido a los lados del rostro al guardar su móvil, satisfecha por haber obtenido una fotografía a la fuerza. Es una dictadora. Hasta Mussolini le tendría miedo.

—¡No, aunque podría acostumbrarme a esto! —Hago un ademán al paisaje—. Pero para la próxima vez, sería útil que revisaras el pronóstico del tiempo primero, ¿trato?

Le tiendo una mano y la estrecha.

—Trato, pero admite que la ducha te hacía falta: ¡apestabas!

Dejo de sacudir su mano.

—Te odio tanto, Sherlock.

—¡Te odio el doble, Watson!

Tendría que haber conseguido una amiga menos Pretzel, aunque eso le hubiera quitado la diversión a todo.

El proceso del desamor

Wells

He caminado en círculos durante la última hora.

Me gustaría no estar encerrado aquí, rodeado de sus cosas. Su bolso Prada grita «¡Culpable!» desde donde cuelga. Sus botas Tommy Hilfiger me juzgan desde su escondite debajo de la cama. Intenté pasar tan poco tiempo dentro como me fue posible, pero ahora estoy atascado esperándola. La citaría en otro lugar, pero llueve a cántaros y, conociendo a Preswen, sé que armaría un escándalo en público.

Eso se le da bien.

Me detengo frente a nuestra biblioteca. Los libros de Samir Gaamíl están en el estante del medio. Saco uno de sus favoritos, que logré autografiar y usé para que saliera conmigo. Lo abro en algunas páginas al azar, leyendo las citas que marcó de Paulina, uno de los personajes que más quiere:

«Me harté de sangrar por otros, sobre todo por los que no lo merecen. No puedo con sus balas y las que son destinadas para mí. Mis heridas jamás cerraron solas a pesar de que mostré lo contrario por tanto tiempo».

«La primera vez que lo vi, mi corazón no se sobresaltó. No me temblaron las rodillas ni me quedé sin palabras ni aliento. Sentí que lo conocía de algún otro universo, así que solo me acerqué y actué como si fuera el amor de mi vida, con el que había vivido mil aventuras, alegrías y pérdidas. No me equivoqué, lo era».

«La traición de quien te sonríe por las mañanas es peor que la de cualquier demonio nocturno. Jugar a los ángeles, cuando no se es uno, termina revelando que el traidor no tiene alas para volar lo suficientemente rápido de la escena del crimen. Debe enfrentar las consecuencias».

«¿Amar? Cuatro letras no bastan para describir lo que siento en sus brazos. Él hace que el amor sea poco y nada. Tiene que existir una palabra superior; si no lo hace es porque no es posible describir el sentimiento que te hace brillar de adentro hacia afuera al toparte con ilusiones infinitas en los ojos de alguien más».

Cierro el libro. No puedo soportarlo más. Lo devuelvo a su lugar y ahogo un gemido de frustración entre las manos antes de pasarlas por mi cabello una y otra vez. Estoy furioso conmigo mismo.

Nunca tuve miedo a enamorarme. Lo que me aterra es que la otra persona se desenamore de mí.

O ser el que se desenamora cuando la otra persona sigue queriendo tanto.

Sin embargo, me desenamoré sin que doliera. Mi miedo inicial, desenamorarme, se convirtió en un hábito del que no era consciente y que puse en práctica desde que conocí a alguien más. Ahora es Preswen la que deberá salir del enamoramiento. Sé que soy un cobarde por ni siquiera ser capaz de decirle que estoy viendo a alguien más, pero no quiero terminar de partir un corazón que no sé si podrá recomponerse.

Dejé de amarla hace tiempo, al menos de la forma en que amas a tu pareja. No quiero herirla, pero sé que ya lo he hecho y solo es cuestión de tiempo. Espero que sepa perdonarme y no guarde rencor por los buenos tiempos que tuvimos, cuando los sentimientos eran genuinos de ambas partes.

Pres no se merece esto. Ya sospecha, pero tener una corazonada no golpea de la misma forma que tener una confirmación.

Solo tengo que aguantar un poco más.

Saco el teléfono del bolsillo de mi traje y miro la hora. Son las dos de la mañana y aún no aparece. He estado esperándola desde que salí del motel. Inquieto, le mando un mensaje a Brooke preguntando si sigue despierta. Llama en respuesta, lo cual es extraño.

—Hey —dice con suavidad, y con ese monosílabo la tensión de mis músculos se reduce a la mitad—. ¿No puedes dormir?

—No llegó —digo en cambio, sentado al borde de la cama mientras me quito los zapatos—. No me sorprende. Últimamente no me dice a dónde va. Jamás lo hizo, pero antes al menos me enviaba un texto dejándome saber que no la habían arrestado o algo por el estilo.

A Preswen nadie puede seguirle el ritmo. De su cabeza salen ideas que terminan por atropellarte. Recuerdo cuando planeó nuestra tercera cita. Me esperaba que eligiera un restaurante o una película para ver en el cine, pero terminé en un salón de belleza canino. Jamás me divertí tanto bañando cachorros. No teme salir de fiesta sola o hacerse amigos sobre la marcha de sus locuras. Es algo que siempre adoré de ella.

—Debe de estar con alguna amiga —intenta tranquilizarme y hace una pausa insegura—. ¿En verdad se lo dirás?

—Ya lo hablamos, Brooke. —Desprendo los botones de mi camisa y la arrojo para lavar. Sé que no huele a perfume de mujer, lo verifiqué, pero por las dudas...—. Seguir con esto implica dejarla. Está desperdiciando tiempo conmigo, se lo debo. Además, no soy tonto. Por algo preguntó lo que preguntó. Sé que tiene sospechas. Lo peor de todo es que son ciertas y se lo negué justo frente...

—Basta —interrumpe, firme y triste a la vez—. Deja de torturarte, por favor. No es toda tu culpa. No elegimos a quién amar, simplemente amamos. Decírselo antes o después no cambia que su corazón se partirá en dos.

Tiene razón.

—Por eso te quiero —susurro—. Siempre sabes qué decir y, aunque sea duro, no te lo guardas.

—También te quiero, Wells. Estamos juntos en esto.

Nos quedamos en silencio por un rato. A veces solo nos gusta saber que el otro está ahí. Resulta reconfortante.

—¿Estás en tu departamento? —Frunzo el ceño al oír el televisor de fondo.

—Sí, ¿por qué? ¿Te gustaría venir?

—¿Xiant no está ahí?

—Aparentemente no. —Hay agotamiento en su voz—. Dijo que tenía planes con su hermana, tal vez se quedaron hasta tarde tomando unas copas...

—Ambos sabemos que eso no pasó. Tasha odia el alcohol y se quedó a cenar con sus padres en esa mansión tan poco modesta que tienen, incluso subió una foto a Facebook. Dios, no puedo creer la cantidad de dinero que tienen esos tipos.

Me tiro de espaldas en la cama y observo las paletas del ventilador.

—Pensar que si me caso con él me convertiré en la dueña de ese hogar... —reflexiona.

—Nada de casos hipotéticos, te casarás y tendrás todo lo que quieres. Sigamos el plan, saldrá bien —aseguro—. Probablemente te está evitando luego de esa confrontación. Dale tiempo, volverá.

—¿Cómo estás tan seguro? No viste cómo me miró. Ya no confía en mí.

—Una parte de él aún lo hace. Solo hay que volver a ganarse el resto. Ten fe. —Sonrío aunque no pueda verme—. Nadie podría desenamorarse de ti, lo prometo.

Kétchup infernal

Xiant

—Tengo tanta hambre que podría comerme a otro ser humano —confiesa.

La miro de reojo mientras sostengo la puerta bordeada de calabazas talladas por Halloween.

—No creo que «caníbal» se vea bien en tu biografía de autor.

Gira y comienza a caminar en reversa mientras nos adentramos en el supermercado.

—Aunque... —Me señala con el índice—. Debes admitir que sería una gran estrategia de marketing. ¿Quién no sentiría algo de morbo y querría leerme? Sería un éxito.

—No creo que la persona que te hubieras comido fuera capaz de describir como un éxito ser sazonada y tragada por un gnomo.

Pone los ojos en blanco y me da la espalda para agarrar un carrito de compras. La detengo al rodear su muñeca.

—¿Para qué necesitas eso? Dijiste que solo querías una bolsa de papas fritas y tienes dos manos perfectamente capaces de cargarla.

—Tranquilo, no te haré pagar por mi compra del mes, tacañito. —Maniobra el carrito para guiarlo hacia el primer corredor. Me apresuro a seguirla mientras le pido disculpas con los ojos al cajero, ya que estamos chorreando de agua el piso. La lluvia todavía no cesó—. Lo tomé porque me duelen las piernas y necesito un transporte.

Antes de que pueda preguntar a qué se refiere, salta dentro del carrito. Maldigo y me apresuro a alcanzar el mango porque está por estrellarse contra una pirámide de latas de maíz.

—¿Tanto te cuesta comportarte como una adulta?

Echa la cabeza hacia atrás y me sonríe con el flequillo mojado y adherido a la frente. Parece que le estrellaron un paquete de espaguetis en la cara.

—¿Tanto te cuesta divertirte? Ahora, haz algo útil y llévame hacia el Santo Grial.

—El Santo Grial te tapará las arterias.

—De algo hay que morir, Xiant.

Maniobro su transporte a través de los pasillos. Preswen tira cosas dentro del carrito y debo sacarlas para acomodarlas de nuevo en su lugar. Parecemos un padre y su caprichosa hija de cinco años. Sin embargo, cuando hallamos las papas fritas, se entretiene lanzándoselas a la boca.

—¿Ya podemos irnos, su majestad? —gruño cuando una de las cuatro ruedas se traba contra las irregulares baldosas del piso.

—Al fin me tratas como lo que soy: una reina. —Extiende el brazo hasta que una papa se encuentra a la altura de mi boca, estoy a punto de darle un mordisco cuando lanza una carcajada y se la come—. Y yo te trato por lo que eres.

—¿Un esclavo? Porque eso sería clasista y discriminatorio.

Se lanza otra papa a la boca.

—Creo que eres más como un bufón, pero mi reinado es como el eslogan de Barbie: «Puedes ser lo que quie…». ¡Espera!

Apoya los codos en los bordes del carro para empujarse hacia arriba y salir. Debo tomarla por la cintura y sacarla de su coche-castillo, no quiero que el cajero malinterprete los gemidos de esfuerzo que lanza. Pretzel estrella las frituras contra mi pecho y se interna en el pasillo de aderezos. La sigo y aprovecho para comer, ya que la glotona no me convidó.

—Hace años que no veía esta marca —dice al tomar algo de la góndola, como si hubiera descubierto el escondite del conejo de Pascua y su reserva de huevos de chocolate—. Era la preferida de mi padre. Solía ponerle salsa picante a todo.

¿Por qué alguien comería, por decisión propia, algo que pica más que los piojos?

—Con razón terminó en el infierno, su lengua era inmune a la incineración —susurro.

—Todos los años, papá le rogaba a mamá que, si moría, la comida del servicio tuviera esto. —Me ignora y levanta la salsa para que la vea, orgullosa—. Quería que lo maldijeran hasta el último momento. Ya sabes de dónde saqué mi adorable personalidad.

Me recargo junto a los estantes de kétchup.

—¿Eran unidos?

—Muchísimo. —Envuelve con una de sus manos su collar—. Él me introdujo en la lectura porque hacía berrinche cuando me decían que era hora de ir a la cama, pues dormir me parecía lo más aburrido del mundo. Así que, un día, tomó un libro de Samir Gaamíl y lo leyó para mí. Las imágenes de la historia empezaron a formarse en mi cabeza y me di cuenta de que la imaginación es una especie de superpoder. Puedes hacer y ser lo que quieras aquí. —Se da un toque en la sien—. Pasé de odiar a amar las últimas horas del día. Ansiaba nuestro momento padre-hija y, cuando me daba el beso de las buenas noches, mi cabeza seguía creando posibilidades. Una de las razones por las que quiero ser escritora es por él. Me gustaría usar mi mente porque una parte suya sigue viva en ella, si es que eso tiene sentido.

Me pasa la salsa para que la inspeccione. Tiene un logo horrible y debe de saber aún peor.

—En primer lugar, no necesitas publicar un libro en formato físico y con una editorial para considerarte escritora. Ya lo eres, Preswen.

—¿Y en segundo lugar?

—Tu papá suena como un buen tipo, hasta podría haber sido mi amigo.

Dejando de lado las preferencias de sus papilas gustativas, por supuesto.

—Se habría infartado por segunda vez si le hubieras propuesto tal condena.

Le lanzo el paquete de papas, ofendido. Lo toma y saca una mientras observa las decenas de potes de la marca.

—Murió cuando yo tenía catorce —sigue—. Aunque no debería extrañarlo tanto, lo hago. Sobre todo en esta época. Nació el primero de octubre, falleció el veintidós del mismo mes y su festividad favorita era Halloween porque podíamos disfrazarnos de lo que sea. Por un día, podíamos convertir nuestra vida en algo sacado de los libros... —Se pone en cuclillas, como si los estantes inferiores tuvieran secretos por contar—. Y mi fecha de parto para tener a Paulina era hoy, lo que hubiera sido perfecto en un mundo donde la muerte no te sorprende, así que estoy intentando no deprimirme mientras veo las decoraciones de telarañas baratas y calaveras de plástico.

Se me pone la piel de gallina. Recuerdo que me contó que su ex, Vicente, vendría a verla en noviembre. Sin embargo, lo engañó en octubre. Me pregunto si lo hizo porque atravesar el mes sola era equivalente a estar de luto sin descanso.

Pensar que en un universo paralelo ella, su padre y su hija podrían estar disfrazados y pidiendo dulces esta noche, forjando una tradición familiar a través de tres generaciones, es muy triste.

Ahora Preswen está sola. Sin familia. Sin disfraz. Sin dulces.

Y, para colmo, conmigo (que no soy de mucha ayuda).

—Cierra los ojos —pido al dejar la salsa picante en el carrito, porque claramente se la compraré.

—¿Para que me des un golpe con un tarro de mayonesa? —Se sienta en el piso con las piernas cruzadas y aparta el paquete de frituras—. No, gracias.

—Preswen... —advierto—. Ciérralos. Como tu bufón, te aseguro que será divertido.

Bueno, al menos lo será para mí.

Me lanza una mirada de desconfianza, aunque cede con un suspiro. Tomo un aderezo de la góndola y me siento frente a ella. Presiono el pote y comienzo a dibujar un bigote y un par de cuernos.

Parece estar disfrutándolo. Tal vez cree que le estoy haciendo una limpieza facial.

—¿Te robaste una crema de la sección de higiene personal? —Enarca una ceja.

—Para nada, esto es kétchup.

Abre los ojos de golpe y me da un manotazo antes de sacar su teléfono y abrir la cámara frontal.

—¡Xiant! ¡Parezco el diablo!

—Más bien la hija del diablo. Estoy seguro de que a tu padre le hubiera gustado el disfraz.

Lanza el móvil y me arrebata el aderezo. Lo aprieta y un chorro de tomate salta en mi rostro. Intento protegerme con ambos brazos, pero usa el kétchup como si fuera una metralleta.

—¡Maldito gnomo vengativo! —Le tiro el paquete de papas fritas encima y caigo sobre mi espalda en el suelo, en un enchastre que parece un charco de sangre.

Genial, creerán que asesinamos a alguien. Lo que me falta es ir a prisión por presunto homicidio.

—¡Artístico, querrás decir! —chilla trepándose sobre mí, aprovechándose de mi vulnerabilidad.

Lanzo una carcajada y me lamento al instante porque me llena la boca de salsa de tomate. Debo escupirla entre risas, con ella todavía sentada en mi regazo. Sus muslos se aprietan alrededor de mis caderas para mantenerme quieto.

—Eres la persona más desagradable del mundo —juro cuando logro inmovilizar sus muñecas.

Está agitada por la pequeña batalla. Los restos de papas se pegan a su ropa húmeda, al aderezo y al lío de su cabello, que parece el nido de algún animal vertebrado.

Tiene el aspecto más salvaje y horrible que he visto en mi vida.

—No podría ser tan egoísta, te dejaré conservar el puesto. —Sonríe—. Lo tienes merecido.

La dulzura que escondes

Brooke

Cuelgo el teléfono y abro la casilla de mensajes para refrescarla. No hay señal de Xiant y dejo caer el móvil entre las sábanas. Estoy en mi lado de la cama, observando el suyo mientras me abrazo a mí misma.

¿Me casaré con él sabiendo que puedo hacerlo infeliz?

La culpa por los pasados meses me carcome la conciencia, pero si no fuera así, jamás hubiera conocido a Wells. Me aferro a él porque es todo lo que le falta a Xiant en este momento; habla y comparte conmigo desde sus alegrías hasta sus inseguridades. Me escucha. También me recuerda por qué soy digna de querer. Me ve y no recuerdo cuándo fue la última vez que mi prometido me miró de esa forma. No sé cómo terminamos tan lejos cuando compartimos cama todas las noches.

Por más que abraces a una persona, a veces esta se siente a kilómetros de distancia.

No tendría que compararlo con Wells. Su personalidad, sus circunstancias e historias conmigo son diferentes. Sin embargo, los seres humanos vivimos a base de las diferencias. Con ellas creamos definiciones, porque una cosa o persona es lo que otra no. Wells no es perfecto, pero cuando miro mi relación con él, veo algo más estable y sano. Es lo que una vez tuve con Xiant, la complicidad que me gustaría recuperar.

Me estiro hasta la mesa de luz y saco mi pequeña pila de agendas llenas de marcas rojas y azules de rotulador. No puedo deshacerme de ellas, no importa que las reemplace. Son importantes, guardianas de mis días más felices y de los no tan buenos. Me gusta hacer breves anotaciones de lo que ocurre entre reuniones, salidas y compromisos. Busco la del año pasado y la abro en octubre, mi mes preferido porque es cuando nos comprometimos. Paso la primera semana y hallo una hoja doblada por la mitad.

Xiant:

Sé que no te gustan las cartas. Siempre dices que solo los dramáticos las escriben hoy en día. Supongo que me consideraré una a partir de ahora.

Si estás leyendo esto, es porque algo marcha mal. Tal vez contigo, tal vez conmigo, tal vez con los dos.

Hoy me pediste que me casara contigo. Estoy segura de que debes de estar preguntándote por qué estoy escribiendo esto en lugar de estar teniendo sexo o una siesta abrazados para celebrarlo. La realidad es, por más cursi que pueda sonar, que quiero dejar escrito lo que siento por ti en este momento. Creo que es importante. Si tienes, tengo o tenemos un problema, me gustaría que recordemos que somos más fuertes que eso. Que valemos la pena.

Me encantaría que recordaras lo feliz que me haces.

Desde la primera vez que te vi, supe que no teníamos mucho en común. A pesar de eso, fueron nuestras diferencias las que nos acercaron. Tú me haces ponerme en muchísimas perspectivas diferentes (y posiciones también, solo te recuerdo la química corporal aquí). Abres mi mente, pero jamás en el intento de imponer tus opiniones, sino con el anhelo de hacerme pensar más allá y descubrir todo por mí misma. Amo eso de ti, tal vez tanto como amo lo dulce que puedes ser. Te consideras alguien que no sabe nada sobre ser un romántico, pero estás equivocado. Tus acciones siempre terminan por delatarte:

1) Me dejas escoger las películas, incluso cuando es tu turno.

2) Aunque eres un tacaño con casi todo, jamás permites que nos quedemos sin suavizante porque sabes cuánto me gusta que la ropa huela a limón.

3) Cuando uno de mis zapatos termina bajo la cama, lo buscas porque sabes que odio arrastrarme por el piso por más limpio que esté.

Esos son algunos ejemplos pequeños e inmensos a la vez. Todo lo haces quejándote, pero te quejas para que tus acciones parezcan menos desinteresadas de lo que verdaderamente son.

Eres inteligente y sonríes a escondidas cuando tu sarcasmo me hace reír. Adoro la forma en que te descalzas y preparas una manzanilla para ponerte a leer en el sofá, como si fuera un ritual sagrado. Me encanta que acaricies mi espalda cuando crees que estoy dormida y trates de adivinar qué voy a usar por las mañanas mientras me paseo frente al espejo. (Sí, sé que lo haces).

Estamos lejos de ser perfectos por separado, y mucho más de serlo juntos, pero eres la única persona que me hace creer que ser imperfecto es lo más hermoso que se puede anhelar. Ser imperfecto es ser uno mismo, y eso soy cuando estoy contigo.

Solía sentir que el mundo era demasiado y nunca podría aprender a vivir en él. ¿Recuerdas lo que me dijiste?

«El mundo jamás será cómodo. No puedes cambiar eso, pero puedes cambiar tú. Siéntete cómoda en ti misma y así llevarás la comodidad a donde sea que vayas. Si un día dejas de hacerlo, hospédate en mí hasta que logres sentirte bien otra vez».

Quiero ser tu esposa. Estoy lista para perderme en ti y en tu mundo. Prometo amarte incluso cuando parezca que no lo haga, aunque intentaré que eso jamás ocurra. Debes saber que me has hecho más feliz que nadie. Si en el futuro dejo de sentirme así, algo que no creo que pase, juro que releeré esta carta un millón de veces para recordar que nunca es tarde para revivir el amor que nos tenemos.

Hay sentimientos que nunca mueren.

Pase lo que pase, hagas lo que hagas, haga yo lo que haga... te seguiré amando aunque pasemos del todo a la nada.

La futura señora Silver, mejor conocida como Brooke

Doblo la hoja otra vez y la llevo a mi pecho. Escribí esto el año pasado y es increíble todo lo que puede cambiar en ese lapso tan pequeño. Vuelvo a mirar su lado de la cama. Sé que tiene dudas, pero debo... Necesito casarme con él. No veo otra manera. Lo sigo amando a pesar de todo, de una forma distinta, pero lo hago. Así que debo convencerlo de que todo tiene solución.

Dejo la carta sobre su almohada sabiendo que no siento lo mismo que sentí cuando la escribí.

Pero todavía tengo la esperanza de que lleguemos a decir «Sí, quiero».

Espermatozoides asustados

Preswen

—Voy a confesarte algo —dice mientras rodea su taza con ambas manos—, pero no quiero comentarios al respecto, ¿entendido?

—Entendido, señor.

Me reclino hacia atrás en la cabina y succiono ruidosamente de la pajita. Ya me dijo dos veces que el café no se toma así, pero a mí me da por el trasero lo que diga en lo que respecta a lo culinario. Además, me gusta molestarlo y Tasha, la dentista, me recomendó tomarlo de esta forma para que no se me manchen los dientes.

Si Xiant supiera por cuánto sale un blanqueamiento, haría lo mismo.

Estamos en una cafetería abierta las veinticuatro horas. El tour nocturno terminó hace dos horas, luego tuvimos que huir del supermercado bajo la lluvia tras ser echados por el desastre que hicimos. Ninguno de los dos quiso ir a casa, así que estamos en un nuevo refugio, empapados, sucios y medio muertos de frío, de camino a contraer un resfriado.

—Hace mucho tiempo que no me divertía así. —Su cabello parece más rojo que naranja por estar humedecido; enmarca un rostro que, con esa pequeña sonrisa despreocupada que lleva, luce joven y lleno de energía—. Gracias por eso.

—Puedes pagar la comida de ambos a modo de agradecimiento. También el taxi que nos llevará hasta mi coche de alquiler. Después podrías darme un poco de dinero por la gasolina que gastaré llevándote a...

—Pensé que habías entendido la parte de no hacer comentarios.

Sopla su bebida antes de darle un sorbo.

—Lo entendí porque hablamos el mismo idioma, pero nunca dije que cumpliría con tus deseos.

—Eres tramposa.

—Exactamente por eso te diviertes estando conmigo, tacañito.

Abre la boca para replicar, pero al final se limita a beber más café. No puede argumentar en contra de ninguna de las dos acusaciones.

—También me divertí —acepto mientras trato de desarmar un nudo de mi cabello. Debo lucir como un conejo de Angora—. ¿Sería mucho pedir que, pase lo que pase, sigamos viéndonos de vez en cuando? Es decir, una vez que nos separemos de ellos.

Su mandíbula se aprieta un poco y me inclino hasta que mis codos están sobre la mesa. Frunzo el ceño.

—La dejarás, ¿verdad?

—Tal vez le pida un tiempo, pero... —Se masajea el esternón, indeciso—. No lo sé. No quiero tirar tantos años juntos a la basura y, antes de que digas que fue ella quien los arrojó allí para empezar, hay que tener en cuenta que no fui el mejor novio de la historia. No la justifico, pero...

—Creo que deberías dejar de buscar el amor en el mismo lugar que lo perdiste —me sincero—. Pero aún la amas, lo entiendo. Mismo idioma, ¿recuerdas?

Jamás podría volver a estar con una persona que me engañó porque sé de primera mano que estar con otra persona no es un error, sino una decisión.

Wells puede sentir cosas por mí, pero decidió herirme. Perdió mi confianza. Me pongo en los zapatos de Xiant y sé que cuesta hacerse a un lado, en especial cuando se quiere con tanta fuerza y todas las cosas buenas que se compartieron pulsan en la mente en el intento de contrarrestar las malas.

Dar segundas oportunidades depende de cada uno. Creo que es un acto de fortaleza porque vuelves a apostar por un caballo que perdió la carrera, pero yo soy débil. Si cedo una vez, cederé dos. Luego, tres. Perdonaré más de lo que debería.

—Siempre la amaré, no importa si al final las cosas no resultan y debo encontrar a alguien más.

Me mira directo a los ojos y siento un nudo en la boca del estómago. Quiero pedirle que lo repita solo para estudiar su tono y sus gestos al decirlo, pero me digo a mí misma que me estoy imaginando cosas.

Xiant no es el tipo que habla con segundas intenciones.

Afuera sigue lloviendo, pero aquí dentro, donde los truenos son amortiguados y solo oigo el sonido de la máquina de café al fondo y nuestras respiraciones, me siento cómoda más allá de mis teorías románticas conspirativas.

Me aclaro la garganta:

—¿Y me seguirás viendo en el elevador los jueves?

—Te vería allí todos los días de la semana si no fueras tan insufrible.

—Con razón te engañaron, eres un idiota. —Vuelvo a alcanzar mi taza y mis labios buscan la pajita en el aire.

—¿Estamos en ese punto donde volvemos a hacer bromas sobre nuestros cuernos en el intento de fingir que estamos bien? —Rasga un paquete de azúcar para volcarlo en el café—. Porque en ese caso, no me sorprende que te fueran infiel. Meterse en la cama contigo debe de equivaler a sufrir. ¿Tampoco dejas de hablar ahí? A que los espermatozoides de Wells se espantaban con tu voz y no salían por miedo a verte.

—¿Chistes sexuales? ¿No tienes algo menos cliché? Y, solo para que conste, sus espermatozoides no se resistían a mis óvulos.

—De acuerdo, creo que deberíamos bajar la voz. No mires, pero el mesero nos está viendo de forma extraña y creo que nos echa...

Me doy la vuelta y levanto mi taza a modo de saludo.

—Está delicioso, pero no se nos ofrece nada más. Deje de juzgarnos o al menos venga a sentarse para chismear con nosotros.

Siento una patada bajo la mesa. Cuando me giro, Xiant se pasa una mano por el rostro, exasperado.

—¿Qué parte de «No mires» fue la que no captaste? —susurra.

Abro la boca para replicar, pero se me adelantan.

—Evidentemente, la parte del «no» —dice el hombre tras el mostrador, sentándose en un taburete antes de abrir el periódico e ignorarnos.

O simular que nos ignora.

A todos nos gusta escuchar conversaciones ajenas, sin importar que sea de mala educación. Mi madre dice que sin el chisme la sociedad hubiera muerto de aburrimiento siglos atrás.

—De regreso a cuando no estabas haciéndome pasar un momento embarazoso. —Se aclara la garganta—. ¿Estás segura de lo de mañana? Porque aún hay tiempo para cambiar de planes.

—¿Qué? Claro que estoy segura, ¿tú no? —Aparto la bebida cuando lo veo vacilar—. ¿Qué es lo que te preocupa? ¿Armar una escena?

—No quiero avergonzar a Brooke en público. Tampoco a Wells.

—No lo haremos —prometo—, pero estar en un lugar rodeado de personas nos asegura que ellos no causen una escena fingiendo que se ofenden. Sentirán más presión y aceptarán sus errores más rápido.

—Piensas en todo, ¿no? —se burla.

—Casi, pero tengo que admitir que estoy un poco nerviosa por cómo reaccionaré. A veces digo que conservaré la calma y la pierdo, otras que voy a gritar hasta quitarme toda la mierda de encima y termino sin poder pronunciar ni una palabra.

—Es normal.

—¿Quién lo dice?

—La historia de la humanidad, Pretzel. Son poquísimos los que planean cómo reaccionar a ciertas situaciones y terminan haciéndolo al pie de su propia letra.

—¿Y tú? ¿Crees que podrás controlarte?

Se encoge de hombros como si pensar en el momento que está cada hora más cerca no fuera gran cosa, pero sé que lo pone inquieto.

—Podré controlar partes de mí.

Creo que se refiere a que podrá controlar sus manos y sus piernas; también su lengua y sus pies, pero ¿su corazón partiéndose? ¿Su mente creando imágenes de ellos entre las sábanas? No tiene control sobre eso.

Estiro mi mano a través de la mesa para tomar la suya, que todavía rodea la taza. Su piel es suave y me pregunto cuántos kilos de crema humectante le habrá robado a Brooke desde que están juntos.

—Dolerá, pero es mejor que lo hagamos antes que después, cuando dar marcha atrás cueste el doble.

Me entrega una pequeña sonrisa en respuesta. No es tan animada como las que me regaló hace unas horas, cuando la noche exclusiva de Prexiant recién comenzaba.

—Me gustaría tener tu seguridad —murmura por lo bajo.

—Y a mí tu café —digo atrayendo la taza hacia mi lado, en un robo espontáneo—. Me pasé de azúcar con el mío. —Arrugo la nariz antes de tirarle la pajita dentro y beberlo.

Pone los ojos en blanco.

Soy feliz al fastidiarlo, pero no cuando nos toca separarnos y me encuentro sola, contando los minutos para que otra de mis relaciones amorosas vuelva a fracasar.

Al menos esta vez no tuve la culpa, aunque eso no hace que duela menos. Estoy cansada de arruinarlo o de que lo arruinen.

Me pregunto si las cosas alguna vez saldrán de otro modo.

Te quiero cortar un dedo

Xiant

Estoy de pie frente a la cama mientras la veo dormir. Debo de parecer un asesino en potencia o, aún peor, Preswen.

Iba a quedarme en un hotel. Incluso contemplé la idea de ir a casa de Tasha —la menos odiosa de mis hermanas y de la que tengo dos llamadas perdidas—, pero desistí y le pedí a Pretzel que me trajera aquí. Quería una última noche con Brooke antes de que todo estallara como palomitas en el microondas.

Acuesto a dormir a Drácula —en otras palabras, cubro su jaula con una manta— y le tiro un beso de buenas noches. Recojo la carta que conozco tan bien y que descansa sobre mi almohada, pero no la abro. Al principio, cuando apenas nos comprometimos, estaba tan negado a creer que había accedido a casarse conmigo que releí sus palabras como un millón de veces, hasta que las creí. Por lo visto, fue un grave error.

Saber que era importante para alguien, que una persona había decidido darme una oportunidad cada día que nos permitiera nuestra corta existencia, me hizo sentir de una forma indescriptible.

Lloré como un maldito bebé cuando leí sus palabras por primera vez. No me había percatado de lo poco que me valoraba y me quería a mí mismo hasta que Brooke apareció. Me hizo quererla tanto, y ella me quería tanto a mí, que por lógica empecé a quererme solo porque ella lo hacía. Luego mis pensamientos se independizaron. Empecé a ver cosas buenas en mí que siempre había ignorado o menospreciado.

Me ayudó sin saberlo y no se lo dije. Podría haber sido más comunicativo y sensible, haber enumerado todas las cosas maravillosas que pienso de ella en lugar de reservarlas para mí y solo quejarme de cuánto nos costaría la boda.

Dejo la carta sobre la mesa de luz y me deshago de las prendas húmedas. Me seco con una toalla y me meto en la cama en ropa interior. Debe de estar exhausta porque no se inmuta.

Estoy bastante seguro de que engañar a tu prometido requiere energía y Wells la ha drenado.

No apago el velador. Me acuesto y miro esos labios que hace unas semanas resultaban magnéticos. Estudio su perfil y me pregunto cuántas veces le besé la frente, las mejillas o los párpados cerrados. La recuerdo a ella misma besándome como distracción antes de atacarme a cosquillas, una de las cosas que más odio. Me la echaba al hombro para llevarla a la cama como castigo. ¿Y el cabello? Es largo y suave; cuando se trepa a mi regazo, este cae sobre mi rostro y pica como tres docenas de pulgas, pero lo compensa con esas manos. Esas benditas manos capaces de masajear mis hombros tras días estresantes, limpiar mis lágrimas las pocas veces que las dejé caer en estos años y hacerme suspirar de placer.

El anillo de compromiso sigue ahí. Lo veo y tengo el impulso de cortarle el dedo y besarlo al mismo tiempo.

Quizás lo puedo cortar con cariño.

No es como el resto de las sortijas que usan para comprometerse. Este es de diamante, y el que iba a darle en la boda era el triple de fantástico. La tarde que aparecí en la joyería de papá y le dije que iba a proponerle casamiento a Brooke, estuvimos toda una noche diseñando el anillo perfecto. Preparamos *francesinha*, su comida portuguesa favorita, y me contó los supuestos significados de un centenar de piedras. Me hizo un recorrido sobre cómo llegaban los diamantes desde las minas hasta las tiendas y me explicó el uso de todas las herramientas que tenía para forjar y armar los anillos. Hablamos de kilates y, tomando mi hombro, me advirtió algo que todavía escucho cada vez que veo el anillo de Brooke: «Ella verá el diamante y será feliz, pero solo por un tiempo. Los objetos no pueden prolongar la felicidad. Ese es nuestro trabajo. Un anillo es el moño del obsequio del amor, Xiant. Un moño lindo, pero nada más que eso. Tú eres el regalo, no lo olvides».

Mi regalo, o sea yo, debió de haber sido una gran mierda con moño bonito. Le gustó lo de afuera, pero ¿el contenido? Para nada, sino no hubiera ido a ver lo que traía el novio de Preswen en los pantalones.

Estoy enojado y triste, nervioso y frustrado, determinado y seguro; metieron mis sentimientos en una licuadora. Es horrible no ver la línea que separa mi amor por ella de lo mal que me hace sentir sin ni siquiera saberlo. Extraño nuestro mundo en blanco y negro, donde solo existía el sí y el no, lo bueno y lo malo; no esta porquería gris del tal vez.

—Regresaste —susurra sin abrir los ojos, medio dormida.

Contengo el aliento cuando extiende la mano en mi búsqueda. Tocó a otro hace unas horas. Me tendría que dar asco, pero odio que no lo haga. Soy tan débil que me muero por sentir su calor una vez más, aunque trato de resistirlo.

—Vuelve a dormir, hablamos en la mañana.

Su mano, la del anillo, tantea las sábanas hasta encontrar la mía. Se la lleva a los labios y deposita un beso en mis nudillos antes de sostenerla contra su pecho.

—¿Leíste la carta? —susurra.

—Como medio millón de veces —confieso.

La contemplo y sigo reviviendo nuestra historia de amor hasta que me quedo dormido, sabiendo que cuando despierte dará un vuelco del que no hay marcha atrás.

Cuando tenía quince años, estaba en la fila de un carrito de algodón de azúcar, en una feria. Mis ojos estaban puestos en una morena que me sonreía desde la fila de la rueda de la fortuna. «¿Podrías apurarte?», dije a quien estaba vendiendo la comida, sin dirigirle ni una mirada porque estaba absorto en la chica que me esperaba. Entregué un billete sin mirar siquiera de cuánto era y esperé con la palma abierta. Oí mi vuelto en monedas caer al piso y me frustré por la torpeza del vendedor. Me agaché a recogerlo y ahí estaba Brooke, con las mejillas arreboladas mientras juntaba el cambio. Me sonrió a modo de disculpa bajo la visera de la gorra con el logo de la feria.

En ese momento, supe que le perdonaría cualquier cosa.

Ahora, años más tarde, sé que su sonrisa no puede salvarla por más brillante que sea.

Ella dijo que los sentimientos no mueren. Tiene razón. Hacen algo mucho más peligroso y es cambiar.

Sin poder soportarlo, salgo de la cama y voy por un trago.

Pagar con la misma moneda

Preswen

Las puertas del elevador se abren y Xiant aparece en el corredor. Extrañamente, no hay rastro de luz a excepción del que arroja la luna sobre los árboles de Central Park, a través de los cristales de la recepción.

Su cabello luce como si acabara de abandonar la cama. Lleva la camisa fuera de los pantalones del traje, con los primeros botones desprendidos y las mangas arremangadas hasta los codos de forma desprolija. Sus manos están hechas puños a sus costados y la furia lo obliga a apretar la mandíbula.

—¿Por qué querías verme a esta ho…?

—Brooke y Wells pueden irse a la mierda —me interrumpe entre dientes.

Le da un puñetazo al tablero de los botones y, en el instante en que las puertas empiezan a cerrarse, se precipita hacia mí con un brillo hambriento en la mirada.

Sus labios encuentran los míos con desesperación y me tenso a causa de la sorpresa. Me besa con frenesí, como si lo necesitara para seguir respirando. Desliza las manos por mis mejillas y rodeo sus muñecas para no perder el equilibrio cuando avanza, obligándome a retroceder hasta que estoy acorralada entre su cuerpo y la pared.

Su lengua no pide permiso; reclama mi boca.

Los primeros segundos no entiendo qué sucede, pero dejo de intentar descubrirlo al percibir el dulce gusto a vino en su paladar. Debe de haberse tomado una o varias copas.

Una de sus manos se enreda en mi cabello para jalarlo con una delicadeza adictiva; la otra vaga por mi costado trazando el contorno de mi cintura. Me siento culpable, pero lo disfruto. Su pecho presionado contra el mío me acalora y los roces endurecen mis pezones. De forma involuntaria, arqueo la espalda hacia él.

Debo aferrarme a sus hombros cuando le da un tirón a mi blusa para sacarla de mi falda. Sus dedos se cuelan bajo la tela y serpentean por mi estómago hasta llegar a uno de mis pechos. Me roba un suspiro que se convierte en un jadeo en cuanto su boca se desvía hacia mi cuello. Presiona sus labios en mi piel y deja un sendero de besos intercalados con algún que otro mordisco suave.

Se desatan llamas en mi vientre bajo al sentirlo presionar sus caderas contra las mías. Me nace la necesidad de rendirme ante las ganas y de tocarlo como él me toca a mí, pero ¿debería?

—Xiant, no… —Me cuesta pensar con claridad, mucho más hablar—. No entiendo. No podemos.

Se detiene un segundo. Su aliento me acaricia el lóbulo de la oreja y oigo la pesadez de su respiración cuando susurra:

—Si ellos pueden estar juntos, nosotros también.

Me mira con esos ojos verdes de una forma nueva, llena de deseo. Sus dedos empiezan a subir lentamente por mi muslo, en una caricia provocadora que acaba en el borde de mi falda. Levanta mi pierna y la engancha en su cadera.

Y su boca regresa a la mía para…

Abro los ojos y me siento de golpe con el corazón acelerado. Estoy sola en la cama y no hay nadie más en la habitación débilmente alumbrada por la lámpara en la mesa de noche.

Un sueño.

Fue un sueño.

Tengo el cuerpo cubierto en sudor. Me llevo una mano a la frente antes de pasarla a través de mi cabello. La confusión y el aturdimiento se convierten en vergüenza y culpa mientras transcurren los segundos.

Acabo de tener un sueño sexual con Xiant.

—¿Qué demonios está mal conmigo? —susurro.

Me dejo caer otra vez en el colchón y me quedo observando el techo en el intento de entender qué quiere decirme mi subconsciente.

Gracioso, pero no gracioso de risa: gracioso de raro

Preswen

> ESTE ES EL MOMENTO
> EN QUE APARECES

> VOY A MATARTE SI ME DEJAS
> SOLA

> NO ESTOY BROMEANDO, PAN

Estoy desde hace quince minutos al fondo del elevador, subiendo y bajando una y otra vez con los extraños.

Escuché trozos de conversaciones triviales: «Hola, ¿qué tal tu día? ¿Cómo están los niños?». También vi gente de un humor horrible por tener que trabajar un sábado por la tarde. Me estuve preguntando qué problemas esconden bajo los trajes y el maquillaje, dentro de los maletines y las carteras. ¿Todos están tan jodidos como yo?

Fue masoquista de mi parte, pero tras dejar a Xiant en su departamento, volví al motel donde Brooke y Wells estuvieron, no sin antes pasar por la heladería que me señaló la recepcionista. La mujer no cuestionó mi reaparición y tampoco que pidiera la habitación donde ellos habían estado.

A pesar de que estaba limpia, no podía dejar de verla como un cementerio de espermatozoides.

Me senté en la cama con la mezcla láctea congelada —el sabor de Oreo es una creación celestial— en el regazo mientras miraba la pared e imaginaba lo que había ocurrido allí. Aunque dolió, fue terapéutico. Lloré y maldije todo lo necesario, me despedí de mi relación más duradera y prometí que jamás volvería a engañar a alguien. A su vez, que la próxima vez que estuviera con una persona sería luego de conocerla de verdad, a fondo. Tengo que estar segura de que no volverán a serme infiel, porque después del segundo golpe cuesta más recuperarse.

Y respecto al sueño... Fingiré que no ocurrió. Mi cerebro solo mezcló cosas por estar sobrepasado de emociones.

No significó nada. A veces sueño algo extraño, como que el payaso de *It* me persigue a través de un zoológico, pero soy rescatada por La Roca (que por algún motivo es un hada del bosque) y un grupo de flamencos que lucen anteojos Ray-Ban.

Las imágenes que mi mente creó anoche mientras dormía son igual de disparatadas que eso.

El elevador llega a la planta alta, deja salir a una mujer que comete el acto delictivo de llevar jeans tiro bajo y vuelve a bajar. Le envío emoticonos enojados a Xiant.

—Vamos, vamos, vamos. —Presiono más emoticones—. No seas impredecible justo ahora, zoquete.

> Cruzando Central Park, reprime tu ira un minuto más

Suspiro aliviada al saber que no se echó hacia atrás.

Dado que Xiant trabaja en la Torre Obsidiana y estoy tratando de que su editorial me publique, nos pareció el lugar perfecto para traer a Wells y a Brooke sin que hicieran preguntas. El tacaño robó unos documentos de ella para que tuviera que venir a buscarlos con la excusa de que fue un accidente de papeleo. Por mi parte, le dije a Wells que había pasado la noche en casa de una amiga y estaba nerviosa porque hoy me dirían si contratarían mi libro o no, así que lo cité para que «me acompañara en el veredicto». Les pedimos a ambos que nos vean en la recepción del vigésimo piso. No puedo dejar de imaginar cómo serán sus expresiones cuando se encuentren y los enfrentemos.

El elevador abre sus puertas en la planta baja y me asomo para ver a Xiant cruzar la calle a través de los ventanales acristalados. Lanzo los brazos al aire.

El pequeño Juan deja de masticar su kiwi y salta para abrir la puerta y que salga a su encuentro, pero el pelirrojo se apresura y me obliga a caminar en reversa mientras avanza y asiente al hombre a modo de saludo.

—¡Al fin! Llegarán en cualquier momento, ¿dónde diablos estabas?

—No empieces con el espectáculo que todavía faltan las estrellas, Pretzel.

Aparto sus manos de mí una vez que me arrastra a una esquina del pasillo y se desprende el primer botón de la camisa, acalorado o nervioso. Tal vez ambos.

—Sí, bueno, tus estrellas serán despedidas, así que será mejor que vayamos haciendo el *casting* para reemplazarlas. ¿Qué te ocurrió? ¿Había tráfico?

Siempre hay tráfico. Es una pregunta estúpida, lo reconozco.

—Aún peor —asegura, serio—. ¿Recuerdas que tenía que robar algunos documentos de Brooke? Pues mira lo que encontré.

Saca la carpeta que trae bajo el brazo y la abre para mí. Señala un nombre:

Wells Rommers

—Nunca asistí a esas malditas reuniones con el contador que ayudaba con la boda, que resulta ser tu Wells.

—Eso explicaría cómo se conocieron.

Asiente con la cabeza, pero luego niega.

—No solo eso, mira los números de la cuenta bancaria de la que se extrae el dinero para costear la boda. —Pasa las hojas rápido, hasta llegar a una llena de números positivos y negativos—. Siempre que Brooke me dio algo para firmar, lo hice a ciegas, confiado.

Mis ojos se abren con sorpresa al ver números de cinco cifras, demasiado altos como para una boda que no sea de las Kardashian.

—¿Te han estado robando? —inquiero indignada.

Hay inseguridad en sus ojos, pánico e incluso culpa. Doy un paso atrás.

—Maldita sea, Xiant... Ser infiel no es un delito, pero ¿esta porquería? Involucraría la cárcel si no hubieras firmado nada.

Se pasa una mano por el cabello, frustrado mientras camina de un lado al otro con la carpeta cerrada otra vez. Nunca lo vi tan alterado, así que lo tomo de la muñeca y tiro de él para subir al elevador, donde un hombre de espaldas grita al teléfono.

—De una patada en el trasero te enviaré a Lisboa, ¿oíste? —Está iracundo, con un manuscrito bajo el brazo—. ¿Crees que no es posible? ¡Pruébame! Soy Samir Gaamíl, claro que puedo desafiar la puta gravedad.

Por un momento Xiant y yo nos quedamos de piedra. Es el autor anónimo que ha estado entre los *best-sellers* del *New York Times* los últimos años. Es la persona cuyas historias papá me leía antes de dormir. Es mi escritor favorito. Es la razón por la que conocí a Wells… y cuando gira y le veo el rostro… ¡Santo Boleslao! También es el anciano hijo de su buena madre al que le choqué el auto.

Nos mira y nos reconoce, pero es un pésimo momento para lidiar con esto. Así que lo empujo fuera del ascensor:

—¡Lo siento, amo su trabajo, pero necesitamos estar en privado, es urgente! —Con mi mejor sonrisa, le estrecho con prisa la mano—. ¡Y siento lo del accidente de tránsito, ojalá condujera igual que como escribe, señor!

Está a punto de mandarnos al diablo cuando las puertas se cierran y empezamos a subir.

—Sé que esto tendría que potenciar mis ganas de hacerles frente y mandarlos a volar, pero está teniendo el efecto contrario —asegura Xiant recostado contra la pared del fondo, antes de tirar la carpeta al suelo con enojo—. No quiero verlos, Preswen. Quiero un maldito abogado. Esto se nos está yendo de las manos. Esperamos demasiado, lo postergamos por miedo y aprovecharon todo este tiempo para vaciar mi cuenta banca…

Lo sacudo por los hombros para que se calle.

—¡Respira, Watson! Lo entiendo, ¿sí? ¿Quieres que busquemos ayuda para manejarlo? Bien, a la mierda con la confrontación. Seguiré reprimiendo mi ira por ti. Iremos a pensar a un lugar tranquilo, con café de por medio, pero tienes que tranquilizarte.

Su lado tacaño ya debe de haberse desmayado, si es que no tuvo un ataque cardíaco.

—¡No puedo tranquilizarme!

Aprieto en un puño el triángulo de mi collar.

—¡Aparéntalo al menos, porque me estás poniendo nerviosa a mí!

Me tambaleo hacia atrás y me toma por los codos para estabilizarme. Los días estresantes no debería ponerme tacos aguja, anotado.

El elevador llega al quinto piso antes de ser llamado al primero otra vez. Nos sostenemos la mirada, pasmados.

Wells o Brooke podrían estar por subir.

—Probablemente sea Samir Gaamíl queriendo desvirgarnos por el jardín trasero —susurro.

Bueno, el mío dejó de ser virgen hace rato…

—Probablemente —repite, pero hay más inseguridad que esperanza en su voz.

Si paramos esta chatarra metálica, en cuanto vuelva a arrancar irá al último piso al que fue llamada. Nos encontraremos con quien esté fuera de todas formas. Es inevitable, así que nos resignamos juntos. Voy al otro extremo del elevador y hago la técnica de respiración abdominal, pero es inútil. Por suerte, la mano de Pan alcanza la mía y me da un ligero apretón antes de dejarla ir cuando las puertas se abren.

No está Brooke.

No está Wells.

Están los dos.

Y el señor Gaamíl, por supuesto.

Material de novela

Xiant

Una vez, cuando era niño, mis hermanas hicieron un complot en mi contra.

Me engañaron para que entrara al cobertizo y trabaron la puerta desde afuera. Así lograron adueñarse del televisor para hacer una maratón seguida de las películas de *Harry Potter*. Anteriormente, me había negado a cederles mi espacio en el sofá por dos motivos:

1) Las adaptaciones cinematográficas nunca me gustaron.

Es más, me enojaban tanto que me la pasaba criticando la película con comentarios como: «En el libro eso no fue así», «En el libro es mejor», «¡Eso no estaba en el libro!». Al crecer, dejé de indignarme por lo que no debería y empecé a disfrutar del trabajo de los demás, entendiendo el sentido pleno de la palabra «adaptación». Hay cosas que no deberían compararse.

2) Estaba por ver una serie-documental sobre Samir Gaamíl.

Las despiadadas gorgonas se deshicieron y se olvidaron de mí. Le dijeron a mi madre que había ido a una pijamada en la casa de un amigo, lo cual ella tendría que haber sabido que era falso porque no tenía ni uno.

Estuve encerrado durante horas. Recién se acordaron del pequeño Xiant cuando estaban por la mitad de la segunda película de la saga. Para ese entonces, ya sabía cuántas herramientas guardábamos, había leído dos veces un libro de botánica, aprendido las claves del cuidado de las hortensias y repasado mi entera existencia por decimocuarta vez. El punto es que, encerrado ahí, sabía que tarde o temprano alguien abriría. Tenía la certeza de que sería rescatado.

Cuando nos vemos envueltos en un problema, la gente tiende a desesperarse porque cree que no existe escapatoria. Ese jamás fue mi caso. Yo le temo a lo que pasará después.

Al salir del cobertizo, con ocho años, tomé una regadera de plástico y quise ir tras mis hermanas para darles con ella en sus cabezotas, desmayarlas y adueñarme del televisor. Mi madre me frenó al decir que la violencia no iba a solucionar nada: no me devolvería el tiempo perdido ni quitaría al maldito *Harry Potter* —al que le deseé morir en manos de Voldemort como quince veces— de la tele. Tampoco calmaría mi ira hacia las tres diablillas. Le di la razón y en su lugar me puse a regar las plantas. Luego, mamá no solo castigó a mis hermanas, sino que me felicitó por el trabajo de jardinero. Tuve la televisión por una semana y la sonrisa que vi en su rostro al admirar las hortensias se quedó conmigo hasta el día de hoy. En ese entonces, por enojo, al abrirse la puerta del cobertizo podría haber hecho un lío del que me habría arrepentido si lastimaba a alguna de las chicas. El problema aquí es que no siento solo cólera. Me siento impotente y un iluso. No puedo pensar en una forma de convertir todo esto en algo productivo o menos doloroso.

Dudo que regar las putas flores me ayude a superar una infidelidad.

La persona que dijo que siempre hay un lado positivo nos mintió.

El que dijo que al que madruga Dios lo ayuda, también. Me levanto temprano desde que tengo uso de memoria y siempre me va como el culo. Esta situación lo ejemplifica a la perfección.

—Preswen —dice Wells, quien da un pequeño paso para alejarse de Brooke antes de subir al elevador.

Ella está frente a mí. Él frente a Pretzel. El señor Gaamíl está en medio, mirándonos con cara de pocos amigos en el silencio que se extiende mientras ascendemos.

Brooke, a pesar de no haber terminado en los mejores términos, intenta acercarse para darme un pico. Para evitar que me bese, me inclino y recojo la carpeta del piso. La incomodidad se instala y su mirada cae en el contador. Luego, en Preswen.

Mi prometida cuadra los hombros y se lleva una mano al abdomen, señal inequívoca de que está nerviosa. También me confirma que la reconoce. Ella siempre fue del tipo que les sonrió a los extraños. Los saluda en voz alta al entrar a cualquier lugar, pero aquí se encuentra inmóvil.

—Pensé que te vería en la recepción del vigésimo piso —dice mi prometida al deslizar su mirada hacia mí otra vez, dubitativa.

Wells me mira por un instante. Cuanto más cerca lo tienes, más atractivo es el infeliz. Sin embargo, no me provoca nada verlo. Otros arderían de aversión y querrían darle un puñetazo, como mi yo de ocho años con la regadera. Pero desde mi punto de vista, él no es el responsable. Lo único que no entiendo es cómo ha podido echar a perder lo que tenía con Pretzel.

—Yo... yo también iba a verte ahí, ¿no? —añade Wells y, a pesar de que se dirige a Preswen, cruza una rápida mirada con Brooke.

No sé si están tratando de aparentar que no se conocen. De hacerlo, la posición de sus cuerpos, la distancia de uno con el otro y sus expresiones concordarían, pero no sus ojos.

Hay gente que se mira y sabes que existieron un millón de miradas más antes que esa.

Preswen no contesta. Está tan callada y quieta que no parece ella. No estoy seguro de si se está comportando indiferente por estar reprimiendo lo que siente o si el impacto de verlos juntos la dejó en una nebulosa de la que le cuesta salir.

—Este elevador es la verdadera... tortuga —se queja Samir echándonos una mirada punzante y abanicándose con su manuscrito—. También un infierno cargado de tensión. ¿Ustedes cuatro se conocen o qué? Porque percibo que lo hacen. También que habrá patadas en el trasero más tarde y no seré yo el que las regale. —Levanta las manos en señal de inocencia.

—Cariño, háblame. —Las palabras del autor pusieron incómodo a Wells, que extiende la mano para tocar a Preswen.

Su mirada, siempre alegre, se opaca cuando niega con la cabeza. No quiere que la toque. Trata de retroceder, pero la pared se lo impide y la mano del hombre se acerca. Sin pensar, alargo mis dedos y encuentro los del gnomo, lo que deja estático a su novio.

—¿Qué haces? —susurra Brooke, mirando nuestras manos.

—Te preguntaría lo mismo, pero no armaré una escena. —No dejo que ninguna emoción se filtre a través de mi voz—. A mi oficina.

Jamás he sido tan insensible con ella.

Sus labios se entreabren, pero nada sale de ellos cuando el elevador se detiene y tiro de la mano de Preswen para que me siga. Wells echa la cabeza hacia atrás mientras traga con fuerza y cierra los ojos. Mi prometida lo mira en busca de respuestas, o más bien de auxilio antes de correr detrás de nosotros. Dice mi nombre una y otra vez, con creciente desesperación.

—Podría escribir otro libro con tan buen material. —Silba Samir cuando lo dejamos atrás, con el manuscrito sacundiéndose entre sus manos.

Al pie del calendario

Preswen

Todo este tiempo hemos trazado el plan perfecto en un elevador, y ahora me entero de que el desgraciado tiene una oficina más grande que su ingenuidad con una preciosa vista a Central Park. Haría un comentario al respecto, pero si me cuesta respirar, hablar es imposible.

Su agarre sobre mi mano es firme y cálido. No me importa lo que piensen esos dos. Como quieran volverlo en nuestra contra, les daré el premio a los hipócritas del año.

Los tacones de Brooke repiquetean con velocidad, casi pisando nuestros talones. Las pisadas de Wells, pesadas y pausadas, la siguen. Oigo que se cierra la puerta a nuestras espaldas y le doy una última mirada a Xiant, confirmando que está seguro de esto. Él asiente con derrota y deja ir mi mano cuando nos volteamos.

Somos dos caballeros apuntando con espadas de verdad a un dragón hecho de mentiras.

—Xiant… —El bolso de la rubia se desliza por su hombro y su brazo. Se inclina y lo deja en la alfombra—. Me estás asustando, ¿qué ocurre? —Su voz es demasiado dulce, tanto como para no volver a endulzar un té en lo que resta de vida—. ¿Por qué estaban…?

—Deja de hacerte la víctima —interrumpo tajante.

Brooke retrocede como si le hubiera dado una bofetada. Sus ojos claros se dirigen desesperados hacia Xiant al comprender que ambos estamos en el mismo barco.

—Preswen, no le hables así —advierte Wells, dando un paso frente a ella, como si quisiera protegerla de las palabras.

El fantasma de una sonrisa curva mis labios. Se expuso solo.

—Jueves 1 de octubre. —El pelirrojo toma el calendario de su escritorio y retrocede al décimo mes—. Nos dijeron por mensaje que no los esperáramos despiertos porque tenían una reunión «importante». —Hace énfasis en la última palabra—. Dijeron que nos amaban también.

Resoplo.

—Y porque nos amaban —continúo yo—, nos dejaron plantados cada jueves desde mayo. Cinco meses. —Me pasa el calendario y comienzo a señalar cada día que los seguimos—. El 15 de octubre, Brooke recibe flores a nombre de Wells y las acepta con una sonrisa más grande que nuestra credulidad. —Deslizo el índice más abajo—. El 22 de octubre, cenan en un restaurante japonés. Supuestamente era otra reunión, pero ¿desde cuándo las juntas de trabajo son solo de a dos y a la luz de una vela?

Las manos de Wells están hechas puños. Las de Brooke, sobre su corazón. Mi novio respira lento; la prometida de Xiant, demasiado rápido.

Así luce alguien que está por perder todo lo que tiene.

— El 28 de octubre. —Lanzo despechada el calendario a sus pies y avanzo—. Dijiste que no pasarías la noche en casa por cuestiones laborales. Siempre fuera, siempre problemas de trabajo, siempre llegando tarde... Desperdicié tiempo contigo, ¡ni los venados tienen los cuernos que tengo yo, maldita sea!

Estoy por empujarlo cuando Brooke se interpone.

—No quieres hacer eso —intenta sonar convencida de lo que dice, pero hasta da lástima porque el índice con el que me señala tiembla, al igual que su mano, su muñeca y su antebrazo, que giran hacia Xiant cuando le habla—: No sé qué mentiras te ha dicho, pero debes confiar en mí. Te soy fiel. Nunca te lastimaría.

—Ya lo has hecho, Brooke. —La amargura en la voz de Pan me hace retroceder, sin quitar los ojos de ambos—. Lo hiciste durante meses. Me lastimaste porque creíste que estaba ciego por ti, y tenías razón, pero ser incapaz de ver no te hace incapaz de escuchar y sentir otras cosas.

Saca de su chaqueta un sobre y lo tira sobre la pequeña mesa ratona que hay en medio de la oficina. Las tres fotografías que saqué la noche del motel se desparraman como los trozos de una taza de porcelana al dejarla caer, fríos, filosos y difícil de limpiar.

Hay desastres que debemos barrer un centenar de veces para reestablecer el orden.

Wells cierra los ojos al verlas. Confundida, Brooke parpadea y se lleva una mano al estómago. Se dilata un silencio que acelera mi pulso. Mi corazón va tan rápido que me gustaría levantar una señal de stop frente a él, pero si no pudo leer las señales de una infidelidad por meses, mucho menos leerá algo así.

La rubia se gira hacia mi novio, quien traga con fuerza al verla llorar. Se nota que le duele que sufra. Eso me genera envidia, nostalgia y una satisfacción horrible. Estábamos en lo correcto. Hubo una época en la que creí que le dolían mis desdichas, pero ahora le rodea los hombros a esta mujer.

El pelirrojo contiene el aliento y es mi turno de negar con la cabeza.

A veces ganar equivale a perder.

—Suficiente, Brooke no te está engañando. —La voz de Wells es firme cuando se dirige a Xiant, pero sus ojos no—. Pero yo sí te estoy siendo infiel a ti, Preswen. Es la señorita Szary...

No.

Me niego.

No lo acepto.

No puede ser ella.

Gato comprimido

Xiant

—No puedo creer que todavía intenten salvarse el trasero —digo entre dientes—. Mentiras, es lo único que saben decir, ¡nos siguen tomando el pelo como si fuéramos idiotas! *Vão tomar no cú!*

—Nadie te está tomando el pelo —contesta Wells.

—Pero sí la billetera, ¿eh? —provoca Preswen.

—¿De qué rayos estás hablando? —responde de vuelta.

—Me han estado robando, ¿te harás el tonto con eso también? —escupo.

Tengo una ira que no cesa. Solo va en aumento. Me ahogo y floto a la deriva en un río de odio. Wells se separa de Brooke para hacerme frente. Sus fosas nasales se abren cuando inhala hondo. Sus pupilas están tan dilatadas como me gustaría dilatarle la cabeza con la regadera del cobertizo.

Entonces, alguien ríe.

Todos los ojos caen en Brooke. Es una risa triste, nacida de la impotencia. Se lleva ambas manos a la frente y continúa temblando. Jamás la había visto así, pero teniendo en cuenta que nunca antes la había pillado siendo como verdaderamente es, me pregunto si alguna vez estuve con la Brooke real.

—Una ladrona mentirosa e infiel —dice en un hilo de voz, y asiente con la cabeza antes de sentarse en el brazo de uno de los sofás—. Siempre supe que no era perfecta, pero no sabía en qué nivel de adúltera criminal me ubicabas, Xiant.

—¿Crees que puedes voltear esto en nuestra contra, reina del drama? —Preswen parece querer saltar sobre ella—. Porque estás muy equivoca...

—¡Ustedes son los que están equivocados! —Mi prometida limpia sus mejillas con furia al ponerse de pie y dirigirse hacia mí—. Wells es el contador que contraté para la boda hace un año. ¡Lo hubieras sabido de estar más involucrado y acudir a las citas!

—¿Y como no iba a nuestras citas empezaste a tenerlas con él a solas? —reclamo.

—Dijo que hace un año me contrató. —Wells levanta una mano en mi dirección para que me calme—. Los primeros meses fuimos tan profesionales como se pudo, pero hacernos amigos fue inevitable. Brooke estaba para mí cuando la necesitaba y yo estaba para ella cuando tú no lo estabas.

Retrocedo con desconfianza, pero Preswen avanza con los brazos cruzados.

—¿La necesitabas? —repite indignada—. ¡Yo era tu novia, no ella!

—¡Por eso no podía decírtelo! Había conocido a alguien más y estaba empezando a sentir cosas, pero no sabía si era algo pasajero o más fuerte. Estaba confundido porque te quería, pero aun así no podía evitar que el corazón amenazara con explotarme del pecho cuando la veía. —Se gira hacia mí—. Dije la verdad, Xiant. Brooke no te engañó, todo el malentendido es mi culpa. A diferencia de mí, ella jamás tuvo dudas sobre a quién quería y cuánto.

Mi prometida, con los ojos cristalizados, me mira decepcionada por la falta de confianza que le tengo. Mis ojos van de ella a Wells. Siento una presión sobre la caja torácica.

¿Puedo estar equivocado?

—¿Nos reuníamos todos los jueves? —sigue Wells al notar mi incredulidad—. Sí, porque era el único día que ella salía relativamente temprano de hacer horas extra para costear esa boda de la que tanto te quejas. ¿Íbamos a cenar a restaurantes que encendían velas? Sí, hay como un millón de esos en la ciudad, ¡se llama decoración! ¿Era por trabajo? Sí, porque mi maletín con la planificación de tu boda siempre fue conmigo a todas partes y puedes verificarlo en las fotos. ¿Le regalaba flores? ¡Sí, porque me ayudaba tanto como yo a ella, y es mi amiga, y la quiero, y alguien tenía que recordarle lo maravillosa que...! —Está acalorado, la vena en su frente parece a punto de estallar. Cierra los ojos un momento antes de bajar la voz—. Y ahora la acusan de ser todo lo que no es.

—Eso no explica las fotografías del motel y tampoco la falta de dinero en mi cuenta bancaria.

Hay gato encerrado. Tiene que haberlo. Todo lo que hicimos fue para dejar salir ese endemoniado felino de Lucifer.

—Esa noche había arreglado con la mujer con la que... —Sus palabras se desvanecen al echar un rápido vistazo a Preswen—. Esa vez no pude hacerlo, no pude juntarme con ella. Era demasiado. Me bebí la botella de champán yo solo porque creí que así tendría el coraje suficiente para decir la verdad, pero tengo tanto a Brooke como a Preswen en los contactos de emergencia y marqué por accidente el de Brooke. Ella fue por mí, como siempre que tenía una crisis. Salió corriendo para que no soltara por teléfono y borracho lo que le había hecho a Preswen, porque no es forma de confesarle a alguien que estás siendo infiel.

Recojo las fotografías y las miro en detalle.

—Mientes —refuta el gnomo a mis espaldas—. Los oí. Los vi. Saqué fotos. Sé que mientes.

—Estabas en un motel lleno de gente teniendo relaciones, ¿qué otra cosa ibas a oír? —replica Wells.

Paso las tres fotos una tras otra, una y otra vez.

—Es la camisola que te gusta. Te estaba esperando con ella en casa cuando Wells llamó y salté de la cama —dice Brooke y no puedo hacer más que tragar en silencio—. Robarte... —recuerda mi acusación con una sonrisa que de divertida no tiene nada—. Dejaste claro que te hacía infeliz gastar tu dinero en la boda, así que me prometí que me encargaría de todo por mi cuenta y tú podrías gastar lo tuyo en algo que quisieras para los dos. ¿Te suena Portugal? Específicamente Lisboa. Sé lo que la historia de tus padres significa para ti. No teníamos planeada la luna de miel porque no alcanzaba el dinero para hacer eso y a su vez la fiesta, pero de esta forma podía sorprenderte con las vacaciones perfectas. Pensé que allí podríamos arreglar la parte de nosotros que se había roto, así que las últimas semanas hice que tu parte de la boda fuera para eso y trabajé tantas horas extra porque ese dinero sería el destinado a la fiesta. —Toma una gran bocanada de aire.

Frunzo el ceño.

—¿Por qué no me lo dijiste?

Aparta la mirada hacia la ventana.

—Abre el primer cajón de tu escritorio —pide.

No me puedo mover, así que ella me pasa y lo hace por sí misma. Saca un sobre y vuelca el contenido en el escritorio. En su interior hay dos tickets de avión, una postal de la Torre de Belém y un mosaico azulado donde está el característico tranvía en marcha.

Souvenires de Lisboa, demonios.

—¿Hace cuánto que no vienes a la oficina a trabajar de verdad por andar jugando a los espías? —pregunta—. ¿Nunca leíste los documentos que te daba para firmar? ¿Esos donde se detallaba cada pequeña cosa que hacía con cada uno de tus centavos? Antes de que me acuses de no decírtelo a la cara, déjame recordarte que desde que comenzaste con el juego del investigador privado no hubo día donde estuviéramos juntos sin que cayeras dormido mientras te hablaba o sin que me dijeras que sospechabas que te engañaba. Tendría que haber notado que algo iba mal, asumo mi culpa por eso.

—Y... —Ya no sé si me queda algo de coherencia—. ¿Y qué con Wells? Si es solo tu amigo, me habrías contado de él hace meses atrás, cuando estábamos bien.

Brooke está lista para replicar, pero vacila. Su mirada se traslada a Wells y comparten algo que me inquieta. Preswen observa con confusión el intercambio, atenta a cada pequeña reacción.

—¿Qué no nos están diciendo? ¿Por qué nunca supe de Wells si es solo tu amigo? —insisto.

—No te lo dijo porque Brooke quiso proteger a Preswen —responde él por ella.

—¿Protegerla de quién? —demando, pero obtengo mutismo a cambio, así que alzo la voz—. ¡¿De quién la protegían?!

—De ti —responden al unísono—. Y a ti de ella —añade Brooke.

La trama y su giro inesperado

Preswen

—Nosotros ni siquiera nos conocíamos hace más de dos meses —responde Xiant, aturdido.

—Eso no quiere decir que no estuvieran involucrados sin saberlo y... —dice Brooke, pero la interrumpo.

—Esto es un maldito enredo. —Camino de un lado al otro y entierro las manos en mi cabello, podría treparme a las paredes—. Siguen mintiendo para tratar de salir bien parados de esta situación, ¡son unos calumniadores profesionales! Tenían las excusas preparadas.

—¡Déjame hablar! —pide la rubia—. Cuando terminemos, puedes gritar todo lo que quieras, pero solo le darás disgustos de más y por adelantado a tu corazón si no me dejas explicar lo que sucedió.

Me hiela la sangre por un segundo, pero en cuanto la circulación regresa, me precipito hacia ella. Tanto Wells como Xiant cuadran los hombros, listos para separarnos si hace falta, pero me freno a un paso de distancia.

—Entonces, habla y no uses puntos suspensivos ni dejes lugar para silencios... —pido.

Estoy por enloquecer.

—... por favor —añado tan bajo que solo ella puede oírme.

Por un instante, estamos en el mismo barco, pero luego echa una mirada a Wells.

—¿Lo dices tú o lo digo yo? —le pregunta.

Él apoya las manos en sus caderas y se muerde el labio inferior en un gesto impotente antes de asentir y bajar la cabeza. Qué cobarde, ¿en serio no puede admitir lo que hizo?

La mujer me mira directamente a los ojos antes de hablar con el permiso concedido:

—Primero deben saber que Wells te engaña con la hermana de Xiant.

Mierda.

En todos los idiomas.

—¿Giovanna? —El pelirrojo no lo cree, pero su prometida niega para su alivio—. Con Bea, demonios. Eso es más proba... —Brooke vuelve a negar y los brazos de él caen laxos a sus lados.

No puede ser Tasha. Nos ayudó a reconciliarnos cuando...

«Bueno, ¿sabes qué no te dicen sobre meter la pata? Que la puedes volver a sacar».

Sus consejos cobran otro sentido.

«Lo que Preswen te contó no es una justificación para sus errores del pasado. Se abrió contigo para que la entendieras, no para que la atacaras. ¿Es un hipócrita? Puede ser, pero es su problema. Todos podemos ser villanos para conservar el amor de alguien».

Todo ese tiempo hablaba sobre sus errores.

«A pesar de que no te lo diga, creo que se encariñó contigo. Es comprensible que se sienta decepcionado cuando, aunque no lo notaras, tenía una gran imagen de ti sin importar lo que te decía. Primero fue Brooke y luego tú, ¿lo captas? Las decepciones son grandes enemigas viniendo de quienes nos importan».

El mundo es tan pequeño que nos reunió y ella vio la oportunidad de sacar la pata que había metido hasta el fondo.

Jodida oportunista.

Quería que Xiant y yo nos arregláramos porque creyó que podíamos tener algo. Así Wells quedaría libre y ella se desharía de Brooke, la cuñada que sabía la verdad. De esa forma, no la invadiría la culpa por arruinar mi vida y la de su hermano, ya que Pan y yo habríamos encontrado la felicidad en el otro.

—A los meses de contratar a Wells, me contó que su novia era escritora. —La voz de la rubia se suaviza—. Cuando me dijo tu nombre, te reconocí. Tu manuscrito era uno en la gran pila por leer de Xiant sobre el escritorio de casa. A veces husmeo las historias.

Antes de venir en persona hasta el Obsidiana, había enviado mi libro en dos ocasiones a D-Wall Ediciones, después de dieciséis envíos fallidos a otras editoriales. Años de intentos y respuestas negativas. No había recibido contestación en D-Wall Ediciones, por lo que me dije que la tercera con ellos sería la vencida y trataría con los editores cara a cara. Les haría *spoilers* a los cuatro vientos con tal de llamar su atención.

No sabía que ya la había captado.

Recuerdo que, cuando nos conocimos, Xiant me preguntó de qué iba mi historia. Esa novela cuenta todos mis secretos disfrazados como los de alguien más, y si la leyó supo de antemano todas las cosas personales que le conté. Incluso más. La infidelidad por la que tanto se enojó, mi papá, el aborto, mis miedos e inseguridades más profundas... ¿Fingió sorpresa cuando se lo decía en persona? ¿Su interés fue morbo? ¿Quería saber los detalles? ¿Estaba confirmando lo que era verdad y qué cosas eran mentira mientras me daba un abrazo?

Sin embargo, todas las preguntas se desvanecen en cuanto lo miro. Que mi novela haya estado en su escritorio no significa que la haya leído. Lo más probable es que tenga decenas y decenas de manuscritos esperando ser leídos.

—¿Sabes que yo no...? —se apresura él, porque conoce que fabrico teorías con demasiada rapidez.

—Claro que lo sé —digo para que no se preocupe, antes de dirigirme a su prometida para ordenarle—. Sigue.

Brooke duda por un instante. Creo que está tratando de descifrar qué hay exactamente entre nosotros. Sin embargo, en cuanto abre la boca, Xiant se le adelanta.

—No, esto quiero explicarlo yo. —Da un paso hacia mí—. Tengo reglas para evaluar los manuscritos. La más importante es no relacionarme con el autor fuera del ámbito profesional. En el pasado fui codicioso y tuve la pésima idea de aceptar un soborno para revaluar un manuscrito que ya había descartado.

De saber que tendría que juzgar mi trabajo, Pan y yo jamás hubiéramos sido amigos. Se habría alejado al segundo de reconocerme.

—Le trajo problemas legales que lo dejaron muy mal económicamente —se mete Brooke—. Fue despedido de la primera editorial en la que trabajó por eso. Tuvo que regresar a vivir con sus padres y le costó meses conseguir otro trabajo.

Tal vez su tacañería no sea heredada. El que pierde aprende a cuidar lo que tiene cuando lo tiene. Algunos más que otros, a veces en extremo.

—Y yo juro que me odiaba por engañarte. —Wells habla con ímpetu, deseando que le crea mientras junta las manos como si fuera a orar o pedir perdón—. Sé que no compensa lo que te hice, pero sabía lo mucho que el libro significaba y quise hacer feliz al menos a una parte de ti. Quería que tuvieras tu contrato de publicación.

Las piezas del rompecabezas empiezan a encajar. Si yo me hubiera enterado de lo de Tasha antes, tal vez la hubiera ido a buscar para darle una paliza. Lo sé porque soy capaz de esa clase de cosas y otras como diseñar un plan de espionaje. La impulsividad y el rencor me llevan a hacer locuras. Observo las fotografías que todavía se desparraman sobre la mesa ratona.

De ir tras la hermana de Xiant, él se hubiera enterado y puesto de su lado porque sigue siendo su familia. Y yo hubiera sido una extraña.

En ese caso: adiós, libro.

Si Brooke le contaba a Xiant sobre su amigo Wells y Tasha, yo aparecería en la ecuación tarde o temprano. Él no querría relacionarse conmigo por temas personales.

Otra vez: adiós, libro.

Noto que Brooke no sabe que Tasha estaba al tanto de que su hermano y yo sospechábamos de que ella y Wells tenían una aventura. No está en su conocimiento que se empeñó en reconciliarnos, que nos empujó disimuladamente para que cruzáramos la línea de la amistad. No es consciente de que a Tasha le importa poco y nada la felicidad de Xiant si fue capaz de dejarle creer que su prometida lo engañaba cuando sabía que no era así. Wells tampoco está al tanto de ese egoísmo.

Cuando miro sobre mi hombro, el pelirrojo luce como si le acabaran de partir el corazón. Ha llegado a la misma conclusión que yo.

—Le dije a Wells que no debería contártelo, que lo mejor sería que se separara de inmediato de ti con otra excusa. Sé que no estuvo bien por mi parte aconsejarle que te siguiera mintiendo. A mí me gustaría saber si mi pareja me es infiel, pero... —Brooke me regala una sonrisa sumamente triste—: «El mundo te estaba maltratando con tanta fuerza que quise arriesgarme a mentirte y que así no doliera tanto».

Ouch.

Esa es mi frase.

Leyó todo mi manuscrito.

—Lo siento mucho, Preswen —susurra.

—No lo hagas.

Percibo la culpa por haberla acusado y dicho cosas horribles. Sin importar si lo que creía era o no lo correcto, trató de protegerme de la explosión. Ni siquiera me conocía e hizo lo que estaba a su alcance para que al menos mi sueño de toda la vida saliera ileso. Eso es más de lo que harían muchos.

La gente a veces no puede luchar por sus propios sueños, mucho menos por los ajenos. Y lo único que hice a cambio fue infundir miedo y sembrar sospechas de ella en Xiant.

Las lágrimas saben a sal cuando me rozan los labios. Necesito una caja de pañuelos para lo que resta de esta conversación. Brooke no es la villana de la historia, es solo la amiga de alguien que la cagó hasta el fondo. Aunque los amigos se equivoquen de la peor forma, uno no deja de quererlos por eso.

Me toma de la mano y me da un apretón. Terminamos envueltas en una situación paradójica: ella está por dejar caer las consecuencias sobre mi amigo y yo sobre el suyo. Ambas tenemos, en cierta medida, la culpa por lo que le ocurre a la otra, pero la mayor parte recae en los dos hombres de la habitación.

Desde mi perspectiva, el responsable es Wells por engañarme. Ella se encargará de ayudarlo a juntar sus pedazos.

Desde la suya, Xiant no creyó en ella, y seré yo la encargada de unir lo que quede de él.

Una última bala

Preswen

La señorita Paulina Szary es un personaje de Samir Gaamíl.

En su mundo ficticio, la gente se apellida como los colores, que representan el carácter de cada familia. Szary significa gris en polaco, y sé que eso es lo primero que Wells y yo pensamos cuando salió a la luz que Brooke no engañaba a Xiant, pero él a mí sí.

Solo había dos posibilidades en mi cabeza: infieles o leales. Al final, no fueron ni una cosa ni la otra, fue mi error tomarlos como un conjunto.

Ni blanco ni negro, sino gris. Uno era infiel y el otro no.

Sin decir nada, salí de la oficina y Wells me siguió. Los cuatro sabíamos que era hora de dividirnos. Cada pareja tenía que hablar a solas y, si permanecíamos juntos, lo que ocurriría sería que Brooke terminaría defendiendo a Wells y yo a Xiant. Meteríamos las narices en la relación del otro cuando no deberíamos.

Ya suficientemente enredados estamos así.

Cuando entro al elevador, por un segundo me olvido de lo que sucede. Estas cuatro paredes fueron mi refugio por un mes y medio. A pesar de que nuestros planes involucraban el exterior, aquí dentro el mundo se sentía a millas de distancia.

Wells entra y presiona el botón del primer piso antes de apretar las manos a sus costados, incómodo. Su codo roza mi brazo y me estremezco, pero no me aparto. Cierro los ojos. Durante seis pisos oigo su respiración y aprecio el calor que su cuerpo emana, cálido a mi lado.

—«No te estoy siendo infiel, Preswen. Créeme, jamás te haría algo como eso, lo juro» —repito las palabras que me dijo hace unas noches.

No siento el corazón partido de dolor, tampoco como si fuera a estallar de ira en cualquier minuto. Fui consciente de que este momento llegaría. Sabía que me engañaba y me preparé mentalmente durante semanas para esto, pero ahí está el asunto. Cuando sabes que algo malo sucederá, lo primero que haces no es entristecerte o enojarte, sino asustarte.

Estoy asustada porque no sé qué hacer a continuación. Mi plan llegaba hasta aquí. Es como si tuviera la mitad de los ingredientes de una receta y tuviera que adivinar el resto. Puede salir cualquier tipo de pastel, ¿y si no me gusta?

Mejor meteré mi cabeza dentro del horno en su lugar.

—La primera vez que Brooke me contactó para acordar una reunión, supuestamente asistiría con Xiant, pero él le canceló y Tasha se ofreció a acompañarla —empieza a relatar—. En cuanto la vi…

—No tienes que dar explicaciones. —Lo corto—. Fui tú una vez. Conozco las mentiras y por qué las dijiste. Sé cómo se siente conocer a alguien que te muestra el mundo de otra forma. —Rememoro el tiempo en que tomé una decisión igual de mala—. Cuando te conocí, sentí lo que sientes tú por Tasha ahora, pero también sé lo que es romperle el alma a alguien y dejarlo atrás, como harás conmigo, ¿y sabes qué? El remordimiento que sentirás, ella no lo podrá hacer desaparecer, como tampoco tú hiciste desaparecer el mío con Vicente. Ese es el castigo de ser infiel. Te lo aplicas tú solo.

Sus ojos reflejan que no está orgulloso de lo que hizo, pero tampoco tan arrepentido como para no volver a hacerlo si pudiera volver el tiempo atrás.

—No hay mucho que pueda añadir a eso —dice. Hace el ademán de tocar mi codo, pero sus dedos quedan suspendidos en el aire—. Sé que no servirán las disculpas y tampoco las estúpidas justificaciones, como tampoco decirte que te quiero o que mereces algo mejor que yo, pero tengo una pregunta.

Esta vez sus dedos me rozan y enarco una ceja a modo de advertencia, así que se aleja. Es curioso que deba ser yo la que conteste preguntas cuando él es el adúltero.

—No queda mucho a lo que dispararle en este punto —digo abriendo los brazos, aceptando ser su objetivo—. Adelante.

Hay una diversión apagada en sus ojos.

—¿Nunca dudaste de que no te engañara?

Me aturde oírlo al principio. Por dos pisos no contesto. Respondo cuando las puertas se abren.

—Ni por un segundo.

Con eso me replanteo varias cosas. Tal vez mi amor romántico por él se desvaneció hace más tiempo del que creí y por eso fue tan fácil desconfiar. ¿Y si en el fondo quería dejarlo y no sabía cómo, y entonces apareció la oportunidad perfecta?

¿Lo quiero? Sí. ¿Me dolió lo que hizo y su falta de respeto hacia nuestra relación? También. ¿Lo amo? No estoy segura.

Y no estar segura suena como un «no».

Pero si en el fondo no lo amaba, ¿por qué me obsesioné tanto con la misión? ¿Fue para cubrir o distraerme de algo más? ¿Puede que haya estado tan vacía de cosas genuinamente buenas que busqué llenarme de malas para no replantearme qué me faltaba?

En ocasiones, sumergirse en muchos problemas es más fácil que enfrentar el único que te aterra. En este caso, ser sincera conmigo misma.

El elevador se detiene y Wells sale, pero detiene su paso al notar que no me muevo.

—Tengo algo pendiente —digo antes de hacer un ademán para que siga con su camino.

Sin embargo, no obedece de inmediato. Regresa sobre sus pisadas y sus mirada color miel sostiene la mía. El arrepentimiento lo obliga a depositar un beso en mi frente antes de marcharse. No me opongo.

No tengo obligación de contarle lo que Tasha hizo y que no es como cree, pero me veo en sus zapatos. Luego de engañar, salí engañada una vez.

—Wells —llamo antes de que se aleje demasiado. Él gira y sostengo las puertas para que no se cierren—. Dile que le va a costar sacar la pata de esta. Ella lo entenderá.

Lo dejo pasmado, pero no me preocupo en dar más explicaciones. Al fin y al cabo, me fue infiel, no se lo voy a poner tan fácil.

Vuelvo a subir, pero no en busca de Xiant. Le diré a su superior que no quiero publicar nada con D-Walls Ediciones, que ni se tomen el tiempo de leerme.

Mi manuscrito y yo nos vamos.

No sé a dónde, pero nos marchamos.

Te quiero

Xiant

Escucho el audio que me dejó:

Tenía un plan, Xiant.

Siempre he tenido uno desde que cumplí catorce.

El primer día que desperté después del accidente de mis padres, no sabía qué hacer. Él me hacía el desayuno y ella me llevaba a la escuela. Él marcaba con rotulador rojo los días que tenía que ir al dentista y ella con azul los días que me sacaba una buena nota en un examen. Ellos sabían sacar una mancha de aceite de un par de jeans, *tenían comida enlatada extra por si se descomponía el refrigerador y conocían las palabras exactas para hacerme sentir segura. Sabían cómo cambiarle una rueda a la casa rodante y dónde estaban los calcetines que yo juraba que no tenían par.*

Fui un desastre sin ellos.

Y, también gracias a ellos, dejé de serlo.

Tal vez fui demasiado lejos. Puede que me haya llenado de expectativas y metas inalcanzables, pero fui feliz tratando de alcanzarlas.

Nuestra boda fue uno de esos planes que sufrió unas cuantas modificaciones.

«¿Quién me entregará en el altar si papá no está? ¿Quién llorará por primera vez al verme en un vestido si voy a la tienda sin mamá? ¿Debería casarme sabiendo que, aunque será de los

mejores días, puede que también sea de los peores porque miraré alrededor y no veré a ningún familiar porque eran todo lo que tenía?».

Me propusiste matrimonio hace más de un año. Ya deberíamos estar casados a estas alturas, pero dijiste que lo haríamos a mi ritmo y te lo agradecí, porque de todas las cosas que planeé, esta es la que más me asusta.

Mis padres no tenían planes respecto a mi corazón. Estoy segura de que solo me habrían dicho que lo siguiera a cualquier parte, pero sin darse cuenta idearon uno: estar con ellos catorce años fue ser testigo de cuánto se amaban, y cuando fallecieron, supe que quería lo mismo. Anhelaba que me quisieran como ellos se querían, y también algún día que otros fueran testigos de eso y lo anhelaran también, pero el amor no puede planearse. Tú fuiste lo que no se planeó y la boda lo que sí. Conseguí el balance perfecto entre dejar ser y trazar un boceto de lo que se quiere, pero estos últimos meses algo cambió.

Me pregunté si casarte conmigo te haría infeliz.

Estabas lejos aunque estuviéramos cerca. No me contabas mucho. Estaba perdiendo tu confianza y no sabía por qué. El plan se estaba cayendo a pedazos justo cuando tenía la valentía de llevarlo a cabo. Cuando me preguntaste si te era infiel, fui honesta. No te dije sobre Tasha por las complicaciones que podría traerte con el manuscrito de Preswen y a ella con Wells, pero de saber qué tan profunda era tu inseguridad y que esto nos arruinaría, admito que hubiera sido egoísta. No me hubieran importado los sueños ajenos ni los mejores amigos.

No pretendo que entiendas lo que significa Wells para mí. Sé que no has tenido la oportunidad de tener un mejor amigo todavía, pero confía en mí cuando te digo que eso conlleva amar al otro tan fuerte como creo que debe de ser amar a un hermano.

De no tener a tus padres, tendrías a tus hermanas en la boda.

Y yo no tengo a mis padres, pero tengo a Wells. Por eso le pedí que me ayudara a elegir el vestido. Se le cristalizaron un poco los ojos y dijo que te deslumbraría.

Tu padre se había ofrecido a llevarme al altar, pero incluso consideré rechazar su amable oferta y que fuera Wells el que me entregara a ti.

Tal vez no tendría que haber descuidado mi relación contigo por él, pero ¿no habrías hecho lo mismo por Giovanna, Bea y Tasha? ¿No dejarías cualquier cosa por ir a ayudarlas si llaman una madrugada y dicen «Estoy confundida y no sé qué hacer, necesito un abrazo»? ¿Y si se repite? ¿No tratarías de ayudarlas a encontrar una solución?

Admito que no hice las cosas bien, pero tú tampoco. El desinterés que mostraste acerca de tu propia boda lo demuestra.

No me enoja que te hayas sentido inseguro y, aunque debería, tampoco que me hayas seguido por semanas. Entiendo que se te haya pasado por la cabeza, pero lo que jamás comprenderé es cómo pudiste seguir dudando de mí cuando te miré a los ojos y te dije que estabas loco si creías eso, que yo jamás podría lastimarte de esa forma.

¿Conoces la desesperación de querer hacerle entender a alguien que lo amas cuando ves la duda y la tristeza en su mirada? Mis padres se fueron sabiendo que los amaba y jamás se me ocurrió cómo podría sobrevivir a la pérdida de alguien que amo sabiendo que falleció creyendo que no era amado ni sería extrañado, hasta hoy.

No me casaré contigo. No te pediré que entiendas que te amo, porque o lo comprendes o no lo haces. No hay punto intermedio. El amor no se siente a medias.

Me quedaré en un hotel por unos días. Digerirlo es la parte difícil, así que necesito tiempo antes de volver a verte para que deshagamos todos esos planes que había hecho y ver qué hacemos con lo que resta de esto.

Oigo el audio por tercera vez.

Creí que sabía lo que era que te rompieran el corazón, pero solo lo estaba imaginando. Me obsesioné con la idea hasta que la sentí real, aunque al final del día seguía siendo un juego de percepciones. Ahora el sentimiento es auténtico y, para mi sorpresa, no duele. Siento que me pusieron bajo anestesia y me quitaron algo esencial. El ser humano tiende a llenar lo que pierde con algo más: tristeza, enojo, frustración... Sentir el vacío es estar muerto en vida y cualquiera se desespera ante la posibilidad de experimentarlo.

No soy la excepción.

Me arrepiento.

Si me hubiera aferrado un poco más a la convicción de que Brooke no me era infiel, si hubiera confiado ciegamente en ella como se lo merecía, si no me hubiera dejado arrastrar por el ciclón de Preswen Ellis... Dejarse influir por las inseguridades ajenas puede costarte mucho, aunque a veces resulta inevitable. Al final del día, todos somos lo mismo y puedes pensar que, si le ocurrió a otro, también puede ocurrirte a ti.

No es culpa de Pretzel. Fue mi decisión desconfiar, con o sin motivos, pero tal vez si no nos hubiéramos topado en el elevador, todavía tendría la oportunidad de enmendar mi relación con Brooke.

Me enseñaron que hay que arreglar lo que está roto. Nosotros somos los que hacen que las cosas se vuelvan inservibles porque no las cuidamos como se debe. Nada se rompe porque sí. Podría estar retocando los arañazos de las primeras discusiones, pero dejé que se convirtieran en fisuras al alejarme cuando no debía, y luego nuestro amor explotó en un centenar de pedazos porque le di tiempo para hacerlo.

Me derrumbo hacia el piso con la espalda contra la cama y entierro el rostro entre las manos porque no quiero mirar la habitación. No deseo ver su lado del armario cuando no puedo jugar a adivinar qué se pondrá para ir a trabajar. Tampoco me apetece mirar el pote de crema que hay en su mesa de luz cuando no puedo verla humectarse las manos y tirar de las mías para dejarme con olor a no sé qué puta fruta tropical. No quiero, bajo ninguna circunstancia, ver las notas que pega en los espejos.

Te toca hacer la compra. No olvides la manteca
y sonreírle a la cajera (nos cae bien la de la caja número 12
porque acepta los cupones que recortas).

Si lees esto, tienes que comprarme un chocolate.
Lo decretó el Gobierno.
P.D.: Recogí tu traje de la tintorería,
¿te lo pruebas para mí esta noche? ;)

Oma et (al revés porque estás loco si crees que
el pastel de vainilla es mejor que el de chocolate).

¿Podemos adoptar un gato? Educaremos a Drácula
para que no le picotee un ojo. Las opciones de nombre son:
1) Xiangarritas
2) Tacaño
3) Panecillo (como te llama mi suegra)

Soy un idiota. Conocí a alguien que me correspondió y me quiso tal cual soy. Por más que digan que el amor está en el aire, en realidad no lo está. Es muy difícil encontrar a una persona que te mire, te escuche y te sienta como un mundo aparte. Una persona que te sonría con los ojos y te haga sentir cómodo para hablar desde las cosas más profundas e inquietantes hasta las máximas estupideces.

A veces es difícil que te quieran, y sobre todo dejarte querer, pero con Brooke fue instantáneo. Puedo dudar de que soy pelirrojo natural, del movimiento de rotación de la Tierra y de que mi madre es mi madre, pero no de que me sentía feliz con solo mirarnos.

Rompo en llanto. Me tiemblan todos los músculos y sorbo por la nariz, siendo un asqueroso caso de jadeos superficiales y mocos. Me siento el Xiant pequeño sin amigos, que llora a escondidas y encuentra libros para dejar de preguntarse por qué no quieren juntarse con él.

La pantalla de mi teléfono se ilumina sobre la cama. No sé cuánto tiempo pasó. La ignoro. Quiero llorar y odiarme por más tiempo, pero el aparato comienza a vibrar con el apodo de Preswen en la pantalla.

Rechazo la llamada.

Insiste.

La rechazo otra vez.

Vuelve a insistir.

Le doy a «rechazar» mientras me limpio la nariz con la manga de la camisa.

Lo intenta una vez más.

No puedo evitar reír. Jodida e insistente Pretzel.

—¿No me dejarás en paz ni siquiera en mi lecho de muerte? —susurro antes de aclararme la garganta.

—No morirás, yo te mataré si no traes tu trasero aquí. —Hace una pausa para que pueda tomar aire. Estoy demasiado agitado—. No te dejaré solo esta noche —añade con suavidad.

Sonrío a medias y saboreo el gusto salado del llanto. Me sorprende cuánto podemos llorar, es como si escondiéramos el océano Pacífico dentro del cuerpo.

—Está bien.

—Está bien —repite, confirmando que iré.

Me aparto un mechón de cabello de la frente y echo un vistazo a la habitación. Necesito salir de aquí, es verdad.

—Gracias por esto. Te quiero.

Oigo la pequeña sonrisa en su voz cuando dice:

—Yo también te quiero, Pan.

Somos amigos, ¿verdad?

Preswen

Le pongo una copa en la mano y brindamos.

—Te rompieron el corazón por primera vez, bienvenido al mundo del fracaso amoroso. Ya perdí la cuenta de cuántas veces dejé entrar a alguien y lo destrozó todo.

Sus ojos vagan por el whisky como si fuera un oráculo estropeado al que le preguntaron sobre el futuro.

—¿Hablaste con tu hermana?

—Le dejé un mensaje de voz. —Sus hombros están caídos. Todo él, en realidad. Es miserable—. Le dije que las buenas personas no venden la felicidad de otro para costear la suya, y que no quiero saber de ella por un par de semanas. También que la amaba a pesar de que es una persona horrible.

—No sé cómo consolarte —lamento—. Aunque, quizás, podemos empezar por cambiar esa postura de pene flácido sentado en el taburete de mi cocina que tienes. Endereza la espalda.

—Si quieres ayudar, puedes empezar no refiriéndote a mí de esa forma.

Reírnos es lo único que nos queda.

—¿Qué con el resto de tu familia? ¿Les contarás lo que hizo Tasha y lo que ocurrió con Brooke?

Me tomo de un trago lo que resta de mi alcohol. Saco la lengua afuera y sacudo la cabeza cuando siento el infierno en la garganta. Él se bebe el suyo y desliza la copa por la mesada, como si estuviéramos en una cantina. Con gusto la relleno.

Este fue el peor fin de semana que he tenido en mucho tiempo y creo que también alcanza el primer puesto en su top tres.

—No lo sé. Sé que debo contárselo, pero... No quiero. —Se masajea el cuello antes de sonarlo—. Decirlo en voz alta lo hace más real de lo que ya es y no estoy de ánimo para recibir abrazos de compasión. No quiero sentirme avergonzado.

—No tienes que sentirte así.

—Pues lo hago —eleva la voz.

No le reprocho la brusquedad. Él mismo se da cuenta y en sus ojos destella una disculpa. Se frota los párpados con cansancio y al abrirlos vuelvo a ver la mirada enrojecida con la que apareció en mi puerta hace media hora.

—Lo siento, pero no sé. No sé qué quiero hacer. No sé nada. Nunca me detuve a pensar que, si alguien importante salía de tu vida, se llevaba consigo los cimientos sobre los que mantenías el equilibrio. Ahora tengo que construir otros y mientras tanto me siento una gelatina. No hay nada estable, Pretzel.

Le acerco la botella porque la necesita más que yo y no quiero ser egoísta, como su hermana.

—Me gustaría decir que estás siendo un dramático, pero detesto a las personas que regañan a las demás por supuesta exageración. ¿Qué saben ellos de tu historia o de lo profundo que puede afectarte algo? Se olvidan de que ser uno implica ser lo que el otro no es, sentir de forma distin... Ay, no, espera, ¡no llores! —suplico desesperada—. El alcohol en sangre me pone filosófica. Ignórame.

Niega con la cabeza y se toma un cuarto de la botella de un tirón, antes de señalarme con ella.

—Estoy sensible, no te disculpes. Si estuviera siendo dramático, se me habría pegado de ti.

Apoyo los codos en la mesada y el rostro sobre mis manos al sonreír.

—Tú me habrías pegado lo estúpido.

—Ofendes, gnomo.

—Eso sí lo aprendí de ti. Nadie me había ofendido tanto en toda mi vida como tú lo hiciste en los primeros cinco minutos que te conocí. Tienes un don.

—Vete al infierno. —Se ríe y por un segundo finjo que sus lágrimas no son de aflicción.

—No estoy lista para conocer a tu madre.

Modificando las palabras que me dijo una vez, retrocedemos en el tiempo. En el elevador, a pesar de que estábamos tratando de corroborar una infidelidad, todo estaba bien. Por separado éramos un desastre, pero al juntarnos nos convertíamos en un lío que tenía su propio orden. Por eso me levanto y lo tomo de la mano. Lo arrastro a mi habitación mientras se bebe lo que queda del whisky sin quejas en el trayecto.

Abro la puerta del armario.

—Métete —ordeno.

—Tú te tomaste una de estas antes de que llegara —acusa al levantar la botella—. A mí no me engañas. Solo los locos, los niños y los borrachos se meterían en un armario sin motivo.

—Los tres tipos de persona famosamente conocidas por decir la verdad. Creo que llevo un poco de los tres dentro de mí. Acabas de halagarme sin darte cuenta.

Se tambalea un poco y apoyo las manos en su pecho para estabilizarlo.

—Para halagarte, tendría que ver cualidades que destacar, y lo único que brilla en ti en este momento es pura idiotez.

—Alguien está envidioso de mi creativa espontaneidad…

Le quitó la botella y lo empujo dentro para seguirlo y cerrar la puerta. El mundo queda a oscuras a excepción de las débiles franjas de luz que entran por los bordes de las bisagras. Su respiración es pesada y me sorprende que logre mantener la boca cerrada por al menos un minuto. Parece que el cambio de ambiente le afectó, tranquilizándolo o deprimiéndolo. Tal vez ambas.

—Este es un elevador —explico.

—Sí, y yo soy Brad Pitt.

Lo golpeo en el brazo.

—Cállate. No se admite el sarcasmo en mi elevador, y Brad Pitt le fue infiel a Jennifer Aniston. Tú no eres infiel.

—¿Qué imbécil le sería infiel a Jennifer Aniston? ¡Y no es un elevador, mujer!

—Es lo que yo quiera que sea. Ahora, si no es mucho pedir, quiero silencio de tu parte o te ataré las cuerdas vocales con los cordones de las deportivas de Wells. —Me aclaro la garganta—. Entonces... Este es nuestro elevador. Puede estar y llevarnos a cualquier parte, y mientras seamos sus pasajeros, solo podemos pelear.

—Eso lo estábamos haciendo hace un segundo, antes de que me silenciaras. Eres una represora.

Otro golpe. El tercero será un codazo.

—Dejaré de serlo si me dejas terminar.

No puedo verlo, pero sé que rueda los ojos.

—En el elevador solo podemos discutir de cosas que nos hacen y harán felices. No se admiten lamentos ni quejas sobre la realidad. Aquí somos Prexiant. No hay una Brooke ni un Wells ni una Tasha.

—Las personas que son felices no discuten, Preswen.

—Las personas que son felices discuten para llegar a serlo, consigo mismas y con los demás. No existe felicidad sin malos ratos. Así que, pidiendo que obedezcas las reglas por primera vez en la vida, quiero discutir sobre cosas felices contigo.

—¿Y cómo se supone que se sostiene una discusión de cosas que te hacen feliz? Tu explicación es pobre. Serías una pésima profesora.

—Coincido. La paciencia no es mi fuerte. —Por suerte quise ser escritora. Un trabajo solitario es lo mejor para alguien que odiaba hacer trabajos grupales en la preparatoria—. Hagamos esto: dime algo que te haga feliz y te diré algo que lo supere.

—Las hamburguesas con queso, y no me refiero a la mísera feta de chédar que le ponen algunos. Me refiero a una perfecta porción de queso fundido.

No es Xiant si no se está quejando.

—No se compara con un buen licuado de banana en verano, cuando al sentarte la piel se te derrite y funde con la silla.

—¿Banana? Hay más de dos docenas de frutas disponibles para elegir y tú te inclinas por la que peor sabe y la que más te hace eructar. Además, tiene forma de pene, y encontrarte con esos no te ha traído mucha suerte que digamos.

Si el Pan sobrio no tenía pelos en la lengua, el ebrio la tiene calva y encerada. En otras circunstancias, me hubiera ofendido, pero si analizo el pasado, debo darle la razón. Estoy harta de los penes. Traen mala suerte, como combinar verde y rosa o caminar bajo una escalera. Estar una temporada alejada de ellos sería lo mejor.

—¿Sabes qué me hace feliz ahora que traes a colación el tema sexual? Que los hombres se quiten los calcetines cuando estamos por hacerlo. Nada que baje más rápido mi excitación que un tipo desnudo pero con unos blancos calcetines de abuelo hasta la pantorrilla.

Mi compañero permanece en silencio.

—Ay, Xiant, dime que tú no…

—¡Tengo mala circulación sanguínea y, si tengo frío en los pies, no me concentro en lo que tengo que hacer! —se defiende.

Me viene a la mente el sueño erótico que tuve con él y debo sacudir la cabeza para alejarlo de mi mente antes de que a mi lengua borracha se le ocurra soltárselo.

¿Qué tenemos los dos con el órgano sexual masculino que lo mencionamos tanto esta noche? Tal vez yo lo echo de menos y él esté considerando probarlo después de su fracaso amoroso con una mujer.

Media hora o tal vez tres vidas después, seguimos apoyados contra el fondo del armario. Con más dióxido de carbono que oxígeno alrededor, reímos tan fuerte que cada exhalación amenaza con derribar las paredes de madera y hacer volar todos los trajes de Wells. Saco uno de los zapatos de mi ex que se clava en mi trasero y ya empieza a acalambrarme un glúteo. Se lo lanzo suavemente a Xiant, que acaba de confesar que le hace feliz que a los niños se les caigan sus golosinas en la calle. «Nada más divertido que verlos creer que ese es el fin del mundo. Todos seríamos más felices si solo tuviéramos que velar un helado en el piso y no a una persona», dijo. La última parte es un tanto oscura, pero no me sorprende.

A veces es tan desalmado.

Nos tomamos un minuto para limpiarnos las lágrimas. Nada mejor que esconderse y llorar de la risa para olvidar las malas noticias.

—Brooke se equivocó —dice con una calma repentina.

—¿En qué?

—En decir que yo no sabía lo que era tener un amigo.

Esa es la prueba de que una frase basta para darnos una descarga eléctrica al corazón sin necesidad de un carro rojo de Anatomía de Grey y un sensual doctor. Aunque no me quejaría si apareciera este último. Al demonio con mi regla de no más penes. Para los que usan bata podría hacer una excepción de quince o veinte minutos. Un rapidín jamás mató a nadie, creo.

—Esta es mi primera vez, así que no prometo hacerlo bien, pero intentaré ser el mejor amigo para ti porque tú lo eres para mí. —Siento algo en la nariz y sonrío al percatarme de que tantea en la oscuridad por mi rostro. Sus dedos llegan a mi mejilla y la rozan con cariño—. Ahora lo entiendo. Si me lo pidieras, haría por ti todo lo que Brooke hizo por Wells e incluso más. A diferencia de ellos, nosotros estamos más locos.

Un escalofrío me recorre la columna.

No creí que Brooke y Wells pudieran quererse, pero subestimé su amistad. Conozco a Xiant Silver hace muchísimo menos tiempo y siento una conexión especial con él. Lo quiero, lo quiero un montón, ¿y por qué su prometida y mi exnovio no podrían sentir lo mismo? Está mal decir que cuando lo hace otro es una farsa, pero cuando lo hace uno es genuino.

Los sentimientos siempre son válidos. Lo que haces con ellos no tanto si lastiman al resto.

Su aliento empañaría mis lentes de lectura si los llevara puestos. Sus labios, gentiles, rozan mi frente y luego se presionan con suavidad en mi piel. Mi sonrisa crece en la penumbra.

A pesar de que me siento feliz, algo se rompe dentro de mí y las lágrimas llegan en un nuevo asalto sorpresa.

Xiant es tan dulce…

No tengo tiempo para entender lo que me sucede, solo reacciono. Estiro el cuello y corro el rostro unos centímetros.

Beso a mi nuevo mejor amigo.

Los votos de Brooke III

Entonces, la pregunta ahora es esta: ¿Estás tú en brazos de la persona correcta? ¿Puedo darte lo mismo que tú me das?

Debo ser honesta. No te amo de la misma forma en que te solía amar.

Antes te amaba por todo lo que eras. Ahora mismo, de pie frente a ti, llego a la conclusión de que te amo también por todo lo que llegarás a ser: por el gruñón anciano en el que te convertirás.

Necesito casarme contigo porque anhelo la oportunidad de ser amada hasta el final luego de perder la incondicionalidad de mi familia, pero por encima de todas las cosas, porque necesito probarte que tú también serás amado hasta el final. Sé que a veces no te crees merecedor de este amor, pero lo eres. Siempre lo has sido.

Así que no encuentro otra manera. Te tienes que casar conmigo para darme la oportunidad de demostrarte que, al igual que las clavelinas, todo lo que se cuida con cariño florecerá sin importar cuántos inviernos atraviese.

Quiero regar este matrimonio hasta que se convierta en el jardín más bonito del mundo.

Cosas que (no) te gustan

Xiant

No estaba preparado para Preswen cuando llegó a mi vida en ese elevador.

No estaba preparado para tener una amiga.

No estaba preparado para un beso con alguien que no fuera Brooke.

Sabe a whisky y un poco a labial de cereza. Sus suaves labios, presionados firmemente contra los míos, tienen una pizca salada por las lágrimas. No tengo reacción al principio, pero solo porque me desorienta. Es como dormir la siesta y caer en un sueño profundo. Al despertar, uno no sabe si transcurrieron dos horas, dos días o dos meses.

Sentir las yemas de sus dedos acariciarme el pecho sobre la camisa me recuerda qué día es e incluso quién soy. La tomo por las muñecas y la aparto de mí.

Salgo del armario sin decir nada.

El corazón me late deprisa y no de buena manera. Apoyo las manos en mis caderas y echo la cabeza hacia atrás. Envidio a las paletas del ventilador por no tener que lidiar con los rebeldes ciclones de las emociones humanas.

Cuando estoy seguro de que no voy a decir ninguna estupidez, me volteo.

Permanece arrodillada dentro del armario, encorvada bajo los ostentosos trajes. Luce perdida y me gustaría regalarle un mapa, aunque ni siquiera yo sé dónde me encuentro.

Nunca vi a Preswen tan asustada. Cuando me mira en la espera de que diga algo, el miedo le cristaliza los ojos junto con la vergüenza.

Jamás vi a alguien temer ante la idea de perderme. Me doy cuenta de lo mucho que significo para ella, de todos los sentimientos que se entrelazaron estos meses.

También me asusta perderla.

Es mi Pretzel. Soy su Pan. Estamos juntos en la panadería de la amistad.

Es difícil imaginar mi día a día sin ella cuando es gran parte de lo que me ayudó a no perder la cordura todas estas semanas. No sé qué habría sido de mí si no nos hubiéramos conocido.

—No debería haber hecho eso, ¿verdad? —dice con amargura, en un hilo de voz mientras tantea en la clavícula hasta apretar su collar—. Me odio tanto...

Se seca las mejillas con el dorso de la mano, pero es inútil porque rompe a llorar al instante. Me estremezco cuando se le corta la respiración entre jadeo y jadeo. Parece que por cada inhalación le quitan un cuarto de pulmón. Es bastante aterrador, aunque no es por eso que me quedo de pie observándola como si se tratara de un fantasma, incapaz de hacer nada para consolarla.

Es verdad.

«No debería haber hecho eso».

—¡Siempre lo arruino todo! —chilla al lanzar los brazos al aire, temblando como un chihuahua.

«No debería haber hecho eso».

Me acerco y abro por completo las dos puertas del armario.

—¿Cómo es posible que cada vez que algo sale bien, un ser humano con aparente capacidad de razonamiento encuentre la forma de autosabotearse con tanto éxito? —pregunta, más para sí que para mí.

Ahora es el mar Mediterráneo de lágrimas otra vez. Me siento a su lado en el borde del armario y tomo una de las mangas de una camisa blanca de Wells. Se la tiendo a modo de pañuelo.

«No debería haber hecho eso».

Se suena la nariz, aunque más que nariz parece el motor de un auto de hace un par de décadas, oxidado y ahogado.

—No debería haber hecho eso —insiste en un susurro.

Empieza a tranquilizarse.

—No deberías. —Apoyo los codos en las rodillas—. Pero yo tampoco debería haber salado tanto la comida de niño, ahorrado por años sin disfrutar del dinero o haberle confesado a mi madre que las galletas de Brooke eran mejores. —Me encojo de hombros—. No debería, pero lo hice, y solo gracias a eso aprendí a cuidarme de la hipertensión, intento ser menos tacaño aunque me cueste y, sobre todo, aprendí que hay veces en las que mentirle a tu mamá está justificado.

Desestima mi intento por animarla al hacer una mueca.

—No es lo mismo. Un beso puede cambiar el mundo, Xiant.

—No, un beso puede cambiar tu mundo.

Veo decepción en sus ojos café. Deduzco que ha interpretado que por su mundo no me refiero al mío; que el beso significó algo para ella y nada para mí, pero no es así. Hay besos que son solo besos. Son una acción, un segundo. De los millones de acciones que llevamos a cabo en los millones de segundos que existimos, una sola acción y un solo segundo no son nada.

—Quiero que me seas sincera —pido y asiente sin dudar, como si fuera capaz de hacer cualquier cosa por recompensarme—. ¿A qué edad empezaste a salir con chicos?

La pregunta la desconcierta, pero contesta de todas formas:

—A los trece o a los catorce, creo.

Esa edad tenía cuando perdió a su papá.

—¿Cómo se llamó el primero?

—Jimmy.

—¿El segundo?

—Creo que Austin, como el canguro morado de *Los Backyardigans*.

—¿Y el tercero?

—Matías, tenía un *piercing* en el…

Me apresuro a interrumpirla antes de que me cuente algo que no quiero saber.

—¿El cuarto?

—¿Esteban? No lo recuerdo…

—No lo recuerdas porque has estado toda tu vida saltando de hombre en hombre, de corazón en corazón.

Al principio, hay desacuerdo en sus ojos. Sé que está por interrumpirme, así que me apresuro a tapar su boca con mi mano.

—Es tu turno de hacer silencio. Déjame llegar al grano, ¿sí? Tendrás los honores de explotarlo.

No accede, pero tampoco se niega. Es como si quisiera que hablara, pero no que mis palabras la afectaran. Sin embargo, soy pésimo en eso. Ella me afecta con sus acciones y yo con lo que digo.

—No te estoy reprochando nada. Pudiste, puedes y podrás estar con las personas que quieras. La cantidad de veces que quieras. En el lugar y el tiempo que quieras mientras te correspondan y te traten bien. Eres libre de elegir con quién quieres pasar tu tiempo, pero olvidas que puedes pasarlo contigo. Te puedes elegir a ti. Te tienes que elegir a ti, Preswen.

Apoya las manos sobre el piso del armario y ladea la cabeza, confundida. Mi mano sigue sobre su boca.

—La vida se comparte, no se vive gracias o a través de otros… —sigo—. Y parece que todo lo que has hecho desde que falleció tu papá es vivir dependiendo de los sentimientos y las acciones de los hombres. Jimmy, Austin, Matías, el Esteban que probablemente no sea un Esteban y Vicente, sin contar de los que no sé. Y cuando decidiste no estar con nadie, solo fue porque estabas embarazada y esperabas vivir por y para Paulina.

La mención la hace contraer el rostro como si quisiera echarse a llorar otra vez. Suavizo mi voz y mi agarre:

—En cuanto alguien te deja, te aferras a otra persona. No sabes estar sola más allá de lo increíble que seas. Perdiste a Wells y por eso me besaste. Te asusta estar con Preswen Ellis porque nunca estuviste con ella para empezar. No sabes cómo. No quieres encontrarte con alguien que no es como aparenta cuando está con los demás. Te niegas a quererte y es más fácil que te quieran otros a que te quieras tú misma, pero es suficiente. Tienes que intentarlo. Tienes que dejar de llenar vacíos con novios. Tienes que sanar y depositar tu felicidad en tus propias manos, no en las de alguien más. No deberías haberme besado, pero gracias a eso te digo lo que nunca tuviste el coraje de decirte a ti misma.

Estoy sin aire. Correr una maratón de sesenta millas resultaría más fácil que hacer un análisis psicológico, no avalado por expertos, acerca de alguien que aprecias.

—En el fondo sabes que tengo razón. Fuiste infiel porque no quieres llegar a amar realmente a alguien para correr el riesgo de que un día desaparezca. No quieres quedarte con el amor en la mano como con tu padre... Así que cambias de hombre, anhelando los primeros meses de intensidad de cada relación: lo nuevo, lo que parece que no se romperá. También creo que siempre quieres más del otro y a veces este no te lo puede dar, pero en lugar de buscar amor en ti, corres a conquistar al primero que pasa por la calle. —Quito mi mano de sus labios. Ya no están temblando, sino oprimidos en una línea—. Por eso no dudaste de que Wells te engañara. Todos tus amores terminaron y creíste que ese era uno más, pero ¿sabes qué? De la única relación que no puedes escapar es de la que tienes contigo. Por eso deberías cuidarla. Yo no aprendí a convivir conmigo mismo hasta que llegó Brooke, y por más imperfecto que fuera lo que teníamos, siempre supimos que para estar bien juntos primero debíamos estarlo por separado. Tal vez fallamos en eso y por eso todo se fue a la mierda, pero ahí está la clave. Tienes que estar bien contigo, Pretzel. No siempre, pero sí lo suficiente.

Parpadea como si mi cabeza fuera un foco que acaba de iluminarla. Al principio temo que me ataque como una especie de mapache rabioso por la forma en que frunce el ceño y se le corre la máscara de pestañas. Luego creo que fui muy duro y está por echarse a llorar. Es pura contradicción. No sabe lo que siente, o tal vez sí, pero no tiene ni idea de cómo lidiar con eso.

Toma mi mano.

—¿No estás enojado conmigo?

—Sí, estoy enojado contigo por un millón de cosas desde que te conocí, pero ni remotamente por esto.

Estar a la deriva y no saber que lo estás es un estado recurrente en los humanos, pero tarde o temprano encuentras la dirección.

Sé que ella lo hará. Intentaré ayudarla y será mi buena acción del día. Mejor dicho, de la vida. Que Jesús y Santa Claus tomen nota.

—Entonces, ¿no arruiné nuestra amistad?

—No, pero arruinarás mi paciencia si continúas haciendo preguntas estúpidas. —Sonrío y llevo nuestras manos a mis labios. Deposito un beso sobre el dorso de la suya—. Eres mi mejor amiga. Quiero lo mejor para ti, y si eso implica decirte a la cara cosas horribles pero reales, lo haré.

Lo siguiente que hacemos en la próxima hora es emborracharnos más y acostarnos en la cama. Me cuenta de cada hombre que entró en su vida, incluyendo detalles que no pedí, como la ubicación del *piercing* de Matías. Qué hombre valientemente estúpido, por favor. Yo no mutilaría a mi amigo sureño de esa forma.

Hago *xiancomentarios* a lo largo de cada capítulo de su triste libro amoroso, que incluye como quince protagonistas masculinos en constante rotación. Luego es mi turno de rememorar los mejores momentos de mi relación con Brooke.

Me arde la vista. Los recuerdos me usan como saco de boxeo y sé que el corazón del gnomo se rompe por mí.

—¿Qué hago? —susurro.

—Dejas que duela. Eso haces. Distraerte no funcionará y sacar un clavo con otro clavo tampoco, soy prueba de ello. Entre amar y que no cambie nada, y odiar y que eso solo avive los sentimientos negativos, mejor amar. Extráñala hasta que dejes de hacerlo.

—Consejo de mierda.

Descanso mi cabeza en su pecho y la abrazo como un niño pequeño. Sus latidos marcan el ritmo de mi respiración y me pregunto qué haremos.

Sé que no habrá más espionaje. De todas formas, ya descubrimos el misterio.

Ríe y acaricia mi cabello.

—La mierda funciona para los que estamos hechos mierda, Pan.

Es mi turno de reír.

—Muy hechos mierda, Pretzel.

—Sí, hechos mier... —Se tensa y sus manos se quedan quietas antes de tirar de mi pelo como lo haría un niño pequeño, sin medir

su fuerza. Chillo y me alejo para masajear mi cuero cabelludo—.
Espera. Por más loco que suene, ¡quizás tú puedes dejar de ser mierda!

Me empuja para saltar fuera de la cama.

Ay, Dios, ¿ahora qué?

Nueva misión

Preswen

—De acuerdo, repasemos el plan.

Cierro la puerta de su lujosa oficina con la punta del tacón y le doy un gran sorbo a mi bebida. Mientras Xiant usaba la impresora, fui por un café porque cuando me ofreció el que sirven aquí casi se lo escupo en la cara.

Ahora que lo pienso, tendría que haberlo hecho.

Iremos a desayunar como se debe, con comida sólida de por medio. Luego de que me detalle los objetivos de la misión.

—Es un pésimo plan, lo hicimos cuando estábamos borrachos.

—No seas pesimista. Solo hay un noventa por ciento de probabilidades de que no funcione.

—¿Noventa por ciento? —Se arremanga las mangas de la camisa hasta los codos—. ¿En serio, Preswen?

—Bueno, noventa y cinco por ciento, pero cinco por ciento de oportunidades es mejor que nada. Deja de quejarte y pongámonos a trabajar que reconquistar a tu casi exesposa no ocurre así como así. —Rodeo el escritorio y lo observo desplegar una cartulina sobre la superficie—. De acuerdo, al fin haces algo útil. Ahora explícame quiénes son los objetivos y cuál es la estrategia de ataque.

Pone los ojos en blanco y le pellizco el brazo.

—¡Ouch! En primer lugar, ¿era necesario que consiguiera un afiche como si estuviera por hacer una presentación de biología frente a mi clase de quinto grado? —Se masajea el lugar que acabo de dejarle enrojecido—. Y, en segundo lugar, deja de torturarme físicamente.

—Respondiendo a lo primero: no, no era necesario. Podrías haberme mostrado todo desde el teléfono o la computadora, pero quería ver qué tan buenas eran tus habilidades artísticas. —Doy otro sorbo y me relamo los labios—. Con lo segundo tengo una duda: ¿puede seguir la tortura psicológica?

—Yo también ejerzo esa clase de tortura sobre ti. Estamos a mano ahí.

—Es justo. —Levanto un hombro.

Reprime una sonrisa y toma un rotulador rojo del lapicero.

—De acuerdo, empecemos por aquí. —Escribe algo bajo la foto impresa de un hombre fornido—. Este es Donald, el encargado de la seguridad. —Traslada el fibrón a la izquierda—. Luego está Thiago, el botones.

—¿Por qué garabateaste sobre su rostro?

—Porque es un muchacho muy atractivo. Te ibas a distraer.

—¿No crees que debería estar preparada para verlo en la vida real? La foto funcionaría como advertencia, anticipando la belleza que podría cegarme.

Apoya su mano libre sobre el cristal y sopesa la opción, pero termina señalándome con el rotulador.

—Te ibas a distraer —insiste y pasa a la siguiente imagen de una mujer cincuentona con cara de amargada—. Por último, está Sue. Es la recepcionista y gerenta. ¿Me estás siguiendo o voy demasiado rápido para alguien con tu capacidad cerebr…?

—Espera, ¿qué tan apuesto es del uno al cuarenta y ocho ese botones? —interrumpo tamborileando los dedos sobre el afiche, seria.

—No puedo creer que arruiné la foto del gran Thiago para que no se disipara tu concentración y de todas formas causé ese efecto —gruñe—. Por favor, concéntrate. Hay una foto más: te presento a el conde de Montecristo, el hermano de Drácula.

El loro nos guiña un ojo desde la fotografía. La recepcionista es quien le vendió a Brooke el pajarraco de Xiant, según me contó. Desde entonces son amigas, así que fue fácil averiguar dónde se hospedaría.

—¿El conde de Montecristo? ¿En serio?

—Tu madre tiene un gallo que se llama Boleslao.

—Ganaste esta batalla, pero no la guerra —cedo levantando el café en su dirección—. Entonces, ¿debo pasar al Brownie, luego a Rostro Hot y por último al Pepino?

Parpadea, aturdido.

—¿Brownie? ¿No es algo racista que lo categorices según su color de piel?

—Lo dije porque el brownie es delicioso y siempre me apeteció la idea de un *sugar daddy*. Además, tengo la misma tez. Eres tú el que asume que el apodo es racista.

—No soy... —empieza, pero desiste con un suspiro porque de otra forma nos enfrascaríamos en una discusión—. Escucha con atención: sabes que no puedo ir porque me conocen y me pasarían por arriba con un carrito portaequipaje si me vieran. Es muy probable, ya que Sue y Brooke son amigas, que le haya contado sobre ti. No puedes decirle cómo te llamas. Tampoco pedir hablar con Brooke. Ella no espera visitas y, si pide hablar por el teléfono de recepción primero para identificar quién eres, te descubrirá. Tienes la voz de una gallina a la que están masacrando, puro chillido.

—Qué encantadora descripción sobre mi persona, ¿algún consejo para evitar potenciales inconvenientes?

Cambia el rotulador rojo por uno azul y comienza a hacer flechas y círculos de aquí para allá en la cartulina.

—Actúa normal frente al Brownie. Coquetea con el Rostro Hot antes de que él te intercepte luego de que obtengas la tarjeta de acceso y el Pepino tenga la oportunidad de estudiarte y darse cuenta de que no eres una huésped. Usa tu confianza para engañarlos. Recuerda que debes ir a las 20:00 porque es la hora pico de trabajo y será más fácil confundirlos. Brooke tiene una manía con los números que se repiten, así que estará en el cuarto 222 porque las alturas no son lo suyo. Si metes la pata y te acorralan, aborta la misión. ¿Lo tienes claro?

Me masajeo la frente.

—Creo que fue mala idea asignarles apodos. Tengo un mareo.

—Hay dos opciones —advierte ignorándome—: o lo haces genial, o lo haces horrible, nos denuncian y terminamos comunicándonos a través de cartas en prisión... —Echa un último vistazo a la cartulina—. Dios, ni siquiera sé cómo me convenciste para hacer esta porquería de plan.

—¿Qué te hace pensar que gastaría mi tiempo escribiéndote?

—¿Crees que tus nuevas compañeras reclusas aguantarían tus estupideces?

—Yo sería la reina de las reclusas y tú la perra de alguien.

Deja los rotuladores en su lugar y comienza a enrollar el afiche, meditándolo:

—Sí, no creo tener oportunidad alguna en prisión, así que ten por seguro que me fugaré si el plan marcha mal. La responsabilidad recae en ti.

Regreso por mi cartera y me la lanzo al hombro. Él se pone la chaqueta y nos dirigimos hacia el corredor.

—Eres un amigo de mierda —digo en el ascensor—. Por cierto, ¿te das cuenta de que tienes una amplia y bonita oficina que podríamos haber utilizado como base de operaciones todo este tiempo? Siempre terminamos robando el elevador a las personas que de verdad vienen a trabajar a este lugar.

—Tú me arrastras aquí cada vez —señala con las manos en los bolsillos—. Pero confesaré algo estúpido: siento que si no trazamos el plan en este cacharro de metal no es verdaderamente un plan.

Me cuesta ocultar mi sonrisa cuando lo oigo. Creo que a él también.

Las puertas se abren y saludamos al pequeño Juan, que devora una pera. Ya en la vereda de la Torre Obsidiana, el sol brilla mientras el viento agita las copas de los árboles cada vez más desnudos, anunciando que se acerca la Navidad.

Me quedo quieta y retengo la respiración, asustada.

—Ay, no... —susurro—. ¿Lo oyes?

Observa con rapidez alrededor en la búsqueda de la fuente del sonido.

—¿Y ahora? —exhala cansado—. ¿Qué es? ¿Qué oyes? ¿No serán las bacterias de la cera acumulada en tus oídos desplazándose?

—No creí que fuera posible —explico al poner una mano en su pecho—. Pero por lo visto, Xiant Silver tiene un corazón y siente más que por sí mismo, aunque solo sea apego emocional a cosas materiales como un elevador.

Sus músculos se relajan y me aparta de un manotazo.

—Si tuviera sentimientos, los habrías lastimado.

—Por suerte, careces de cualquier disposición emocional hacia una persona, lugar o hecho.

—Y tú de veinte dólares, porque por cruel me invitarás el desayuno.

Nos internamos en Central Park repasando otra vez el plan mientras pateo hojas secas hacia él para molestarlo. Antes de irme de Nueva York, lo ayudaré a recuperar a Brooke cueste los potenciales arrestos que cueste. Solo espero que ella le otorgue una segunda oportunidad, porque si no costará el doble alejarme en un avión sabiendo que estará solo.

En realidad, el triple si tenemos en cuenta que me iré sin decirle adiós.

Hacer que el océano empequeñezca

Preswen

—Hola, Donald, recuerda usar protector solar si vas a seguir de pie bajo el sol —saludo al Brownie, quien me abre la puerta.

Esto es pan comido. Si tratas a alguien como si lo conocieras desde siempre, aunque no lo hagas, se sentirá avergonzado de no recordarte. Te seguirá la corriente mientras busca un recuerdo tuyo en su almacenamiento mental.

Espero que cuando me descubra no me saque de una patada en el trasero. Ojalá recuerde que le aconsejé cuidar su epidermis.

Con mis anteojos de sol, mi boina y mi tapado sintético de leopardo, entro al recibidor abarrotado de turistas. Sin embargo, mis hormonas lo hallan antes que mis ojos. Rostro Hot está de espaldas, pero lo reconozco por su retaguardia... súper Hot.

Me aclaro la garganta.

—Bueno, acá estoy, ¿cuáles eran tus otros dos deseos? —coqueteo.

Cuando voltea, entiendo por qué Xiant garabateó sobre su rostro. Es como el hermano gemelo de Henry Cavill, el actor *The Witcher* (excelentes libros, excelente adaptación audiovisual también). Cuando sonríe, debo repetirme a mí misma que estoy intentando salvar la relación de mi amigo, no buscando una nueva para mí, la cual no necesito.

—Espero que esté teniendo una linda velada, señorita... —Me mira a los ojos esperando que complete la oración.

—*Dashkukamira*.

Me encantan las novelas turcas.

—*Dashkukamira*. —Asiente antes de observar alrededor y dar un paso en mi dirección con las manos a la espalda—. Me llamo Thiago, pero usted puede llamarme esta noche.

Me saco los lentes de sol, gustosa de que haya caído en la trampa de los halagos. Sé que estamos jugando, pero parece una amistosa competencia para ver quién se lleva más seres humanos a la cama.

—Oye, Thiago, ¿te presentas a las elecciones? —Me muerdo el labio inferior—. Porque eres un partidazo.

Abre la boca, pero pongo el dedo índice contra sus labios:

—Soy pésima en matemáticas, pero sé que 1/2 es la mitad y que en 1/4 es donde deberíamos estar tú y yo ahora mismo, así que puedes ir a buscar mi equipaje a la habitación 804.

Asiente, creyendo que estoy por marcharme del hotel en el que ni siquiera me registré. Hubiera sido genial lanzarle el misil llamado «Te voy a dar un beso, y si no te gusta, pues me lo devuelves», pero debo concentrarme en la misión.

Confianza, Preswen.

—Buenas noches, Sue, ¿me pasas la llave de la habitación 222? La mía se cayó en el hueco del ascensor mientras bajaba, cuando me di cuenta de que dejé el móvil arriba.

La mujer está sobrepasada, con el teléfono contra la oreja mientras teclea a toda velocidad en la computadora. Xiant me dijo que su pasatiempo favorito era maldecir a la idiota a la que se le caía la llave cada vez que se hospedaba.

—¿Otra vez? Es la segunda vez en la semana. —Gruñe sin mirarme, antes de extender la mano y tantear hasta dar con la tarjeta de repuesto que sé que todos los hoteles tienen—. Le avisaré al conserje.

Entonces, lo veo: el conde de Montecristo se posa sobre la cámara de seguridad que hay en la pared, observando la escena con atención.

Estrecho los ojos y lo miro desafiante mientras tomo la llave. Más le vale no abrir el pico si no quiere que lo arroje en una sartén y me lo cene.

Atravieso y subo al elevador dándome una palmada mental en la espalda por tan buena actuación. Adiós, Brownie, Rostro Hot y Pepino.

Entro a la habitación 222.

Las cortinas están cerradas y la única luz que hay en la habitación proviene de la que se olvidaron encendida en el baño, cuya puerta está arrimada. La franja de claridad me permite esquivar el carrito donde yace una cena fría y sin tocar.

Mis ojos se desvían hacia la cama y se me retuerce el corazón al ver a Brooke. Yo también fui la chica que pasó horas en posición fetal lamentando que su relación no hubiera funcionado, preguntándose cómo un sueño era capaz de transformarse tan rápido en una pesadilla.

Esquivo los pañuelos descartables que forman pilas en la alfombra y me acerco.

—Brooke, despierta. —La sacudo por los hombros con brusquedad, porque no tengo tiempo para ser gentil—. Está bien, soy yo, no grites. —Le tapo la boca cuando abre los ojos—. Sé que no quieres hablar con Xiant aún y lo entiendo, pero deja que te hable él a ti, ¿sí? —Aparta mi mano y parpadea confundida, tal vez cree que sigue soñando. Sus ojeras muestran que no ha dormido bien y el cabello grasiento junto con el pijama son la prueba de que le ha costado dejar la cama al menos en dos días—. Ven.

Aparto las sábanas y tiro de su mano sin esperar respuesta. La siento en el escritorio y abro su computadora. Conecto Skype.

—Preswen, ¿cómo lograste entrar? —susurra—. Mira, sé que quieres ayudar a Xiant de alguna extraña y loca manera, pero lo nuestro... —Su voz titubea, a un paso de quebrarse al recordar lo que pasó—. Lo nuestro creo que acabó.

Dejo de teclear por un momento y le sostengo la mirada, esperanzada.

—«Nuestro» —repito—. Sigues hablando de algo suyo, de ambos, y dices «creo», lo cual es hipotético y para nada seguro. Ante la duda, siempre he dicho que sí. Puede que tú siempre te hayas inclinado hacia el no, pero para tomar una decisión, necesitas que todo lo que se haya podido decir esté dicho. Por favor, no cortes la videollamada. —Hago un ademán a la pantalla antes de girarme, lista para escapar, pero se aferra a mi mano un momento más.

—Eres una gran escritora, pero una amiga incluso mejor. Sin

importar si somos o no pareja, me alegra que Xiant te haya encontrado.

Se me encoge el corazón. Podría quedarme aquí como su invitada ahora que tengo la certeza de que no seré arrestada, pero tengo que llegar a otro lugar porque sé cómo terminará esta historia.

Xiant

Siempre odié Times Square.

Es demasiada gente. Mucho ruido. Turistas que te detienen cada tres pasos porque quieren una foto. Publicidad para lavar cerebros e incentivar el consumismo. Caos. Prefiero la tranquilidad, el mismo desayuno todos los días y el mismo colchón cada noche. Me gusta salir de mi zona de confort en mi imaginación, con los libros.

O con Pretzel, pero solo a veces.

La susodicha inicia con éxito la videollamada. Apunto con la cámara frontal el alboroto de gente y luz por un tiempo. Tomo coraje mientras dejo que los ojos de mi prometida absorban cada detalle de lo que me rodea. Cuando giro el móvil, siento que nos separan mucho más que unas millas. Es como si ni siquiera estuviéramos en el mismo país.

Hay un océano entre nosotros cuando no sonríe.

No dice nada, pero es perfecto. La gente necesita hablar, todos lo saben, pero le restan importancia a lo importante que es oír a quienes se quiere cuando hay problemas. Brooke necesita que hable más de lo que lo hice en todo el tiempo que llevamos juntos, porque no es capaz de leer mi mente. Sin comunicación, uno está solo y ya he tenido mi dosis de soledad. Ahora que sé lo que es compartir la vida con alguien, no quiero volver otra vez a aquello.

—Estoy en uno de los lugares más visitados del mundo. —Nunca me tembló tanto la voz o estuve así de nervioso hasta que entendí que podríamos separarnos de verdad—. Hay miles de manos aquí que podría tomar para que no me lleve esta terrorífica corriente humana. Estando donde estoy, me cuesta respirar, moverse es difícil, concentrarse es imposible y disfrutar es algo que no existe. Sabes lo fácil que es para mí agobiarme. Conoces lo sencillo que es irritarme y lo rápido que puedo huir de cualquier sitio que no se sienta familiar. El mundo me asusta y me sobrepasa más de lo que quiero admitir y a veces me siento tan incómodo que no creo pertenecer a ninguna parte. Ni a mi propia piel ni a mi familia ni a esta sociedad ni este planeta. —Mis pulmones están usando mi corazón como la batería de una banda de rock—. Pero ¿sabes qué? De los millones de manos que podría tomar para no asustarme y aprender a vivir esta vida, quiero tomar solo la tuya. Si estás conmigo es fácil respirar, moverse, concentrarse y disfrutar incluso ahogado en una aglomeración, porque haces que el resto de las personas desaparezcan cuando entras a una habitación. En lugar de enfurecerte conmigo cuando me agobio e irrito, te ríes de mí y me abrazas. Nunca tuve necesidad de huir desde que te conocí, porque lo que siempre tuve que hacer para escapar del mundo fue mirarte. Cada vez que lo hice me sentí como en casa.

Me arden los ojos, tanto que debo apartar la vista unos segundos, lo cual es una idea terrible porque la publicidad luminosa no hace más que empeorarla.

—Sé que me amas tanto como yo te amo a ti, Brooke. Lamento no haber confiado ciegamente, pero ¿hay algo en este jodido mundo de lo que no se pueda dudar al menos por una milésima de segundo? Debes entender que dudé por unos días, pero antes no había dudado nunca sobre lo nuestro, por más de diez años, desde que nos conocimos. Y tarde o temprano todo ocurre. Ya sea que quieras alejarte de mí o darme una segunda oportunidad, sé que de todas formas me casaré contigo algún día porque no nos imagino con nadie más.

Su pecho sube y baja tan rápido que si no fuera por el pijama hubiera pensado que acaba de correr por toda la ciudad.

—El Times Square. —Giro sobre mis pies y hago que vea el lío humano y artificial tan típico de ese lugar—. Es como querías que fuera nuestra boda: llena de gente, bullicio y movimiento, tan especial que vinieran familias y amigos de todas partes, tan hermosa que todos querrían sacarse una fotografía para tener de recuerdo. Como te dije, no entiendo este lugar y tampoco siento que este me entienda a mí, pero viéndote ahora mismo, Times Square no es nada. Tú lo eres todo y estaré esperándote en el altar justo como estoy esperándote aquí. Sé que podemos trabajar en nuestra relación y puedo convertirme en el marido que mereces. Nos distanciamos, pero siempre podemos volver sobre nuestros pasos para tomarnos de la mano y averiguar a dónde queremos ir juntos. Las... las calles del amor nunca son en un solo sentido.

Me río de lo cursi que soné. Sin embargo, ella oprime los labios en una línea inexpresiva. Sus ojos están cristalizados. El entorno enmudece mientras espero y temo morirme antes de oír lo que dirá. En realidad, temo morir por lo que sea que salga de su boca, ya sea de felicidad o angustia.

Entonces, las comisuras de sus labios se alzan apenas media pulgada.

Me sonríe y el océano que nos separaba ya no parece más que una gota de agua.

—Por un momento, creí que me enviarías al infierno. —Resoplo de alegría y paso una mano por mi rostro, aliviado.

Descargo todo mi nerviosismo en una carcajada y ella niega con la cabeza.

—Ya lo he intentado un par de veces, pero aparentemente no funciona. —Ríe conmigo—. Así que, en lugar de eso, me gustaría enviarte a casa, donde pienso estar en media hora. Quiero terminar de arreglar esto y casarme contigo, siempre lo he hecho. Creo cada palabra que dijiste y lamento que todo se haya puesto patas arriba.

—Ya era hora, ¿no creen? Eran aburridísimos antes de que Wells y yo entráramos a sus vidas —dice Preswen, sobresaltándome al aparecer de sorpresa a mi lado. Acapara toda la pantalla con su rostro de galleta—. Ahora, si se me permite, escoltaré al señor Silver a su residencia.

Me quita el móvil y lo guarda en su bolsillo como la ladrona temporal que es.

—¡Funcionó! —chilla con alegría.

—Funcionó.

Arquea una ceja y abre los brazos.

—Esta es la parte donde me abrazas y me dices lo agradecido que estás por mi existencia.

—Sigue soñando, Pretzel.

Comienzo a caminar en reversa, pero tira de la manga de mi abrigo y me obliga a abrazarla.

Apoyo la mejilla contra su cabello y la estrecho con fuerza.

—De verdad funcionó —susurro al cerrar los ojos, incapaz de creerlo.

Los votos de Brooke IV

«*Los besos no tienen nada de mágico, la magia se crea en la correspondencia de lo que late en dos pechos diferentes. Por eso, cuando alguien se enamora, a veces le cuesta creer que es tan afortunado como para ser capaz de experimentar el sentimiento. Conectar con una persona no es lo mismo que conectarte a tu red inalámbrica, sino a la de alguien que no conoces. Tienes que luchar por la contraseña y ellos por la tuya, en simultáneo, y acceder el uno al otro de la misma forma. En algún punto, se siente irreal, como si todo proviniera de una fuente desconocida, porque internet no es algo que puedas ver ni tocar. La magia es eso: saber lo que ella es, pero no de dónde viene con exactitud*», decía ese manuscrito en tu escritorio que no debí tocar.*

Y ahora te pido que, por favor, beses a la novia y la hagas sentir conectada contigo.

En otras palabras, hazme sentir magia, Xiant Silver.

Para mi flor preferida

Preswen

—No lo entiendo. —Amapola mira las dos cajas que le entregué, apiladas a nuestros pies—. ¿Por qué te vas?

—Porque tengo que encontrarme.

—¿Cómo sabes que te perdiste?

—Porque no sé dónde estoy.

Le acaricio el cabello castaño y ella asiente, pensativa.

—¿Qué te da la seguridad de que vas a encontrarte en otro lado? ¿Qué si estás escondida aquí? —Señala la calle, pero sé que su mano no abarca solo esta cuadra, sino todas las manzanas de la ciudad; tiene a Nueva York en la palma con un solo gesto.

—Cuando juegas a las escondidas, no optas siempre por el mismo sitio para esconderte. Sabes que te encontrarán.

—Si tu lugar secreto es bueno, no lo harán.

Siento que mi corazón sale catapultado directo a la calle y lo pisa un autobús.

—Mi lugar no es bueno, Amapola.

No quiero sonar triste, pero saber que me he estado asfixiando por esconderme siempre en el mismo lugar —las relaciones, los hombres— me angustia y a la vez me libera. Al final me percaté de que necesito tomar distancia.

Es raro hablar con un niño y saber que no entiende lo mismo que tú, pero algún día lo hará. Es como un espejo de ti mismo cuando todavía no comprendías lo que tenías delante, hasta que te arrasaron los problemas.

—¿Y no puedes dejar de jugar?

Me echo el Givenchy al hombro antes de tomar las dos valijas.

—Mientras puedas jugar, sigues jugando. Así aprendes, riendo y llorando en partes iguales, y Preswen Ellis es una ganadora. Aunque la hayan pillado un par de veces, no se rendirá. Tú tampoco deberías. Si renuncias a algo porque es difícil, tomaré el primer vuelo para venir a patearte el trasero.

Le guiño un ojo y ella asiente con una tranquilidad que no es propia de una niña, como si ni siquiera concibiera la posibilidad de que esto sea una despedida.

Llega mi taxi y estaciona frente a nuestro edificio. Apunto con la punta de mi zapato las cajas.

—Recuerda que la pequeña se la debes dar cuando venga y la más grande la guardas hasta que yo te envíe el paquete, ¿puedo confiar en que lo harás bien?

—¿Mejor de lo que tú lo hiciste siendo mi niñera? Completamente segura. Soy la mejor cuidadora de cajas de la ciudad.

Mientras el taxista se ocupa de guardar mi equipaje en el maletero, deposito un beso en su frente y tiro de una de sus trenzas con un gesto juguetón.

—Prométeme que mantendrás un ojo sobre Xiant.

—Tengo que hacerlo, soy su padrina de bodas. Se supone que también debo prepararle una despedida de soltero, pero no estoy segura de lo que es eso.

—Eh... Mejor pregúntale a tu papá.

Evadir preguntas infantiles que conllevan respuestas adultas es algo que haré siempre.

Ya en el asiento trasero, veo a la niña de pie junto a las cajas. No me saluda mientras espero que el conductor arranque, lo que por un momento me hace pensar que el pequeño demonio no tiene sentimientos, pero entonces saca algo de su bolsillo y lo sostiene en alto mientras me alejo.

Es un pretzel.

Me río con ganas cuando le da un mordisco. De mis ojos saltan lágrimas aferradas a distintas emociones. Dejo atrás una montaña rusa de aventuras y mala suerte, a una niña con el nombre de una flor, a un infiel, a una falsa amiga, a mi primera fan en su vestido de novia, a los días como guía turística nocturna, al espionaje y a un pelirrojo natural con demasiado sarcasmo en la lengua, tacañez en el alma y amor para dar en sus ojos verdes.

Le digo adiós a nuestro elevador de Central Park y subo a un avión directo a Lisboa, Portugal.

Xiant

Llegué tarde.

Se fue.

—Hija de perra.

No puedo evitar reír mientras me llevo las manos a la cabeza, porque todo entre Preswen y yo se siente como una amistosa competencia cargada de insultos. *Vai tomar no cú.*

—Hija de su mamá —me corrigen Amapola y Brooke al unísono, sentadas en las escaleras de la entrada al edificio de la niña.

Miro la calle por un tiempo, como si ella fuera a regresar caminando de donde sea que fue, pero sé que no sucederá. Preswen no mira atrás a menos que sea para oír un chisme o ver lo que lleva puesto el maniquí de una vidriera.

Saco mi teléfono y, como sé que llamarla es inútil, releo su último mensaje. Lo envió hace menos de veinte minutos.

No me busques un reemplazo. Nadie estaría a mi altura y volveré antes de que puedas hacer una estupidez, lo prometo.

¿De qué hablas?

Preswen, contesta

No puedes abandonar a tus amigos por teléfono

Me dejo caer entre mi prometida y mi nueva padrina de bodas. Hundo la cabeza entre las manos y cierro los ojos.

—Eres dramático. Volverá dentro de poco, Xiant. —Brooke acaricia mi espalda.

—Lo sé, pero quería despedirme y ver que estuviera bien...

—No estaba bien y no quería que tu última imagen de ella durante estos meses fuera la de una chica triste y perdida. —Estoy a punto de argumentar, pero se precipita al ver la intención de mi bocota—: Sí, sé que los amigos se apoyan cuando están vulnerables, pero la amistad también es saber dar espacio si te lo piden. Ni mucho ni poco, sino estar al margen. Así puedes atrapar al otro si se cae o necesita hablar. Estarás lo suficientemente cerca como para abrazarla en caso de que sea hora de celebrar los avances. Todos necesitamos alejarnos de vez en cuando.

—Eso suena difícil, ¿no tienes un manual de la amistad que Xiant pueda leer? —interviene Amapola a mi favor.

—Eso mismo —señalo con el pulgar a la niña.

Mi prometida echa su cola de caballo tras su hombro con decisión.

—Preswen necesita esto. Tú mismo le dijiste que no sabía estar sola. Ahora tu trabajo es esperar con los brazos abiertos y punto.

—Se le acalambrarían —objeta la pequeña.

Brooke le lanza una mirada que dice que no está ayudando. Levanto la mano y Amapola choca los cinco conmigo.

Si tenemos hijos, sé que se pondrían de su lado, así que disfruto el momento cómplice con mi padrina. Estoy seguro de que cualquiera de mis espermatozoides ganadores —si es que hay ganadores— pensará que soy un grano en el culo.

—Pero no te sientas muy triste, Pretzel te dejó algo para que no la echaras tanto de menos. —En sus brazos, con pulseras de cuencas coloridas enrolladas por sus muñecas de a montones, carga una caja.

La deja en mis rodillas. Observo el cubo de cartón más grande que hacía de soporte para este. Arqueo una ceja hacia la niña, pero niega con la cabeza.

—Ese es un regalo para mí, me niego a compartirlo —asegura.

—¿Y el mío es el más pequeño?

—No conozco muy bien a Preswen, pero creo que diría algo como que es proporcional al tamaño de tu cerebro —se adelanta Brooke y deposita un beso en mi mejilla antes de ponerse de pie y tender una mano hacia Amapola—. Llevemos tu regalo adentro, no sea cosa que alguien celoso te lo robe.

Le sostengo la mirada. Es su forma de darme espacio, sabiendo que lo necesito. Sonríe con los labios y yo le sonrío con los ojos.

«Soy pro Prexiant», dijo ayer por la noche, cuando sincerándonos le conté que el gnomo me había besado y le pregunté si se sentía incómoda con nuestro vínculo. «Tener un amigo es tener una mano, una cabeza y un corazón más. A la amistad no renuncias por ningún amor y un amor que te hace renunciar a esa amistad no es aceptable. Fue un momento de vulnerabilidad y confusión de su parte, entiendo por qué lo hizo y no la castigaré ni a ella ni a ti por eso». Sus palabras me hicieron besarla, acariciarla e invitarla a una maratón entre las sábanas por mostrar tanta empatía. Mi obrero trabajó doble turno, en otras palabras.

Al abrir la caja, encuentro una mata de cabello. Por un momento pienso que Preswen asesinó a mi hermana y me la enviará a trozos, pero hay una nota:

«Había una vez dos amigas que caminaban bajo la contaminación lumínica de Nueva York, cazando potenciales infieles».

Es la peluca que usé cuando fui Anita de la Fontana Rosa Silveriana en el restaurante japonés.

—Soy una dama encantadora —digo a la defensiva, como si acabara de oírla en mi cabeza haciendo un comentario al respecto.

Bajo la peluca, está la servilleta de tela con la que intenté desmaquillarme esa noche, llena de besos. También hallo los auriculares y los boletos de nuestro tour nocturno por la ciudad. Hay una pila de tickets. Uno del bar fuera del cual nos reconciliamos, de la compra en McDonald's el día del espionaje con Amapola, otro de la cafetería en Brooklyn donde terminó la primera noche que nos dedicamos a nosotros mismos después de estar tan pendientes de los demás. Incluso veo una pluma de Drac que debió encontrar en el coche de espionaje. Levanto un frasco de kétchup como recuerdo de nuestra batalla en el supermercado, el envoltorio de la barrita de granola que compartimos en el ascensor, hojas secas de cuando recorríamos Central Park en otoño, mi nariz contra la cámara en la foto que confesó que miraba para animarse y otra nuestra en el bus, con nuestras mejillas pegadas y su cabello latigueando mi pobre rostro.

No sabía que la historia de dos personas podía caber en una caja. Tampoco que un par de cosas arrugadas, maltratadas y sin conexión aparente podían significar tanto para alguien.

Siento que mi corazón acaba de engendrar otro exclusivo para ella.

Al fondo está su celular, apagado. La pantalla hecha trizas lo delata y eso explica por qué no contestó ninguno de mis mensajes. Al encenderlo, la barra de notificaciones se llena con «Pan» llamando, texteando, enviando emoticonos furiosos y amenazas, pero lo que me llama la atención es el instructivo que tiene como fondo de pantalla.

«Ve a la app de notas», indica.

—Ni ausente dejas de darme órdenes, Hitler. —Suspiro, pero sigo las instrucciones y abro la única entrada digital que hay.

Al principio no fue intencional. Solo arrojaba cosas dentro de mi bolso sin darme cuenta, como si fuera basura que luego me encargaría de tirar, pero creo que en el fondo siempre supe que tendríamos una aventura y quería documentarla como la gran fanática de las historias que soy.

Sé que no te gustará mi decisión de no hablar por las siguientes semanas, pero me vale un comino lo que te gusta y lo que no.

Oculto mi sonrisa tras mi mano, tratando de no parecer tan loco ante la gente que pasa por la calle.

Estoy intentando reconectar conmigo misma, no con el wifi, y para evitar distracciones renunciaré a mi preciado móvil (aunque espero que tengan Netflix donde sea que vaya, porque sin eso no creo que sobreviva). Además, las despedidas no son lo mío, aunque amo los reencuentros y amaré que volvamos a vernos y me cuentes cada idiotez que se cruzó por tu cabeza.

Como ya sabrás a estas alturas, recuperé mi manuscrito. No porque no quiera publicarlo, sino porque me di cuenta de que le faltaba algo y el tiempo para añadirlo es ahora. No te daré más detalles porque imaginar tu frustración por la escasez de información es un deleite para mí.

Sabes que soy materialista. Me gustan los bolsos y los zapatos de diseñador a morir. Daría mi hígado (gracias a ti sé que se regenera, así que lo daría una y cien veces más) por maquillaje y perfumes (también sé que arrugas la nariz cada vez que entro a una habitación porque la cantidad que me echo te provoca ganas de estornudar). Sin embargo, de todas mis posesiones, esta caja se ha vuelto la más importante. Cuídala hasta que nos topemos otra vez y podamos seguir añadiendo cosas juntos.

Tú, Xiant (alias Pan Silver), estás atado a mí para siempre. No puedes negarte a nuestras futuras aventuras. Contigo pienso subir en elevador al cielo el día que abandones este mundo.

Gracias por ser el amigo que necesitaba. No creo que pueda devolverte todo lo bueno que me diste. Sin embargo, lo intentaré. Tal vez no llegue a ser una barra de pan, pero con convertirme en una rodaja para ti estaré satisfecha.

Eres excepcional y exasperante a partes iguales. Eres mi pelirrojo favorito. Eres el segundo mejor compañero de espionaje del mundo (porque la primera soy yo).

Te quiere, tu Preswen.

(Tu gnomo, tu Sherlock, tu Pretzel).

Elevadores en Lisboa

Preswen

Cuando era niña no podía dibujar triángulos. Todos mis intentos termi-naban en círculos. Era como si fuera incapaz de hacer líneas rectas.

Me gustaban los giros, las curvas, la idea de no tener paradas y dar vueltas de forma infinita.

Cuando me decían que dibujara un triángulo, yo hacía el círculo, incluso cuando aprendí a dibujar el primero. La idea de usar regla, de medir y planificar, no era para mí. Me gustaba dibujar a pulso, sin nin-guna clase de soporte y sin miedo a que fuera imperfecto. Entonces, con una nota de la maestra que decía: «Su hija se niega a hacer triángulos», mi madre me dijo que si en la escuela me pedían un triángulo, eso tenía que hacer. No un círculo ni un rombo, mucho menos dibujar un «Fuck you» en la pizarra al pasar. (Creo que me suspendieron por eso).

—Los triángulos son aburridos —insistí a mamá.

—Todo en la vida es aburrido si no pones un poco de tu imagina-ción. Veamos... ¿Qué te parece si dibujas un triángulo P para mí?

—No existe un triángulo que se llame así.

A pesar de negarme a dibujarlos, sabía cuáles eran los tipos. Catego-rizar me parecía lo equivalente a mirar una pared durante horas. ¿Por qué no todos podían ser libres como el círculo? ¿Por qué tenían que enca-sillar a los malditos triángulos?

Debo admitir que una parte de mí era muy narcisista. Me gustaban los círculos porque luego bastaba con dibujar una línea hacia abajo y tenía la P de Preswen. No tiene mucho sentido, pero a los ocho años uno formula secretos y coincidencias. Su imaginación no sabe de límites ni de racionalidad.

—Entonces invéntatelo —dijo.

Trazó en un papel un triángulo y posó el lápiz sobre la primera punta.

—Este es el triángulo Preswen —explicó—. Cada punta equivale a algo que quieres en la vida y que comienza con P. Tienes que ir punta por punta hasta alcanzar la última. Míralo como el plan para lograr lo que más deseas.

Eso llamó mi atención. Todo lo que estuviera relacionado con los deseos me entusiasmaba.

—P de Pasión, P de Poder y P de Paz. Quiero hacer lo que me apasiona, o sea comer y ver películas hasta la madrugada, y gracias a eso convertirme en una mujer poderosa que llevará una corona y tendrá paz siempre que quiera dormir hasta el mediodía todos los días de todas las semanas de todos los meses de todos los años de todas las décadas.

Tal vez exageré, pero mi madre me escuchó como si fuera mi abogada y estuviéramos por cerrar un trato.

Dejé los círculos de lado y me obsesioné un poco con los triángulos. Incluso papá me regaló un collar con esa figura geométrica justo antes de morir. En mi adolescencia, aunque uno creería que lo hubiera olvidado, dibujaba triángulos cuando estaba aburrida. Sonreía porque estaba segura de que cuando llegara a la vida adulta tendría pasión, poder y paz, aunque mi idea de esas cosas, a esa edad, era muy distinta de la que tengo ahora.

Ese era mi sueño, pero llegaron los hombres y lo hicieron añicos. Y yo se los permití.

Volví a los círculos. Daba vueltas, recorriendo corazón tras corazón una y otra vez, sin fin. Era un vicio, no sabía cómo salir, pero lo más preocupante era que ni siquiera reconocía que estaba atrapada. Creía que sabía lo que hacía, que mi sueño triangular con paradas en las estaciones Pasión, Poder y Paz estaba intacto.

Tal vez perdí parte de mi pasión porque la deposité en alguien más.

Tal vez cedí el poder a mis relaciones creyendo que se lo entregaba a mi corazón, cuando no era así.

Tal vez por estar girando en círculos a toda velocidad durante gran parte de mi vida y ser eso lo único que conocía me aterraba la idea de la paz.

Tal vez, solo tal vez, me engañé con que dibujaba triángulos porque no sabía cómo romper los círculos.

Entonces, llegó alguien. Tarado e inteligente a más no poder, un grano en el trasero y un ticket (de los baratos, no vayas a querer hacerle gastar más de cinco dólares) a la realidad. Agradezco al editor, Xiant Silver, por hacerme percatar de que este manuscrito necesitaba otro vistazo. Requería de toda la pasión que no le di mientras lo escribía. Necesitaba que las palabras se cargaran con el poder de la voz de una autora que sabía quién era. Pero sobre todo gritaba por paz para ser leído una y otra vez. Para ser comprendido. Para ser editado.

Para que yo mejorara.

Xiant me hizo verlo. Me recordó a la pequeña Preswen que estiraba una línea narcisista para convertir todos los círculos en una P.

No se necesita romper el círculo, sino trazar un nuevo camino a partir de cualquier punto en el que te encuentres dentro de él, en el segundo en que notes que estás ahí. Romperlo es querer olvidarlo y no puedes olvidar aquello que te llevó a ser quien eres. Así, con la línea, puedes ir lejos, donde tú quieras porque acabas de recuperar el control.

En este momento estoy dibujando mi P. Trazo y vivo mi vida a la vez, poniéndome como prioridad, como lo hizo esa niña hace años.

Este libro no hubiera sido posible sin él y nuestros paseos de ida, vuelta y pausa en el elevador de Central Park.

Te debo lo que estoy aprendiendo a ser, Pan.

Dejo de escribir y cierro la laptop antes de agarrar la copa de vino que causa una explosión de pirotecnia multicolor en mi paladar. Agradezco a la recepcionista del motel La Vaquerita que usaba ese gorro de bruja en Halloween por conseguirme este lugar cuando la llamé en busca de ayuda. Uno de los clientes del motel le pidió que lo encubriera si aparecía su esposa, quien sospechaba que le era infiel. Cashilda aceptó con la condición de que le prestara una de sus propiedades.

La fachada es antigua, como muchas en Lisboa, pero la última tecnología con la que está equipada brinda todas las comodidades. Sé que me tomé un tiempo del celular, pero ¿de los *jacuzzis* y los sofás que hacen masajes? Claro que no.

De día, la capital de Portugal desborda en un arcoíris: techos rojos, casas de dos colores, azulejos azules por doquier con patrones hipnotizantes, blanco por aquí, celeste y verde por allá, y el tranvía número veintiocho trasladando amarillo por la ciudad. Hay una extraña simpleza donde estoy, como si el tiempo solo hubiera hecho pequeñas modificaciones y la historia se contara sola en cada pared.

Ahora que atardece, me he metido dentro de una postal. La Torre de Belém, situada en la desembocadura del río Tajo, protege los últimos rayos de sol que se esconden tras ella y bañan la ciudad. Me quedo ahí, con mi vino y la mente en blanco por tanto tiempo que las luces aparecen como luciérnagas. No sé si fue cosa del destino o solo una coincidencia, pero mi balcón tiene una vista perfecta del Elevador de Santa Justa.

En realidad, Lisboa está llena de ascensores. Son funiculares que ayudan a subir pendientes, parecidos a los tranvías: elevador da Glória, de Bica y do Lavra. Sin embargo, el de Santa Justa es el único vertical y es mi preferido.

Me recuerda al de Nueva York.

Y siento que es una señal, no lo sé.

Cuando supe que quería irme, compré el primer boleto que apareció en la pantalla. El lugar de destino era donde los padres de Xiant se conocieron y, sin remordimiento de robarle un poco de ideas viajeras al pelirrojo, lo compré. Al principio estuve en un hotel, hasta que Cashilda cerró el trato.

Desde que llegué, metí un par de veces la pata con desconocidos, lo cual era de esperarse, pero dejé de buscar las aventuras que conllevan adrenalina y las reemplacé por las que abren puertas internas. No he parado de escribir, de pensar, de desahogarme y de deleitarme con la gastronomía y alguna que otra lágrima. Ya llevo dos semanas aquí y los primeros días el pensamiento que cruzaba mi cabeza era el de «Estoy sola en Lisboa», pero estaba muy equivocada.

Todos tienden a decir «Estoy solo, quiero estar solo, solo estoy mejor», pero en realidad no hay algo así como la soledad. Es un «Estoy conmigo, quiero estar con mi conciencia y conmigo mismo estoy mejor».

Puede que no te gustes a ti mismo, pero la única forma de cambiarlo es pasando tiempo de calidad con tu corazón y tu cabeza, entablando diálogos internos sobre quién eres y qué quieres hacer, qué buscas, qué te lastima, de qué debes alejarte y a qué necesitas acercarte.

La vida nos trae a este mundo y nos morimos por explorarlo, pero dentro de nosotros hay otro al que deberíamos aventurarnos con la misma emoción. Asusta y a veces hay trampas y suceden cosas horribles, como en el mundo exterior, pero al final uno no debería privarse de la aventura por miedo a lo que pueda encontrar.

Lisboa puede ser mi paradero exterior, pero no es permanente. Nada en el mundo físico lo es. Afortunadamente, dentro de nosotros está este universo entero que podemos llevar a donde sea que vayamos. Es una casa que hay que cuidar y, si por algún motivo se viene abajo, reconstruir.

Todos desean llevar su hogar y a las personas que quieren consigo en algún punto, pero no saben que ya lo hacen.

Solo tienen que mirar un poco más profundo para notarlo.

Epílogo

Tres meses después...

Preswen

—Ya se lo di —informa Amapola.

Drácula está aferrado a su hombro, luciendo un chaleco y un pequeño sombrero.

Pobre animal. Ya suficientemente desafortunado es al ser mascota de Xiant y ahora esto...

Esa prenda no combina con ese accesorio.

—Buena chica. —Le guiño un ojo y deslizo un billete en su mano cuando las estrechamos—. Ahora corre, como padrina del novio, debes asegurarte de que todo salga perfecto. Ve a chequear si ya están todos en sus lugares para comenzar.

Hago un ademán al corredor que lleva al jardín donde se celebrará la ceremonia.

—Pero tú también eres padrina del novio, ¿no cumplirás con tus responsabilidades?

—¿Para qué crees que estás tú aquí y que te acabo de dar veinte dólares?

—Buen punto. —Asiente y se larga, levantando el billete hacia la luz para comprobar si es verdadero o falso mientras Drac intenta picotearlo.

Niña lista.

Me termino mi copa sin apuro, disfrutando de estar de vuelta. Pasé por el cuarto de Brooke antes y jamás vi a una mujer lucir un vestido y un velo como si fueran las alas de un ángel. A pesar de que no he hablado con el pelirrojo desde que me marché, sí intercambié e-mails con ella.

Resultó ser de las mejores lectoras beta de la historia. Creí que al enterarse del beso me odiaría y estaría feliz de que me haya alejado, pero lo único que eso hizo fue acercarnos más. Nos entendemos en muchos aspectos, sobre todo en lo que respecta a la pérdida de personas queridas. Por eso conectamos tan bien a partir de mi manuscrito.

Pensé que la noticia me resultaría amarga, pero me acaba de confesar que ha estado sintiendo náuseas últimamente. Intenté tranquilizarla al decir que eran los nervios por la boda.

Y tal vez lo sean.

Pero... ¿y si es otra cosa?

No debería empezar a fantasear, pero visualizo a Xiant cayéndose de trasero al piso con la posibilidad de un bebé en camino. ¡Nos imagino involucrados en una aventura con un cochecito! También pienso que yo tendría el lugar de madrina asegurado.

Podría convertirme en la peor y mejor influencia del mundo para ese niño.

Brooke también me contó que Wells estuvo pasándolo mal. Cuando se enteró de lo que había hecho Tasha, la dejó y no salió de nuestro antiguo departamento por una semana. El karma es una perra muy justa en este caso. En cuanto a la hermana de Xiant, se supone que se fue del país por unas vacaciones. Si la picara una araña australiana —no tan venenosa— no me molestaría, pues no parece demasiado preocupada por sacar la pata del hoyo en el que la metió. Yo, en cambio, estoy tratando de hacer las paces con mis propios fantasmas.

—Estás radiante —dice alguien a mis espaldas.

—¿Cuándo no lo estoy? —le contesto a Wells.

—¿Es extraño que tú seas padrina del novio y yo dama de honor de la novia?

Pasa por mi lado, en dirección hacia donde fue Amapola. Le doy mi copa vacía para que se la lleve.

—¿Acaso crees que estás hablando con una persona normal? —espeto y sonríe a modo de despedida.

Si llega a existir un bebé será del equipo #TíaPreswen, nunca del #TíoWells, me lo aseguraré.

Llega el momento de ir a ver a Xiant. Toco la puerta de la habitación, emocionada de insultarlo y abrazarlo a partes iguales por todo el tiempo separados. Intento ser paciente, pero como no responde a la milésima de segundo, entro. Está sentado en el suelo, envuelto en un traje impoluto que seguro le dolió pagar. Apoya el codo en la caja que dejó Amapola hace unos minutos mientras lee la introducción de mi manuscrito.

—Es el mejor regalo de bodas que recibirás —alardeo.

Cuando levanta la mirada y me reencuentro con ese par de ojos verdes, me siento más en casa que nunca.

—Una ensaladera hubiera sido más útil.

—Una estúpida ensaladera no te hará ganar miles y miles de dólares. —Me siento junto a él y arrugo la nariz. Me eché una dosis extra de perfume a propósito—. Y yo sé que amas los billetes, tacañito.

—Es verdad, los amo, pero no tanto como podría amar esto. —Levanta las páginas.

—Ni tanto como podrías amarme a mí.

—¿Sabes qué otro regalo hubiera amado? Un gnomo de jardín. Lo pondría en el patio de mi nueva casa. Eso me recordaría a ti.

Le doy un suave codazo.

—No tienes que recordarme. Estoy justo a tu lado.

Compartimos una sonrisa cómplice.

—Bienvenida a Nueva York otra vez, Pretzel. El elevador te echó de menos.

Ruedo los ojos.

—Sí, claro, solo el elevador…

Xiant

Me aparto un mechón pelirrojo fuera de la frente al pararme bajo el arco de clavelinas. Las notas de la suave música instrumental empiezan a deslizarse en la suave brisa que indica la llegada de la primavera.

Drácula y su hermano, el conde de Montecristo, se posan en la rama más baja del árbol que lanza sombra bajo el altar. Observo a la cantidad de invitados, entre ellos a mi familia apiñada en los primeros asientos —mamá no pierde la oportunidad de lanzarme un beso— y el pequeño Juan comiendo uvas a escondidas. Thiago, Sue y Donald están cerca. Incluso asistió Samir Gaamíl, que está rodeado y atrapado entre demoloras, también conocidas como las amigas de mamá. Pobre, están por volverlo loco.

Cuando veo a Wells traer a Brooke hacia mí, siento un escalofrío. Cuando ella me lee sus votos se me cristaliza la vista.

La amo, la amo y la amo. Podría amarla para siempre y sé que lo haré.

—Yo, Xiant Silver, te tomo a ti, Pres... Brooke —corrijo—. Brooke, te tomo a ti, Brooke.

No.

Por favor, no.

Jesús, Dios, el puto *frutifantadelicioso*, Santa Claus, Tutankamón, lo que sea que esté ahí arriba, por favor... No.

Miro a Brooke en la espera de que no haya notado el error, pero el color se drenó de su rostro. Está quieta, sin parpadear.

Creo que acabo de matarla.

Su ramo de clavelinas cae en el altar. Sé con certeza que decir las primeras sílabas del nombre incorrecto le ha roto el corazón porque se lleva una mano al estómago como si le dolieran físicamente las palabras.

No puede estar pasando. Quiero una máquina del tiempo. Necesito reírme y decir que fue un chiste, o pedirle perdón un centenar de veces, o culpar al alcohol que sé que no tengo en sangre. La multitud comienza a susurrar, pequeño Juan escupe disimuladamente las semillas de las uvas y yo no paro de sudar.

Miro a mis padrinas de bodas. Amapola se tapa la boca con ambas manos. Intercambio una mirada con Pretzel. Todos los globos oculares están sobre nosotros cuando articula un «Oh, estúpido Pan...» con su puño envuelto alrededor de su collar.

Miro en su dirección y luego en la de Brooke, cuya mano derecha todavía sostiene la mía.

¿Es posible estar enamorado de dos personas a la vez?

Creo que acabo de comprobar que sí.

Agradecimientos

Este libro jamás hubiera existido sin la situación que lo inspiró: el nacimiento de mi hermano.

Corría el año 2005 cuando llegamos a un hotel en La Plata, Buenos Aires, porque el embarazo de mamá requería más médicos especializados que kilos de frutillas para saciar sus antojos. Un día, antes de que llegara al mundo Hassan, estaba con ella en una de las plantas bajas mirando la tele. Mi papá dormía la siesta en la habitación, unos pisos más arriba. Como estaba aburrida, creí que sería buena idea subir a molestarlo. En realidad, solo estaba fascinada con el ascensor y lo quería usar a toda costa: me parecía un artefacto mágico.

Mamá me preguntó si quería que me acompañara, pero le dije que ya tenía cuatro años y que era una nena grande, muy capaz de usar el elevador sola (cosa que ya había hecho varias veces bajo supervisión).

Así que subí y apreté el botón correspondiente.

Pero nunca llegué a la habitación.

La valentía abandonó mi cuerpo y me asusté cuando las puertas se abrieron en un piso que no era el mío. Entonces, subió una pareja. No paraban de discutir y me escondí en el rincón, creía que iban a usar la caja de hojalata como ring de boxeo...

¿No suena extrañamente familiar?

Me ignoraron (o tal vez estaban tan metidos en la discusión que ni notaron que tenían compañía) y, cuando volví a quedarme sola, me eché a llorar. En la exageración de mi mente, jamás iba a poder volver con mis papás, me iba a perder el nacimiento de mi hermano, iba a morir de hambre, de sed y, con mi suerte, de seguro que se caía el elevador.

Sin embargo, otra pareja muy opuesta a la primera, para la cual podríamos basarnos en la siguiente novela, me rescató. Dieciocho años después, la historia de un malhumorado pelirrojo y una impulsiva *fashionista* llegó a tus manos.

Gracias a la amorosa Kath Ríos por ayudarme a dar los primeros pasos dentro de Wattpad Paid Stories. También a Nina Lopes por buscar que me sienta cómoda durante el proceso llamado «intentar publicar un libro y no morir de estrés y ansiedad en el intento». A Daniela Portas, la editora que iluminó este Nueva York ficticio, por cada consejo y por su paciencia para desenredar cada lío que armé con la trama. También agradezco a cada integrante de Penguin Random House que colaboró para que la novela no fuera un desastre y se convirtiera en uno de los proyectos más bonitos de los que pude ser parte.

¿Ash Quintana? Tu ilustración me tiene obsesionada. Eso no es bueno (o quizás sí).

Sin embargo, el mayor agradecimiento se lo llevan los lectores. Nada te hace sentir tan seguro como saber que hay personas que te apoyan, te alientan, te celebran y, lo más importante, te acompañan.

Gracias por ser los mejores compañeros y detectives de aventuras literarias del mundo.

¡Nos vemos en el próximo elevador!

Conviértete en espía al ritmo de Preswen y Xiant